Chères lectrices,

Voilà c'est fait ! Les changements que je vous annonçais en mai se concrétisent ce mois-ci et je devine qu'après avoir découvert le nouveau look de vos romans, vous vous demandez avec impatience quelles autres surprises vous réserve cette fameuse collection « Emotions ».

Pour résumer l'esprit dans lequel s'inscrit ce changement, un seul mot suffirait : « plus ». Plus de modernisme dans les couvertures, de dynamisme dans les textes, plus de variété dans les histoires, de richesse dans la psychologie des personnages, plus de sensations garanties au cœur de chaque page...

C'est la promesse contenue dans les quatre livres que je vous propose pour ce lancement. Aussi, ne résistez pas, vibrez à l'unisson avec les héroïnes, riez, pleurez, aimez sans modération ! Car « l'émotion est au cœur de la vie ».

Bonne lecture,

La responsable de collection

10656232

Les héritiers de Bellefontaine

EVE GADDY

Les héritiers
de Bellefontaine

éMOTIONS

*éditions*Harlequin

Cet ouvrage a été publié en langue anglaise
sous le titre :
CASEY'S GAMBLE

Traduction française de
FABRICE CANEPA

HARLEQUIN®

est une marque déposée du Groupe Harlequin
et Émotions® est une marque déposée d'Harlequin S.A.

Photos de couverture
Visage féminin : © CHABRUKEN / GETTY IMAGES
Oak Alley plantation : © RICHARD CUMMINS / CORBIS

Toute représentation ou reproduction, par quelque procédé que ce soit, constituerait
une contrefaçon sanctionnée par les articles 425 et suivants du Code pénal.
© 2003, Eve Gaddy. © 2004, Traduction française : Harlequin S.A.
83-85, boulevard Vincent-Auriol, 75013 PARIS — Tél. : 01 42 16 63 63
Service Lectrices — Tél. : 01 45 82 47 47
ISBN 2-280-07879-1

Prologue

— Angélique ! s'exclama Duke Fontaine d'une voix qui trahissait toute son impatience. Si tu ne descends pas dans moins de dix minutes, je pars sans toi !

Casey s'efforça de ne pas sourire de cette menace que son père n'était pas près de mettre à exécution. Après tout, ce voyage était censé marquer la célébration de l'anniversaire de mariage de ses parents...

Elle vit alors son frère Jackson descendre l'escalier, chargé d'une lourde valise qu'il déposa avec un hochement de tête incrédule sur la pile impressionnante de bagages qui étaient déjà entassés devant la porte d'entrée.

Duke passa nerveusement la main dans ses épais cheveux auburn qui grisonnaient légèrement au niveau des tempes.

— Bon sang ! soupira-t-il. Pourquoi a-t-elle donc besoin de tant de vêtements pour un simple voyage ?

Malgré lui, il ne put retenir un sourire amusé. Puis, recouvrant tout son sérieux, il se tourna vers ses enfants.

— Jackson, Casey, suivez-moi. J'ai quelques instructions à vous donner avant de partir...

— Cela fait combien de fois qu'il nous donne ses dernières instructions ? souffla Casey à son frère.

— Quinze. J'ai compté. Mais ne t'en fais pas : maman ne va pas tarder à descendre. Je crois qu'elle a emballé l'intégralité du contenu de ses armoires. Si tout se passe bien, ils seront bientôt partis…

— Je suis vraiment heureuse qu'ils aient décidé d'entreprendre ce tour du monde, murmura Casey. Mais Duke commence à me rendre folle à force de multiplier les recommandations. Il est vraiment temps que leurs vacances commencent !

— Je suis bien d'accord, acquiesça Jackson.

A la suite de leur père, tous deux pénétrèrent dans la bibliothèque familiale. C'était une vaste pièce ornée de magnifiques étagères de chêne massif assorties au bureau centenaire qui trônait au fond. De lourds fauteuils clubs étaient disposés çà et là, conférant à l'endroit une impression de confort. Il flottait une odeur familière de cuir, de vieux livres et de cigare.

— Bien, commença Duke gravement. Je vous ai laissé tous les numéros de téléphone où nous serons joignables au cours de notre voyage. N'hésitez pas à appeler s'il se passe quoi que ce soit…

— Bien sûr, soupira Casey, vaguement agacée de le voir une fois de plus les traiter comme des enfants irresponsables.

— Casey et moi sommes parfaitement capables de gérer la plantation, tu sais, ajouta Jackson avec une pointe d'impatience dans la voix.

Duke les regarda attentivement, comme s'il essayait de jauger leurs aptitudes réelles, puis il sourit et hocha la tête.

— Je suppose que vous me considérez comme un raseur et que vous serez ravis de me voir débarrasser le plancher.

Ses enfants se contentèrent de sourire à leur tour.

— Ne vous en faites pas, je serai bientôt loin ! Enfin... Si votre mère se décide à finir ses préparatifs. Casey, tu devrais peut-être aller voir ce qui la retient et lui demander d'accélérer un peu.

La jeune femme hocha la tête, non qu'elle se sente capable d'influencer sa mère en la matière mais parce qu'elle était ravie d'échapper à une nouvelle litanie d'instructions et de conseils.

Lorsqu'elle atteignit le grand escalier qui menait à l'étage, elle aperçut sa nièce Megan assise sur la première marche, une expression défaite sur le visage.

— Quelque chose ne va pas, ma chérie ? demanda gentiment la jeune femme.

Megan leva les yeux vers sa tante et la contempla gravement comme si elle hésitait à lui confier ses angoisses.

— Dis-moi, Casey, demanda-t-elle enfin, est-ce que papa va encore partir ?

Casey s'agenouilla devant elle, sentant son cœur se serrer dans sa poitrine. Cela ne faisait que quelques semaines que Megan vivait avec son père et elle ne s'y était pas encore réellement habituée.

— Ce sont Papy et Mamy qui partent en voyage, expliqua-t-elle gentiment à la fillette. Pas ton papa... Du moins pas pour le moment, ajouta-t-elle prudemment, sachant que Jackson devait s'absenter régulièrement pour affaires.

— Maman est partie, elle, observa Megan en luttant visiblement contre les larmes qui l'étranglaient.

— Je sais, murmura Casey. Mais ton papa ne partira pas. S'il doit te quitter ce sera pour des périodes très courtes et il sera de retour avant même que tu ne t'en aperçoives.

— Tant mieux, murmura la fillette, visiblement rassérénée par cette promesse.

Sur ce, elle se leva et grimpa quatre à quatre les marches de l'escalier croisant Angélique qui descendait enfin.

— Casey, appela-t-elle, peux-tu me dire ce que fait ton père ?

Casey se tourna vers elle, frappée une fois de plus par la grâce et la distinction naturelles qui émanaient d'elle. Angélique paraissait incarner la perfection. Elle était toujours impeccablement coiffée, maquillée et habillée, image triomphante de la féminité accomplie.

Casey, qui se considérait comme un véritable garçon manqué, se demanda comment Angélique avait pu enfanter une fille si différente d'elle.

— Il est dans la bibliothèque, répondit-elle enfin. Il m'a demandé de venir voir où tu en étais...

Angélique sourit, écartant une mèche blonde qui retombait sur ses yeux.

— Ce cher Duke... Il est toujours si impatient. Mais je dois encore préparer mon vanity-case.

— Mais maman, s'exclama Casey, atterrée, je croyais que tu l'avais déjà fait.

Elle savait qu'il pouvait s'agir d'une opération aussi longue que délicate qui retarderait encore le départ de ses parents. Cette perspective la déprimait parce qu'elle signifiait que leur père ne résisterait pas à l'envie de

10

renouveler une fois encore ses instructions et ses conseils.

— Ne t'en fais pas, ce ne sera pas long, la rassura Angélique d'un ton amusé. En fait, j'avais déjà préparé un vanity-case mais j'ai remarqué au dernier moment qu'il était déchiré. Est-ce que tu sais où est l'autre, le noir ?

— Je vais demander à tante Esme, répondit Casey.

Si celle-ci ne savait pas où trouver ce bagage, elle devrait se résoudre à inspecter elle-même le grenier à sa recherche.

Fort heureusement, tante Esme le retrouva rapidement et, une demi-heure plus tard, toute la maisonnée était réunie sur le perron pour dire au revoir à Angélique et à Duke.

— Il était temps, murmura Casey à son frère.

— Ne sois pas trop optimiste, répondit ce dernier avec un sourire ironique. A mon avis, il ne s'écoulera pas longtemps avant que Duke ne nous appelle.

— Peut-être plus longtemps qu'il ne le pense ! Il a demandé à maman de prendre le téléphone portable mais je l'ai vue le cacher dans le pot du palmier, au pied de l'escalier...

— Excellente idée ! Bon... Je crois que je vais enfin pouvoir me remettre au travail.

— Oui. C'est nous qui sommes responsables, à présent.

— Temporairement, du moins. Mais je suis certain que Duke reprendra les rênes dès son retour à la maison...

— Est-ce que cela t'ennuie tellement qu'il nous croie incapable de nous occuper de la plantation sans lui ? demanda Casey.

— Ne me dis pas que cela ne t'exaspère pas, toi aussi, protesta Jackson.

— Bien sûr que si… Mais, heureusement pour moi, ce n'est pas à la ferme qu'il s'intéresse le plus. A ce propos, je pense que je vais aller y faire un tour…

C'était ce qu'elle avait attendu avec impatience tout au long de cette matinée. A présent, elle allait pouvoir retourner à la seule activité qui la passionnait réellement : la culture de la canne à sucre.

1.

Casey détestait s'occuper de la paperasse. Malheureusement, cette tâche peu enthousiasmante faisait intégralement partie de l'agriculture moderne. Il ne s'agissait plus simplement comme au siècle précédent de planter, de surveiller, de récolter et de vendre. Il fallait optimiser la disposition des cultures, veiller à l'utilisation intelligente des engrais et des insecticides, contrôler les écarts de rendement des plants traditionnels et des plans hybrides…

C'était une tâche aussi fastidieuse que délicate mais il fallait bien que quelqu'un s'en charge.

Lorsqu'elle eut enfin terminé de mettre de l'ordre dans les comptes de l'exploitation, la jeune femme éteignit son ordinateur et quitta son bureau qui était installé près de la serre principale. Elle ne songeait plus qu'au cocktail bien frais qu'elle comptait s'offrir pour oublier cette morne et interminable journée.

Lorsqu'elle quitta le bâtiment dans lequel elle avait installé ses quartiers pour se diriger vers le corps de logis principal, elle fut comme happée par une gangue de chaleur moite qui rendit sa respiration plus difficile. Sa peau ne tarda pas à se couvrir d'une fine pellicule de sueur.

C'était un temps habituel, en Louisiane, en cette fin de mois d'août et Casey aurait dû y être habituée. Après tout, elle avait passé toute sa vie sur cette plantation de Bellefontaine située près du fleuve Mississippi. Mais ce soir-là, l'impression d'humidité était particulièrement étouffante.

Essuyant du revers de la main les gouttes de sueur qui perlaient déjà sur son front, la jeune femme s'immobilisa brusquement, fronçant les sourcils. Elle sentait distinctement une odeur de fumée. Pas la fumée de cigarette. Quelque chose de plus âcre, de plus lourd...

Levant la tête, la jeune femme regarda autour d'elle, le cœur battant. Elle distinguait la forme de la maison dans l'obscurité croissante mais, à son grand soulagement, aucune lueur suspecte n'en provenait.

Pressant le pas, elle s'approcha et constata avec une frayeur redoublée que l'odeur devenait de plus en plus forte. Et, brusquement, une explosion se fit entendre à l'arrière de la maison, suivie de près par une langue de flamme orange et par le son strident d'une alarme.

Bellefontaine brûlait !

Casey se mit à courir de toutes ses forces le long de la route de terre battue qui conduisait au bâtiment. Jamais les quelques centaines de mètres qui le séparaient de la serre ne lui avaient paru si longs à parcourir.

Sa famille était à l'intérieur, ne cessait-elle de se répéter, envahie par une terreur sans nom. Sa nièce Megan, sa tante Esme, Tanya, la nounou de Megan... Tous sauf Jackson qui aurait pu leur venir en aide.

Casey pria pour que l'incendie ne se soit pas encore propagé à l'ensemble de la demeure. Après tout, l'alarme venait juste de retentir.

Accélérant encore le pas, la jeune femme constata que le feu avait envahi la cuisine. Elle réalisa aussi qu'un autre son se mêlait à la sonnerie de l'alarme : les aboiements aigus de Toodle, le chien de sa tante. Il se trouvait encore à l'intérieur, ce qui signifiait que tante Esme y était aussi.

Sans hésiter, la jeune femme se jeta contre la porte de derrière, se protégeant la bouche et le nez de son T-shirt pour résister à la fumée étouffante qui avait envahi la maison. Elle vit presque immédiatement sa tante qui était allongée sur le sol près de l'ancienne cuisinière.

Tante Esme insistait toujours pour utiliser cette antiquité, dédaignant le matériel dernier cri qu'Angélique avait fait installer dans la cuisine. Toodle était assis auprès de sa maîtresse, aboyant et lui léchant le visage pour tenter de la sortir de son évanouissement.

Lorsque Casey s'approcha, il aboya de plus belle et se mit à agiter frénétiquement la queue, paraissant très heureux de la voir, ce qui constituait un fait sans précédent.

Ecartant le chien, Casey agrippa sa tante par les aisselles et entreprit de la tirer vers la porte, l'écartant du feu qui faisait rage non loin d'elle. Esme était fortement charpentée et Casey eut beaucoup de mal à la traîner jusqu'à l'extérieur, d'autant que Toodle ne cessait de se prendre dans ses jambes.

Il y avait tellement de fumée que Casey ne pouvait distinguer l'ampleur de l'incendie ni si c'était bien la vieille cuisinière qui en était à l'origine. La chaleur était insoutenable, faisant abondamment transpirer la jeune femme.

15

Toussant et plissant les yeux, elle redoubla d'efforts, tirant sur les bras de tante Esme jusqu'à ce qu'elle ait enfin atteint la porte par laquelle elle était entrée et qu'elle avait à présent beaucoup de mal à distinguer.

Enfin, après ce qui lui parut une éternité, elle émergea à l'air libre, traînant le corps de sa tante derrière elle. Aussi rapidement qu'elle le put, elle la tira aussi loin que possible du brasier et lui prit le pouls. Il était régulier et elle bénit le ciel, ayant craint le pire.

Se redressant péniblement, la jeune femme comprit qu'il allait lui falloir pénétrer de nouveau dans la maison pour y chercher Megan. Bellefontaine était une vieille demeure principalement construite en bois. Qui sait combien de temps elle résisterait à l'assaut des flammes ?

Contournant le bâtiment au pas de course, Casey se dirigea vers la porte d'entrée. Là, elle prit une profonde inspiration avant de l'ouvrir, priant pour que l'appel d'air n'attire pas les flammes.

Heureusement, tel ne fut pas le cas : l'incendie paraissait pour le moment ne faire rage que sur l'arrière. Par contre, la fumée avait envahi toute la maison. Sans hésiter, Casey monta quatre à quatre l'escalier qui menait aux chambres.

Le bruit strident de l'alarme résonnait dans ses oreilles. Brusquement, ce son lui fit réaliser qu'elle avait oublié d'appeler les pompiers. C'était pourtant la première chose à faire dans ce genre de situation !

Tirant le téléphone portable qui se trouvait dans sa poche arrière, la jeune femme composa le numéro des urgences tout en se précipitant dans la chambre de Megan.

— Service des urgences, j'écoute, fit la voix d'un opérateur contre son oreille.

Casey avisa alors sa nièce qui était assise sur son lit, pleurant toutes les larmes de son corps, visiblement terrifiée.

— Il y a le feu ! s'exclama la jeune femme en s'approchant de Megan pour la serrer contre elle.

La fumée la faisait tousser et rendait sa voix très rauque. Elle dut répéter deux fois sa phrase avant que l'opérateur ne comprenne ce qu'elle disait.

— Vous habitez bien 512 River Road ? demanda-t-il enfin.

— Oui. C'est cela. La plantation Bellefontaine, répondit Casey en soulevant Megan qui avait noué ses bras autour de son cou sans cesser de sangloter.

La jeune femme quitta la chambre de sa nièce pour se diriger vers celle de Tanya.

— Les secours sont en route, déclara l'opérateur. Est-ce que vous vous trouvez dans la maison ?

— Oui. J'essaie de faire sortir tout le monde, répondit-elle en poussant la porte de Tanya.

Celle-ci était assise sur son lit, les bras noués autour de ses genoux et le regard fixe, comme si elle était trop terrifiée pour réagir. Au moins, songea Casey, elle ne s'était pas évanouie.

— Il y a le feu ! s'exclama-t-elle. Il faut absolument que nous sortions d'ici !

Tanya parut sortir de sa torpeur et regarda Casey avec angoisse.

— Le feu ? dit-elle.

— Oui. Dans la cuisine ! Suivez-moi, il faut que nous sortions…

— Est-ce que le feu est contenu dans la cuisine ? demanda alors l'opérateur qui avait suivi leur conversation.

— Je ne sais pas, répondit la jeune femme. Il y a de la fumée partout...

— Quelqu'un sera là très bientôt, promit son correspondant. Il faudrait que vous restiez en ligne...

— Je ne peux pas, je dois sortir ma nièce de là, répliqua Casey avant de raccrocher.

Elle replaça le téléphone portable dans sa poche arrière avant de se tourner vers Tanya.

— Suivez-moi...

Suivie de Tanya, Casey qui portait toujours sa nièce dévala l'escalier. Il n'y avait pas trace de flammes au rez-de-chaussée et la fumée y était moins étouffante qu'à l'étage. Bénissant les dieux de se montrer si cléments, Casey sortit et guida Tanya jusqu'à l'endroit où elle avait laissé sa tante.

Celle-ci avait repris connaissance et se tenait la tête entre les mains, gémissant lamentablement. Casey déposa Megan auprès d'elle. La fillette pleurait sans s'arrêter, ce qui n'avait rien de surprenant, étant donné les circonstances. Après tout, elle n'avait que quatre ans.

— Est-ce que ça va ? demanda la jeune femme à sa tante.

Esme hocha la tête et cessa de gémir.

— Je vais bien, répondit-elle d'une voix rauque. Ne t'occupe pas de moi. Prends soin de la fillette.

La fillette. Même en cet instant de tension extrême, tante Esme ne pouvait se résoudre à appeler Megan par son prénom. Elle n'avait jamais vraiment accepté la fille illégitime de son neveu et ne l'accepterait peut-être jamais.

Un craquement sinistre provenant de la maison ramena la jeune femme au moment présent. Elle constata avec angoisse que l'incendie paraissait avoir redoublé d'intensité au cours de ces dernières minutes.

Megan fut secouée par une nouvelle crise de larmes et Casey, détournant les yeux du sinistre, serra affectueusement sa nièce contre elle.

— Ne t'en fais pas, ma chérie. Tout se passera bien. Je vais appeler ton papa.

Sortant son téléphone portable, elle composa le numéro de Jackson, priant pour qu'il réponde.

— Jackson Fontaine, dit une voix dès la deuxième sonnerie.

Un immense soulagement envahit la jeune femme. Malgré leurs différends, elle savait pouvoir compter sur lui en toutes circonstances.

— Il faut que tu rentres à la maison, dit-elle. Bellefontaine est en feu.

— En feu ? s'exclama Jackson d'une voix où perçait la peur qu'il éprouvait en cet instant. Est-ce que Megan va bien ?

— Oui, nous sommes tous dehors, en sécurité. J'ai appelé les urgences et ils ont dit que les pompiers ne tarderaient pas à arriver. Mais il n'y a aucun moyen d'évaluer l'étendue exacte des dégâts.

— Je ne suis pas très loin de la maison. Je serai là aussi vite que possible.

Il raccrocha et Casey se tourna de nouveau vers la cuisine dont les fenêtres avaient explosé. Elle ne pouvait pas rester là à ne rien faire. Il fallait qu'elle agisse, qu'elle lutte pour sauver la propriété familiale.

— Megan, dit-elle gravement en soulevant le menton de la fillette pour la regarder droit dans les yeux, je vais aller voir ce que je peux faire pour arrêter le feu. Je veux que tu restes avec tante Esme et Tanya, d'accord ? Ton papa ne va pas tarder à arriver.

Megan renifla et essuya ses larmes du revers de la main avant de hocher la tête d'un air solennel. Elle comprenait combien le moment était grave. Casey lui sourit affectueusement, sachant que cet épisode malheureux ne contribuerait guère à rassurer la fillette qui avait déjà beaucoup de mal à se sentir à l'aise dans sa nouvelle famille.

Se redressant, la jeune femme se tourna vers Tanya et lui tendit le téléphone portable.

— Occupez-vous de Megan, dit-elle. Et appelez Murray Dewalt, notre voisin. J'aurai besoin de son aide avant que les pompiers n'arrivent. Si nous n'agissons pas au plus vite, nous risquons de perdre la maison tout entière.

Tanya hocha la tête et prit le téléphone tout en serrant Megan contre elle. Elle paraissait toujours aussi perdue et Casey se demanda si elle l'avait comprise.

— Tante Esme, ajouta-t-elle en se tournant vers cette dernière, tu es sûre que tout ira bien ?

— Parfaitement bien, répondit tante Esme en feignant une assurance qu'elle était visiblement loin de ressentir. J'ai juste un peu mal à la tête. Mais ne t'occupe pas de moi. C'est Bellefontaine qu'il faut sauver !

Casey hocha la tête, priant pour que les pompiers ne tardent pas trop. Elle savait qu'il n'y avait pas grand-chose qu'elle puisse faire sans eux à part retarder l'iné-luctable.

Pour cela, elle courut jusqu'au robinet qui était installé dans le jardin, à l'arrière de la maison. Il servait à arroser la pelouse et était muni d'un long tuyau. Mais celui-ci, au lieu d'être enroulé sur lui-même comme d'ordinaire, gisait déroulé sur le sol.

S'approchant, Casey constata avec stupeur qu'il avait été coupé à moins d'un mètre de l'embout qui permettait de l'adapter au robinet. Pendant quelques instants, la jeune femme resta interdite. Qui avait pu faire une chose pareille ? Et pourquoi ?

Courant jusqu'à un autre robinet, elle constata que le tuyau de ce dernier avait également été lacéré. C'était aussi stupéfiant que terrifiant.

Casey réalisa alors qu'il restait un espoir : dans le bâtiment contigu à la serre où se trouvait son bureau étaient entreposés plusieurs tuyaux de rechange. A toute vitesse, elle remonta le chemin de terre qui y conduisait et alla en récupérer deux qu'elle enroula autour de ses épaules avant de revenir au pas de course.

Mais, alors qu'elle approchait de la maison, une silhouette se découpa brusquement devant elle, à contre-jour devant l'incendie. Casey essaya de l'éviter mais la silhouette se décala également et elle la percuta de plein fouet. Alors qu'elle allait basculer en arrière, une poigne d'acier la retint.

La jeune femme regarda avec stupeur l'homme contre lequel elle venait de buter. Il était grand et paraissait puissamment bâti. Aveuglée par l'incendie qui se trouvait dans son dos, elle ne pouvait distinguer son visage.

— Qui diable êtes-vous donc ? demanda-t-elle, stupéfaite.

— Je m'appelle Nick, Nick Devlin.

— Au fond, peu importe qui vous êtes, déclara la jeune femme en lui tendant l'un des tuyaux qu'elle portait. Tant que vous êtes là pour aider.

Le nuage qui masquait la lune se déplaça alors, laissant tomber sur eux une lueur bleutée. Apercevant enfin le visage de l'inconnu, Casey ne put retenir une exclamation de surprise. Jamais elle n'avait vu des traits aussi parfaits.

Ils paraissaient sculptés dans le marbre comme la plus pure des statues antiques : un nez droit et aristocratique, des yeux légèrement fendus en amande, des lèvres minces et sensuelles, un menton volontaire et de hautes pommettes que mettaient en valeur des cheveux de jais.

C'était un visage d'acteur ou de mannequin, songea la jeune femme, impressionnée.

— Vous devez être Casey, lui dit-il d'une voix grave et parfaitement modulée. Je suis un ami de votre frère.

— Ravie de faire votre connaissance, répondit machinalement Casey tandis que tous deux remontaient l'allée à vive allure en direction de la maison.

— J'avais crû voir des tuyaux près de la maison, observa Nick.

— Il y en a, en effet. Mais ils ont été coupés.

— Coupés ? répéta Nick, stupéfait. Volontairement ?

— Oui. Tous les deux.

— C'est bizarre.

— C'est le moins qu'on puisse dire. Où est Jackson ?

— Ici, répondit ce dernier qui venait de les rejoindre après avoir fait le tour de la maison en courant pour évaluer l'ampleur du désastre. Qu'est-ce qui est arrivé aux tuyaux ? demanda-t-il à son tour.

— Quelqu'un les a coupés, expliqua encore la jeune femme.

Jackson la regarda avec stupeur, et Casey haussa les épaules.

— Je sais que cela n'a aucun sens, admit-elle. Mais c'est pourtant ce qui s'est passé.

— C'est dingue ! s'exclama Jackson. Enfin, inutile d'épiloguer là-dessus...

Prenant l'un des tuyaux, il courut jusqu'au robinet le plus proche pour l'y adapter. Casey entraîna Nick jusqu'à l'autre robinet. C'est alors qu'une camionnette blanche déboucha de l'allée principale.

— Je reviens tout de suite ! s'exclama-t-elle tandis que Nick, imitant Jackson, commençait à arroser la cuisine à travers la fenêtre brisée.

Casey courut jusqu'à la camionnette qui venait de s'immobiliser et d'où descendaient déjà deux hommes. La jeune femme se sentit soulagée en constatant qu'il s'agissait de Roland Dewalt et de son fils Murray. Malgré les différends anciens qui les opposaient aux parents de la jeune femme, elle savait que l'on pouvait compter sur eux en de telles circonstances.

— Dieu merci, vous êtes là ! s'exclama-t-elle. Tanya était sous le choc et j'avais peur qu'elle ne vous ait pas appelés.

— Personne ne nous a appelés, répondit Murray, surpris. C'est papa qui a remarqué la fumée. Ensuite nous avons entendu l'alarme. Qu'est-ce qui s'est passé ici, Casey ?

— Je ne sais pas, avoua celle-ci. Il y a le feu. J'ai appelé les pompiers et ils ne devraient pas tarder à arriver. Jackson et l'un de ses amis ont commencé à arroser le foyer principal mais je ne crois pas que cela soit d'une très grande efficacité.

Murray observa la scène et hocha la tête.

— Nous pourrions organiser une chaîne jusqu'à la garçonnière, déclara-t-il.

La « garçonnière », comme on l'appelait, était une petite maison qui se trouvait légèrement en retrait par rapport au bâtiment principal et avait été construite pour accueillir les invités de la famille lors des grandes occasions.

— Mais je ne suis pas certain que quelques seaux de plus versés sur le foyer seront beaucoup plus utiles, ajouta-t-il d'un air sombre.

— Ce sera toujours mieux que rien, répondit Casey qui refusait de rester les bras croisés tandis que la maison familiale brûlait. Il y a des seaux dans la grange. Moi, je vais aller aider Jackson.

Murray hocha la tête et se tourna vers son père.

— Je vais avoir besoin de ton aide, dit-il.

Mais Roland se contentait de rester immobile, observant les flammes qui léchaient la façade de Bellefontaine. Casey se demanda avec humeur s'il était venu simplement pour se repaître de cet affligeant spectacle.

— Ne t'en fais pas, lui souffla Murray en posant doucement la main sur le bras de la jeune femme. Je suis certain que les pompiers ne vont pas tarder.

Casey hocha la tête et se détourna pour rejoindre Jackson au pas de course. Ce dernier s'efforçait d'arroser les flammes dans l'espoir de les éteindre complètement mais ses efforts semblaient n'avoir que peu d'effet sur l'évolution de l'incendie.

Une fois de plus, Casey pria pour que les secours arrivent bientôt, mais Bellefontaine se trouvait à une certaine distance de la ville la plus proche, Baton Rouge.

— As-tu la moindre idée de la façon dont l'incendie a commencé ? demanda Jackson sans cesser d'arroser les flammes menaçantes.

— Non, avoua Casey. Je sais juste que tante Esme se trouvait dans la cuisine à ce moment-là. Je l'ai trouvée étendue sur le sol. Mais je ne sais pas ce qu'elle faisait ni si sa présence a un rapport avec le sinistre.

— Je vois, dit Jackson. Va voir comment Nick s'en sort.

La jeune femme hocha la tête et se dirigea vers ce dernier qui s'activait à quelques dizaines de mètres de là sans plus de succès que Jackson.

— Vous voulez que je prenne la relève ? demanda Casey en désignant le tuyau qu'il tenait.

— Ce n'est pas la peine. Vous avez l'air sous le choc. Allez vous asseoir tranquillement.

— Mais je veux faire quelque chose, protesta la jeune femme, vaguement irritée qu'il ait remarqué sa faiblesse. C'est ma maison, ajouta-t-elle d'un ton plus assuré.

Comprenant apparemment le besoin qu'elle avait de faire quelque chose, Nick hocha la tête et lui tendit le tuyau.

— A vous l'honneur, Princesse.

25

En d'autres circonstances, Casey n'aurait pas manqué de protester contre ce surnom ridicule et passablement déplacé dans la bouche de cet inconnu. Mais elle se sentait trop fatiguée pour cela. Tout ce qui comptait en cet instant, c'était de sauver Bellefontaine. Se tournant vers les flammes, elle entreprit donc de les arroser aussi efficacement qu'elle le put. Derrière elle, elle entendit alors le bruit des sirènes et elle bénit le ciel.

Le foyer de l'incendie dégageait une épaisse fumée qui entourait Casey de toutes parts, piquant sa gorge et lui faisant terriblement mal à la tête. Brusquement, elle se sentit prise de vertige et ses jambes se dérobèrent.

Lorsqu'elle rouvrit les yeux, quelques instants plus tard, elle se trouvait allongée sur la pelouse du jardin. Nick Devlin était agenouillé près d'elle, arrosant son visage d'eau glacée. La jeune femme cligna des yeux, recouvrant lentement ses esprits.

— Qu'est-ce qui s'est passé ? demanda-t-elle en tentant de se redresser.

Nick posa doucement la main sur son épaule, la forçant à rester allongée.

— Détendez-vous, lui conseilla-t-il.

— Mais je ne peux pas ! La maison brûle ! Il faut que je fasse quelque chose.

— Ne vous en faites pas. Les pompiers sont arrivés. Ils vont s'occuper de tout beaucoup plus efficacement que nous ne pourrions le faire.

— Enfin…, soupira Casey, incapable de retenir ses larmes de soulagement.

Elle aurait voulu se lever et constater comment la situation avait évolué mais elle se sentait beaucoup trop faible. Une profonde fatigue paraissait avoir envahi chacun de ses membres, la clouant au sol.

Elle prêta l'oreille aux sons qui l'entouraient : le hurlement strident des sirènes, les appels et les ordres des pompiers, le bruit des lances à incendie.

— Qu'est-ce qui m'est arrivé ? demanda-t-elle finalement.

— Je vous ai portée jusqu'à l'avant de la maison, à l'écart de la fumée. Les autres se trouvent toujours à l'arrière : ils regardent travailler les pompiers.

Malgré les circonstances, Casey ne put s'empêcher de remarquer combien la voix de Nick était belle et profonde. Elle la trouvait aussi réconfortante que dangereusement séductrice.

— Je devrais peut-être aller chercher un pompier pour vous examiner, reprit Nick. Votre malaise s'explique certainement par la quantité de fumée que vous avez inhalée et ce n'est pas une chose à prendre à la légère.

— Je vais bien, répondit la jeune femme, vaguement agacée par son ton qu'elle trouvait condescendant.

Alors qu'elle tentait de se relever, elle fut terrassée par une prodigieuse quinte de toux qui démentait ses paroles. Nick attendit qu'elle se soit calmée pour faire avaler à la jeune femme un peu d'eau de la bouteille qu'il tenait toujours à la main.

— Faites attention, Princesse, dit-il en souriant. Si vous vous agitez trop, vous risquez de vous évanouir dans mes bras une fois de plus.

2.

— Je ne suis pas plus une princesse que vous un chevalier servant, déclara vertement Casey en se redressant. Alors cessez de m'affubler de ce surnom ridicule ! Maintenant, allons voir où en sont les pompiers.

Sans paraître se formaliser le moins du monde de ce qu'elle venait de dire, Nick se releva et tendit la main à Casey pour l'aider à se remettre sur ses pieds. Après une infime hésitation, celle-ci la prit et il la tira vers le haut, maintenant l'étreinte de ses doigts un peu plus qu'il n'était nécessaire. Il savait que cela énerverait la jeune femme mais il ne pouvait résister à la tentation de la provoquer un peu.

Depuis qu'ils se connaissaient, Jackson ne lui avait jamais parlé de sa sœur. Cela n'avait d'ailleurs rien de surprenant : la réputation de séducteur de Nick ne faisait pas de lui un homme très fréquentable pour les vieilles familles du Sud comme celle des Fontaine.

Observant attentivement la jeune femme, Nick la trouva très belle, malgré l'état pitoyable dans lequel elle se trouvait pour le moment. Ses vêtements et son visage étaient recouverts de suie et ses cheveux étaient

28

décoiffés. Par contre, sa voix, que la fumée avait rendue rauque, avait quelque chose de terriblement sensuel.

— Comment Jackson et vous êtes-vous arrivés aussi vite ? demanda-t-elle brusquement.

— Nous n'étions pas très loin, expliqua Nick. En fait, nous nous trouvions au White Gold, un peu en aval de la rivière.

— Le White Gold ? répéta la jeune femme, surprise. Il s'agit bien de ce bateau casino ? Je ne savais pas qu'il était déjà ouvert.

— Il ne l'est pas encore officiellement.

De fait, l'ouverture n'aurait pas lieu avant plusieurs semaines.

— Est-ce que vous travaillez là-bas ? demanda la jeune femme, curieuse.

— On peut dire cela, oui, concéda Nick.

En réalité, il avait construit le casino avant de le vendre à Guy Moreau. Pour le compte de ce dernier, il devait encore engager le personnel et superviser le fonctionnement des lieux durant les premières semaines suivant l'ouverture.

C'était le cinquième casino que Nick montait de toutes pièces et vendait ainsi clé en main. Il avait d'ailleurs décidé que cette opération serait la dernière de ce type qu'il effectuerait. En toutes choses, il aimait la variété et il jugeait qu'il était grand-temps pour lui de s'attaquer à de nouveaux défis.

Reportant son attention sur Casey, Nick la suivit en direction de l'arrière de la maison. Là, elle pâlit en apercevant la scène de désolation qui s'offrait à eux.

— Mon Dieu, murmura-t-elle d'une voix tremblante.

Nick posa doucement la main sur son épaule et lui adressa un sourire d'encouragement.

— Ne vous en faites pas, lui dit-il avec plus de confiance qu'il n'en éprouvait réellement. Ce n'est pas aussi grave que ça en a l'air.

Du moins l'espérait-il : il ne connaissait pas Casey mais voyait combien elle paraissait attachée à la maison familiale.

L'aspect que présentait la demeure n'était guère encourageant. Une bonne partie de la façade arrière était noircie par la fumée. Le toit de la cuisine, qui formait une avancée par rapport au reste du bâtiment, avait été percé à plusieurs endroits par les pompiers afin d'y faire passer leurs tuyaux pour pouvoir arroser l'intérieur de la pièce. Celle-ci, que l'on devinait à travers les vitres cassées, était entièrement détruite.

— Regardez, dit pourtant Nick en désignant des pompiers qui faisaient rouler à l'intérieur une imposante machine. Ils placent les ventilateurs qui servent à chasser la fumée. Cela signifie que le feu est maîtrisé.

— Vous croyez ? murmura la jeune femme, incertaine.

— Bien sûr ! Regardez : ils ont refermé les lances à incendie. Mais vous devriez aller parler au capitaine des pompiers, il vous rassurera mieux que moi.

La jeune femme hocha la tête et s'éloigna tandis que Nick se tournait de nouveau vers la maison. Cela lui rappelait une scène à laquelle il avait assisté, plusieurs années auparavant. Il se trouvait alors à Rothenburg, en Allemagne.

Il était descendu dans un hôtel en compagnie d'une charmante jeune femme. Au beau milieu de la nuit, il

30

avait été tiré de son sommeil par des cris et une odeur de fumée. Il avait réussi à sortir avec sa compagne mais tous les clients de l'hôtel n'avaient pas été aussi chanceux. Nick se rappelait encore certaines scènes qui resteraient probablement gravées à jamais dans son esprit.

Mais il ne servait à rien de se désoler de la sorte. Après tout, il s'en était sorti et c'était là l'essentiel.

Cherchant Casey des yeux, il vit qu'elle avait suivi son conseil et était en pleine discussion avec le chef de l'équipe des sapeurs-pompiers. Elle paraissait s'être remise du choc que lui avait procuré la vision de la maison.

— Où étais-tu passé ? demanda Jackson en le rejoignant. Casey et toi aviez disparu.

— Ta sœur s'est évanouie juste avant que les pompiers n'arrivent. Elle avait probablement respiré trop de fumée. Tu devrais la convaincre d'aller voir l'infirmier. Je lui ai conseillé de le faire mais elle n'a pas semblé s'en soucier.

— Cela ne m'étonne pas. Elle est têtue comme une mule ! Mais je suppose que cela a du bon, parfois. C'est grâce à cela qu'elle a sauvé tante Esme et est retournée à l'intérieur pour chercher Megan et sa nourrice.

— Elles ont eu de la chance, acquiesça Nick auquel n'avait pas échappé la fierté qui perçait dans la voix de Jackson.

Lui-même n'était pas surpris le moins du monde d'apprendre que Casey s'était conduite de façon si héroïque. D'après le peu qu'il avait vu d'elle, elle lui avait paru déterminée et courageuse. C'était probablement le genre de personne qui assumait ses responsabilités jusqu'au bout.

— Merci de t'être occupé d'elle, reprit Jackson. J'aurais dû me douter qu'elle avait inhalé trop de fumée mais, sur le coup, j'étais tellement occupé que je n'y ai pas pensé.

— Ne t'en fais pas, répondit Nick en souriant. L'essentiel, c'est que tout se termine bien.

Jackson hocha la tête et Nick réalisa combien il tenait à sa sœur. Elle avait de la chance, songea-t-il avec une pointe de mélancolie. Lui-même n'avait jamais eu de famille pour s'occuper de lui et se soucier de ce qu'il pouvait bien devenir.

Suivant son ami des yeux, il le vit rejoindre Casey et la prendre par le bras pour la tirer littéralement en direction de l'ambulance. En les voyant côte à côte, il se rendit compte qu'ils avaient réellement un air de famille. Comme ils passaient devant Nick, Casey jeta à ce dernier un regard noir, probablement furieuse qu'il ait parlé à son frère de son malaise.

Nick lui décocha un sourire moqueur avant de la suivre du regard. Elle était grande et mince, avec une queue-de-cheval brune qui lui tombait presque jusqu'aux reins. Malgré les ravages causés à son apparence par l'incendie, il songea une fois de plus qu'elle était très belle.

Finalement, son séjour à Bellefontaine ne s'avérerait peut-être pas aussi fastidieux qu'il l'avait initialement redouté.

Nick Delvin s'était joint à eux, ce qui n'était guère du goût de Casey. D'ordinaire, elle appréciait la compagnie des amis de Jackson, surtout lorsqu'ils étaient aussi séduisants que Nick. Mais, cette fois, il s'agissait d'une affaire qui ne regardait que les Fontaine.

Murray l'avait compris, d'ailleurs. Son père et lui étaient rentrés chez eux après l'arrivée des pompiers. Cela n'avait rien d'étonnant. Malgré les visites régulières de Murray qui s'efforçait de mettre un terme à la rivalité qui opposait les Fontaine aux Dewalt, celle-ci restait vivace.

Casey et Jackson ignoraient tout des raisons de ce différend. Même tante Esme, d'ordinaire si loquace, se taisait dès qu'on parlait de ces voisins.

Tanya avait également quitté les lieux après avoir fait sa déposition au chef des pompiers. Elle était allée installer Megan dans la garçonnière. Se souvenant de la façon dont la nourrice avait réagi à l'incendie, Casey se demanda ce qu'elle allait pouvoir dire à Jackson à ce sujet.

La jeune fille avait paru tétanisée par le danger, se montrant parfaitement incapable de réagir en conséquence. D'un autre côté, ce genre de situation était exceptionnel et Casey ne savait trop dans quelle mesure elle pouvait lui en tenir rigueur.

Jetant un coup d'œil autour d'elle, la jeune femme constata que, contrairement à celles qui jouxtaient la cuisine, la pièce dans laquelle ils se trouvaient avait été épargnée. L'odeur de fumée avait même presque disparu sous l'effet des ventilateurs des pompiers.

C'était ce que lui avait assuré Mitchell mais, sur le coup, elle avait eu du mal à le croire. A présent, elle devait bien reconnaître qu'il avait eu raison. Mais cela ne faisait que renforcer une autre odeur particulièrement désagréable qui planait dans la maison et que la jeune femme ne parvenait pas à identifier.

Casey s'installa sur la banquette recouverte de velours bleu tandis que tante Esme s'asseyait sur l'un des fauteuils assortis et que Jackson et Nick prenaient place sur les chaises de bois disposées autour de la table de poker octogonale. Le capitaine des pompiers devait les rejoindre d'une minute à l'autre.

— Je me demande ce qui pue de cette façon, remarqua la jeune femme.

— Cassandra ! protesta tante Esme d'un ton offusqué. Ce langage n'est pas digne d'une jeune femme bien élevée.

— Peut-être, mais cela ne change rien au fait que quelque chose pue, répondit Casey qui n'aimait rien tant que provoquer sa tante qu'elle trouvait souvent beaucoup trop collet monté.

— C'est l'odeur d'un produit chimique appelé ozium que les pompiers vaporisent dans l'air avant d'utiliser les ventilateurs à fumée, déclara Nick. S'ils ne le faisaient pas, nous ne pourrions pas même nous trouver dans le bâtiment à l'heure actuelle.

Casey se tourna vers lui, l'observant attentivement. Il était encore plus beau à la lueur des lampes qu'elle ne l'avait remarqué à celle de la lune. Ses yeux étaient d'un bleu si profond qu'il aurait été très facile de s'y noyer.

— Vous paraissez avoir une certaine expérience des incendies, observa la jeune femme.

— Pas vraiment. Mais je me trouvais un jour dans un hôtel qui a pris feu. J'ai posé de nombreuses questions aux pompiers lorsqu'ils ont eu terminé leur intervention. Je suppose que je suis d'un naturel curieux.

Curieux et indiscret, songea Casey en repensant à la façon dont il avait rapporté à son frère la façon dont elle s'était évanouie. Apparemment, Nick n'hésitait pas à prendre les choses en charge lorsque l'occasion se présentait.

D'ailleurs, elle ne pouvait pas lui en vouloir : il les avait aidés sans hésiter avant que les pompiers n'arrivent et l'avait secourue lorsqu'elle s'était effondrée. Au fond, c'était une attitude plutôt chevaleresque.

S'apprêtant à le remercier pour cela, elle se tourna de nouveau vers lui et croisa son regard. Aussitôt, elle oublia les mots qu'elle était sur le point de prononcer. Malgré elle, son cœur se mit à battre la chamade.

Il y avait quelque chose de diaboliquement séducteur chez cet homme, songea-t-elle en s'efforçant de dissimuler son trouble. Ses yeux comme ses sourires paraissaient contenir mille promesses plus affolantes les unes que les autres.

Brusquement, d'étranges pensées envahirent l'esprit de la jeune femme tandis qu'elle envisageait ce qui se passerait si elle se laissait aller à l'attirance instinctive qui la poussait vers Nick.

— Désolé de vous avoir fait attendre, déclara alors Ted Mitchell qui venait de les rejoindre.

Il s'assit sur un tabouret et posa une liasse de papiers sur le bar.

— Le fait que vous soyez tous réunis va me faciliter les choses, ajouta-t-il.

Casey observa le capitaine des pompiers qui se mettait déjà à remplir un formulaire.

— Je vais commencer par vous, mademoiselle Esme, si cela ne vous dérange pas. D'après ce que m'a dit votre nièce, elle vous a trouvée allongée dans la cuisine, inconsciente.

— C'est ce qu'elle m'a dit. En fait, je ne me rappelle plus avoir été inconsciente.

Tante Esme parlait du même ton calme et décidé que d'ordinaire. A soixante et un ans, elle était l'incarnation même de la matrone sudiste fière de ses origines créoles qui remontaient aux premiers temps de la colonisation. Ses ancêtres maternels étaient des aristocrates français qui s'étaient vu attribuer des terres dans le Nouveau Monde et elle en connaissait la généalogie précise.

En fait, elle connaissait aussi celle de toutes les grandes familles de Louisiane. Comme la plupart des jeunes filles de sa classe sociale et de sa génération, elle était partie étudier à Paris durant sa jeunesse et parlait parfaitement la langue de Molière.

Pourtant, Casey qui la connaissait bien savait qu'en cet instant, elle paraissait plus faible et plus désemparée qu'elle ne l'avait jamais été. C'était d'autant plus poignant que tante Esme était d'ordinaire un roc sur lequel on pouvait se reposer en toutes circonstances.

Mais, ce jour-là, tante Esme ne sauvait pas même les apparences. Ses cheveux auburn étaient décoiffés d'une façon qui l'aurait horrifiée si elle en avait été consciente. Son visage et ses habits étaient maculés de suie, de boue et de taches d'herbe. En fait, tante Esme n'avait probablement jamais été aussi dépenaillée de toute son existence.

Malgré les différends qui l'opposaient à la vieille dame, Casey se sentait triste et blessée. Peu importait désormais que tante Esme lui préfère Jackson. Qu'elle désapprouve son attitude, sa passion pour l'agriculture, la façon dont elle s'habillait ou les choix de vie qu'elle avait faits.

Casey ne serait jamais une Belle du Sud comme le voulait tante Esme. Elle ne prendrait jamais part aux bals et aux rallyes de la bonne société de Baton Rouge. Elle ne saurait jamais ni cuisiner, ni broder, ni jouer du piano correctement. Mais qu'y pouvait-elle si elle avait hérité de cette passion ardente pour la terre qui avait si longtemps couru dans les veines des hommes de la famille ?

— Pouvez-vous nous dire ce qui s'est passé exactement, mademoiselle Esme ? demanda le capitaine Mitchell qui connaissait la famille depuis de longues années et savait comment traiter les vieilles dames du Sud.

Du respect, de la politesse, une pointe de déférence, même. C'était la meilleure façon de gagner les bonnes grâces de tante Esme qui commença immédiatement son récit.

— Je suis descendue pour me préparer une tasse de thé. J'aime beaucoup le thé glacé durant la journée, vous savez. Mais, le soir, rien ne vaut une bonne tasse de thé bien chaud. Ce que je préfère, dans ces cas-là, c'est l'Earl Grey. Est-ce que vous aimez le thé, monsieur Mitchell ? Ma nièce, elle, l'a en horreur.

Elle avait prononcé ces derniers mots d'un ton si réprobateur que Mitchell décocha à Casey un sourire compatissant. Tante Esme ne comprenait pas qu'une femme du Sud puisse ne pas aimer le thé.

— Dites-moi, mademoiselle, fit Mitchell qui sentait la conversation dévier dangereusement. Avez-vous aperçu la moindre trace d'incendie en pénétrant dans la cuisine ?

— Eh bien, à dire vrai, il m'a semblé sentir quelque chose d'étrange mais je n'y ai guère prêté attention. C'était au beau milieu d'une émission de télévision, vous comprenez. Est-ce que vous regardez la chaîne des Arts et Spectacles, monsieur Mitchell ? La programmation en est captivante. Tenez, ce soir, par exemple.

Tante Esme parut alors réaliser qu'elle babillait et se redressa dignement sur son siège.

— Enfin, là n'est pas la question, je suppose. Toujours est-il que je suis descendue pour me préparer une tasse de thé. Et c'est là que je l'ai vu.

Tante Esme s'interrompit, marquant une pause dramatique pour s'assurer qu'elle avait bien captivé l'attention de tout son auditoire.

— Que s'est-il passé, mademoiselle Esme ? demanda Mitchell.

— Il y avait un homme dans la cuisine. Un homme grand et patibulaire. Oh, je ne l'ai qu'entrevu. A peine avais-je ouvert la bouche pour crier qu'il s'est jeté sur moi. Il a dû me porter un coup à la tête parce que la seule chose dont je me rappelle ensuite, c'est d'avoir repris connaissance sur la pelouse.

— Un homme ? s'exclama Casey. Mais tu ne m'en avais pas parlé.

— Bien sûr que non, répondit la vieille dame en haussant les épaules. Le plus important, sur le moment, c'était d'éteindre l'incendie.

— Pourriez-vous décrire cet homme ? demanda Mitchell.

— Non, j'ai bien peur d'en être incapable. Je ne l'ai qu'entrevu, vous savez. Tout ce dont je me souviens, c'est qu'il avait les cheveux foncés, qu'il était grand et menaçant.

A cet instant, un des hommes de Mitchell entra et se dirigea vers son chef avec lequel il conféra quelques instants à voix basse. Au bout d'un moment, Mitchell hocha la tête.

— D'accord, rentrez à la caserne pendant que je finis ce rapport. Je prendrai la voiture pour vous rejoindre. Apparemment, ajouta-t-il en se tournant vers les membres de la famille, le feu aurait pris à cause d'une marmite d'huile qui se trouvait sur la cuisinière. Le gaz était allumé sous cette marmite et éteint sous la bouilloire.

— Est-ce que vous essayez de me dire que je me suis trompée de brûleur, jeune homme ? s'exclama tante Esme, rouge de colère. Pensez-vous que je sois responsable de cet incendie ? Je vous ai pourtant parlé de cet homme. Seriez-vous en train de suggérer que, moi, une Fontaine, j'ai menti à son sujet ?

— Pas du tout, mademoiselle, répondit Mitchell très sérieusement. Je dis juste que le feu a été causé par cette marmite.

— Il n'y avait pas de marmite lorsque je suis descendue dans la cuisine, protesta vivement tante Esme. D'ailleurs, personne n'utilise plus cette cuisinière à part moi. Vous devez vous tromper, jeune homme.

— Je ne me trompe pas, mademoiselle Esme, répondit doucement Mitchell. Mais ne vous méprenez pas. Je pense comme vous que cet homme dont vous parlez est responsable de l'incendie. Mais il s'est efforcé de le faire passer pour un accident. Or ce feu n'avait rien d'accidentel, comme le prouvent les tuyaux que l'on a retrouvés lacérés dans le jardin et le fait que l'alarme de la cuisine ait été désactivée.

— C'est donc pour cela que l'alarme s'est déclenchée si tard ! s'exclama Casey, stupéfaite par cette révélation. Lorsque je l'ai entendue, le feu avait déjà commencé à faire des dégâts.

— Quoi qu'il en soit, reprit Mitchell, il paraît évident que quelqu'un a délibérément mis le feu à votre maison.

— En effet, acquiesça tante Esme un peu sèchement.

Mitchell jeta quelques notes sur le papier avant de se tourner vers Casey.

— Pourriez-vous me décrire précisément ce que vous avez vu lorsque vous êtes entrée dans la cuisine ? demanda-t-il.

Casey tenta de rassembler ses souvenirs, cherchant quelque chose qui aurait pu les éclairer sur ce qui s'était passé ce soir.

— Eh bien, je revenais de la serre lorsque j'ai senti une odeur de fumée. Je n'y ai pas fait très attention jusqu'à ce que, quelques instants plus tard, l'alarme se déclenche. Je me suis mise à courir et j'ai vu des flammes dans la cuisine. J'ai également entendu Toodle, le chien de tante Esme, qui aboyait. Alors je me suis précipitée à l'intérieur et je l'ai vue étendue sur le sol.

Elle ferma les yeux, revivant cette scène et la panique qu'elle avait éprouvée.

— Je savais que je devais la sortir de là. En fait, je ne pensais qu'à cela et j'avoue que je n'ai pas fait très attention à ce qui se passait autour de moi. Je sais juste que le feu devenait de plus en plus impressionnant.

— Avez-vous remarqué quelque chose qui brûlait sur la cuisinière ? demanda Mitchell.

— Non. Je n'ai pas pensé à chercher la cause de l'incendie. Sinon, j'aurais probablement essayé de retirer cette marmite. Mais je ne pouvais penser qu'à tante Esme et à Megan et Tanya qui devaient dormir à l'étage. Alors je suis aussitôt retournée à l'intérieur pour les prévenir. Entre-temps, le feu était devenu impossible à maîtriser.

— Ne regrettez rien. Vous vous seriez certainement très gravement brûlée en tentant de retirer cet ustensile du feu. Qu'avez-vous fait, ensuite ?

— J'ai couru à l'intérieur pour aller chercher Megan et sa nourrice. Sur le chemin, j'ai appelé les secours. Je ne sais pas pourquoi mais la fumée était bien plus dense à l'étage qu'au rez-de-chaussée et je pouvais à peine voir à un mètre devant moi.

— C'est normal. La fumée monte. Vous n'auriez pas dû monter. Vous auriez pu être asphyxiée par les gaz toxiques. D'un autre côté, étant donné que votre nièce se trouvait là-haut, je comprends que vous l'ayez fait.

— Dieu merci, murmura Jackson. Ce que je ne comprends pas, moi, c'est comment une simple marmite pleine d'huile a pu faire autant de dégâts en si peu de temps.

— Vous seriez surpris de voir combien une maison peut brûler rapidement. Surtout les vieilles demeures comme celle-ci. Franchement, j'ai vu bien pire. Au moins, le feu est resté confiné dans la cuisine. Il aurait pu s'étendre à toute la maison.

— Mais vous pensez vraiment que le feu était d'origine criminelle ? insista Casey, incrédule.

— Je dirais qu'il y a de grandes chances pour que tel soit le cas. Mais l'inspecteur de police qui viendra demain vous en dira peut-être plus.

— Mais qui pourrait avoir envie de brûler Bellefontaine ? s'exclama la jeune femme.

— Je ne sais pas. C'est pour cette raison qu'une enquête va être ouverte. Est-ce que qui que ce soit d'autre a vu quelque chose de suspect ?

Nick secoua la tête.

— Jackson et moi ne sommes pas arrivés très longtemps avant vos camions.

— Nous n'avons rien vu, approuva Jackson.

— Pour en revenir à la déposition de votre tante, dit alors Mitchell en se tournant vers Casey, je suppose que vous n'avez pas vu trace de cet inconnu lorsque vous vous êtes portée au secours de Mlle Esme.

— Non, reconnut Casey. Mais je vous l'ai dit, je ne faisais pas vraiment attention à ce qui se passait.

En réalité, si elle n'avait pas vu de ses yeux les tuyaux lacérés, Casey en serait venue à douter du témoignage de sa tante. Cela n'avait tout simplement aucun sens.

— Je sais que vous pensez que j'ai imaginé cet homme, déclara gravement tante Esme. Mais si tel était le cas, pourquoi aurais-je cette bosse sur la tête ? Demandez aux secouristes qui m'ont soignée.

— Personne ne pense que tu as imaginé quoi que ce soit, tante Esme, la rassura Jackson en lui tapotant doucement la main. Simplement, nous devons envisager toutes les possibilités. Nous reparlerons de tout cela demain avec l'inspecteur, ajouta-t-il à l'intention de Mitchell. Ma tante a besoin de se reposer et j'avoue que moi aussi. Avez-vous tout ce qu'il vous faut pour établir votre rapport ?

— Oui, acquiesça Mitchell en se levant. Hank Jensen, l'inspecteur responsable de ce genre d'affaires, viendra vous voir dès demain. En attendant, ne touchez à rien et n'essayez pas de nettoyer quoi que ce soit. Vous pourriez involontairement faire disparaître des indices déterminants. Quoi que vous en pensiez, ajouta-t-il gravement, vous avez tous de la chance. Les choses auraient pu être beaucoup plus graves.

Sur ce, il prit congé des Fontaine et de Nick et regagna son véhicule. Tante Esme se tourna alors vers son neveu.

— Jackson, tu ne m'as pas présentée à ton ami.

— C'est vrai, admit-il. Tante Esme, voici l'un de mes vieux amis, Nick Devlin. Nick, je te présente ma tante, Esme Fontaine. J'ai invité Nick à séjourner chez nous. Il… euh… travaille à Baton Rouge.

— Je suis ravie de faire votre connaissance, monsieur Devlin, déclara tante Esme en lui tendant une main qu'il serra respectueusement. Les enfants, je vous laisse l'installer. Moi, je vais aller me coucher.

— As-tu besoin de quoi que ce soit ? demanda Casey.

— Non merci, ma chérie. Je suis tout à fait capable de prendre soin de moi-même.

Casey ne chercha pas à protester, connaissant trop sa tante pour cela. Lorsque la vieille dame eut disparu en direction de l'escalier, elle se tourna vers Nick, le regardant avec curiosité.

— Jackson n'a pas dit ce que vous faisiez à Baton Rouge, exactement, observa-t-elle. Mais je pense que je l'ai deviné : vous devez être le propriétaire de ce nouveau casino.

— Exact, acquiesça Nick. Du moins, je l'étais avant de le vendre à Guy Moreau.

— Tante Esme va te tuer, déclara la jeune femme à son frère.

Tous deux savaient qu'elle détestait les casinos et plus encore ceux qui y travaillaient. Elle les considérait comme des lieux de vice et de débauche.

— Il est inutile de lui en dire plus que nécessaire, répondit Jackson en haussant les épaules. Nick, ajouta-t-il en se tournant vers son ami qui avait assisté sans comprendre à ce rapide échange, je vais aller souhaiter une bonne nuit à ma fille. Casey, montre-lui où se trouve la maison d'amis. J'ai déjà installé Tanya et Megan dans la garçonnière.

— Mais…

Avant que la jeune femme ait eu le temps de protester, Jackson lui avait lancé les clés de ladite maison et avait quitté la pièce.

Ainsi, Nick Devlin devait séjourner à Bellefontaine, songea-t-elle, alarmée. Jusqu'alors, elle ne s'était guère inquiétée de l'attirance qu'il exerçait sur elle, songeant qu'elle ne le reverrait probablement jamais. Mais, s'ils vivaient sous le même toit, les choses risquaient de devenir beaucoup plus compliquées.

3.

— Vous savez que vos expressions sont très faciles à déchiffrer, observa Nick que la situation paraissait amuser au plus haut point.

Casey s'arrêta alors qu'elle était sur le point d'atteindre la double porte vitrée qui desservait la salle de jeux.

— Vraiment ? fit-elle d'un air de défi. Eh bien, dites-moi donc à quoi je suis en train de penser.

— Vous êtes ennuyée que votre frère m'ait proposé de rester. Surtout étant donné les circonstances actuelles. Et vous donneriez beaucoup pour trouver un moyen poli de me renvoyer chez moi. Est-ce que je me trompe ?

— Oui. J'avoue que les circonstances sont mal choisies mais ni vous ni Jackson ne pouviez savoir que vous arriveriez au beau milieu d'un incendie. De quoi aurais-je l'air si je vous en voulais ?

— C'est possible… Mais sachez que je ne vous en tiendrais pas rigueur si vous choisissiez de m'en vouloir néanmoins.

— Merci, répondit Casey en riant. Je ne pense pas que j'aurai besoin d'un bouc émissaire.

Elle ouvrit la double porte et tous deux sortirent dans le jardin. Une odeur d'eau stagnante et de plantes en décomposition flottait autour d'eux, senteur typique du bayou de Louisiane. Au loin, on entendait couler la rivière.

— Est-ce que vous voyez le Mississippi de la maison ? demanda Nick, curieux.

— Seulement des fenêtres de l'étage, répondit la jeune femme. En bas, le cours est dissimulé par les digues qui ont récemment été installées dans la région. Le fleuve sortait de son lit chaque année et débordait sur les terres environnantes. Mais, à présent, il est contenu.

— Est-ce qu'il vous arrive d'aller pêcher ?

Casey s'arrêta si brusquement que Nick faillit lui rentrer dedans. Elle le regarda d'un air incrédule, comme s'il venait de proférer la pire des inepties.

— Est-ce que vous trouvez vraiment que j'ai l'air de quelqu'un qui aime la pêche à la ligne ? demanda-t-elle sans dissimuler sa surprise.

Nick la regarda gravement puis lui prit doucement la main, observant la paume rendue légèrement calleuse par les travaux manuels.

— Je ne sais pas, dit-il. Honnêtement, je n'imaginais pas du tout la sœur de Jackson comme cela.

En réalité, il avait pensé trouver une de ces Belles du Sud au teint pâle et aux manières affectées qui faisait la fierté de l'aristocratie de Louisiane.

— Je pensais que vous ne seriez pas du genre à vous salir les mains mais je me trompais. Vous avez visiblement l'habitude de travailler. De travailler dur, même. Alors pourquoi ne pêcheriez-vous pas ?

— Pêcher n'a rien d'un travail physique éprouvant, observa la jeune femme. C'est un loisir. Et je n'ai vraiment pas de temps à consacrer à ce genre de choses.

46

Sur ce, elle arracha sa main à l'étreinte de Nick et reprit le chemin de la maison d'amis.

— Vous voulez dire que vous ne vous accordez aucun loisir ? insista Nick, étonné.

— Je vous l'ai dit, je n'ai pas assez de temps pour cela.

Tout en discutant, ils avaient atteint un charmant petit pavillon dont elle ouvrit la porte à l'aide du trousseau de clés qu'elle avait emporté.

— Je vous préviens, le logement n'a rien d'extravagant, déclara-t-elle. Vous trouverez une chambre et une salle de bains à l'étage ainsi qu'une cuisine et un salon au rez-de-chaussée.

— Qu'est-ce que vous faites de votre temps ? demanda Nick tandis qu'elle ouvrait la lumière, révélant une pièce à l'aspect accueillant.

— Je gère la plantation, déclara-t-elle. Je fais pousser de la canne à sucre. Et je vous garantis que c'est une activité très accaparante.

Nick la suivit dans la cuisine et la regarda d'un œil appréciatif tandis qu'elle ouvrait l'eau et le gaz.

— Et cela ne vous laisse pas une minute pour faire autre chose ?

— Qu'est-ce que vous entendez par « autre chose » ? demanda la jeune femme en le regardant attentivement.

— Je vous l'ai dit, des loisirs. Nager, par exemple, ou faire du ski nautique ou du tennis. Ou jouer au casino.

— En ce qui concerne les activités de plein air, l'agriculture me suffit amplement, répondit Casey. Quant au casino, la seule fois où j'y suis allée, j'ai eu l'impression de me faire dépouiller de mon argent. J'espère que vous ne vous en formaliserez pas.

— Pas le moins du monde. Par contre, je serais curieux de savoir ce que la culture de la canne à sucre peut bien avoir de si passionnant pour que vous vous y consacriez corps et âme.

— Je doute que cela vous intéresse, objecta la jeune femme.

— Au contraire, protesta Nick. Jé n'ai pas si souvent l'occasion de rencontrer des gens pratiquant cette activité.

— Il est un peu tard pour que je vous parle en détail de mon travail, répondit Casey. Mais reposez-moi la question un autre jour et je me ferai un plaisir de vous éclairer. Laissez-moi juste vous dire que c'est un métier beaucoup plus compliqué que les gens ne le pensent d'ordinaire. D'autant que nous avons été choisis par le centre de recherches de Louisiane pour tester une nouvelle canne à sucre hybride.

— J'espère que vous aurez le temps de me parler de tout cela, déclara Nick que le sujet paraissait réellement intéresser.

— A l'occasion, répondit évasivement Casey. Bien. Nous prenons le petit déjeuner à 7 heures d'habitude mais je doute que ce soit le cas demain, étant donné ce qui est arrivé dans la cuisine ce soir. A moins que Jackson ne passe en ville chercher de quoi manger, j'ai bien peur qu'il ne faille vous contenter de café. Vous trouverez aussi diverses boissons fraîches dans le réfrigérateur.

Nick s'était adossé à un mur et la contemplait, les bras croisés sur la poitrine.

— Dites-moi, pour en revenir à vos loisirs : est-ce que vous avez du temps à consacrer aux hommes ?

— Aux hommes ? répéta Casey, surprise par son aplomb. Je ne les considère pas comme un loisir.

— C'est pourtant le cas de certaines femmes, observa Nick en haussant les épaules.

— En ce qui me concerne, ils me font plutôt l'effet d'une épine dans le pied. Et je suis polie. Dites… Est-ce que vous êtes toujours aussi indiscret ?

— La plupart du temps. C'est même mon principal défaut.

— Au moins vous êtes honnête, acquiesça Casey en riant.

Nick la fixait droit dans les yeux, admirant la clarté de son regard couleur de jade. Elle avait de longs cils qui la rendaient plus séduisante encore.

— Puisque je suis honnête, peut-être me permettrez-vous de vous dire quelque chose, reprit-il gravement.

— Cela dépend de ce dont il s'agit, répliqua-t-elle, méfiante.

— Ne vous en faites pas, cela n'a rien de terrible. Je voulais juste vous dire que je vous trouve très attirante.

— Pardon ? fit-elle, abasourdie par cette déclaration inattendue.

— J'ai dit que je vous trouvais très attirante, répéta Nick.

— Ne me dites pas que vous essayez de me faire du charme en un moment pareil ! s'exclama-t-elle, incrédule.

— Au contraire, protesta Nick. Je fais tout ce que je peux pour ne pas vous faire de charme. Je suis parfaitement conscient que le moment serait des plus mal choisis.

— C'est le moins qu'on puisse dire, répondit sèchement Casey. Si je comprends bien : vous me dites que si Bellefontaine n'avait pas brûlé, vous essaieriez de me séduire.

— Absolument, répondit Nick.

Casey secoua la tête, passablement sidérée.

— Vous savez que vous êtes vraiment étrange.

— Pourquoi ? Je suis honnête, rien de plus.

— Menteur ! C'est juste une façon inédite de flirter avec moi.

— Peut-être, reconnut Nick. Mais j'ai remarqué que, quand je le faisais, vous n'aviez plus l'air aussi triste.

Casey le regarda attentivement, paraissant réfléchir à ce qu'il venait de lui dire. Nick eut brusquement envie de la prendre dans ses bras, de lui promettre que tout irait bien, de l'embrasser jusqu'à ce qu'elle oublie complètement l'angoisse qui la rongeait.

Que lui arrivait-il donc ? Il n'avait pourtant pas l'habitude de se conduire de cette façon avec les femmes. Comment Casey parvenait-elle à lui faire perdre ainsi tout contrôle sur lui-même ?

— Ma maison a failli brûler, murmura-t-elle au bout d'un moment.

— Je sais. Ce doit être affreux.

De fait, il avait vu combien Casey et Jackson avaient été affectés par ce sinistre. C'était une chose que lui-même avait un peu de mal à comprendre : jamais il n'avait eu réellement de foyer. Il ignorait quel pouvait bien être le lien affectif que les Fontaine avaient tissé avec cette maison dans laquelle leur famille vivait depuis des générations.

— Ça l'est, reconnut la jeune femme. Honnêtement, j'ai terriblement peur de voir l'étendue du désastre demain matin.

— Vous vous sentirez mieux lorsque vous aurez dormi, promit Nick. Peut-être n'est-ce pas aussi grave que vous le craignez.

— Peut-être, acquiesça la jeune femme sans conviction.

Traversant le salon, elle se dirigea vers la porte d'entrée. Là, elle s'arrêta et se tourna de nouveau vers Nick, plantant son regard dans le sien.

— Dois-je en déduire que vous flirtiez avec moi par pur altruisme ? demanda-t-elle.

Nick traversa la pièce et vint se planter devant elle.

— Me croiriez-vous si je vous disais que oui ? demanda-t-il en souriant.

— Pas un seul instant.

— Et vous auriez raison, concéda-t-il. Vous êtes une femme perspicace.

— Suffisamment pour reconnaître un homme qui me fait du charme, répondit-elle en haussant les épaules.

Sur ce, elle tourna les talons et le laissa seul, sans lui donner le moindre indice sur les sentiments que lui inspirait sa confession. Il la suivit longuement des yeux en souriant. Il se demanda si, cette fois, il n'avait pas trouvé une femme à sa hauteur.

Lorsqu'elle parvint enfin à écarter ses visions angoissantes, ce fut pour rêver de Nick Devlin. Et ces rêves n'avaient rien d'innocent. Une fois de plus, elle se réveilla le corps en feu mais pour de toutes autres raisons. Cet homme était-il le diable ? se demanda-t-elle. Sinon, comment expliquer qu'il l'obsède à ce point alors qu'elle venait tout juste de le rencontrer ?

Finalement, elle dut trouver le sommeil puisque ce fut Jackson qui la tira du lit en frappant à sa porte pour lui annoncer que la police devait arriver dans moins d'une demi-heure.

Jetant un coup d'œil à son réveil, la jeune femme réalisa qu'elle ne l'avait pas entendu sonner. Heureusement, elle avait pris sa douche la veille pour se débarrasser de l'odeur de fumée. Ses cheveux en étaient toujours imprégnés et elle se demanda combien de shampoings il faudrait pour qu'elle disparaisse complètement.

Se levant, elle enfila en vitesse un jean, des baskets et un sweat-shirt et dévala l'escalier. Parvenue dans le hall, elle hésita face à la porte d'entrée, tentant de rassembler son courage en prévision de la vue qui l'attendrait dehors.

C'était aussi apocalyptique qu'elle l'avait imaginé. La façade arrière était noire de fumée et très endommagée par endroits. Le toit de la cuisine avait été transformé en une véritable passoire. Tous les meubles avaient brûlé et l'électroménager était réduit à l'état écœurant de sculptures de plastique informes et noircies.

La simple vision de ce gâchis soulevait le cœur de la jeune femme. Faisant le tour de la maison, elle aperçut Jackson installé sous le porche qui courait sur la moitié de la longueur de la maison. Avec ses pots de fleurs soigneusement entretenus, ses lourds ventilateurs de bois et ses confortables meubles de rotin, c'était l'endroit préféré de Casey.

Elle venait souvent s'y asseoir avec un livre, un magazine ou les jumelles qui lui permettaient d'observer les animaux qui vivaient dans le bayou et les oiseaux qui se posaient sur la pelouse. Lorsque la saison était venue, Betty, la cuisinière des Fontaine, s'installait ici pour préparer conserves et confitures à partir des récoltes de fruits et de légumes.

C'était la raison pour laquelle étaient installés à cet endroit un évier et un réfrigérateur qui se révéleraient certainement des plus utiles au cours des jours à venir.

Comme tous les matins, Jackson lisait le journal local. Casey lui adressa un salut de la tête et s'assit en face de lui pour se servir un café.

— Où as-tu trouvé une cafetière ? demanda-t-elle avec curiosité.

— Dans la garçonnière, dit-il. J'y ai également pris le four à micro-ondes. De toute façon, Megan et Tanya se sont déjà réinstallées dans la maison principale.

— Très bien, déclara Casey.

Elle avala une gorgée de café et grimaça.

— Inutile de te demander qui l'a préparé, dit-elle. Il est abominable.

— Ne te plains pas : si tu t'étais réveillée la première, nous boirions le tien.

Casey hocha la tête. Elle était la seule personne au monde à faire un café plus atroce encore que celui de Jackson. Très souvent, elle se disait que si Betty n'avait pas été là, tous deux auraient fini par mourir de faim ou, pire encore, d'un empoisonnement alimentaire.

— Est-ce que tu as vu la cuisine ? demanda-t-elle d'un air sombre.

— Hélas, oui. Et toi ?

— J'en viens. Elle est complètement irrécupérable.

— Peut-être. Mais je pense néanmoins que les choses ne sont pas aussi terribles qu'elles en ont l'air. Cela demandera beaucoup de travail mais je suis presque certain que nous pourrons la remettre en état sans avoir à tout démolir.

— J'espère que tu as raison, soupira Casey en avalant une nouvelle gorgée de café. Où est Betty ?

— Elle est allée chercher des provisions. Et des beignets.

Casey sourit, se demandant par quel miracle Jackson avait réussi à convaincre Betty de passer au Café Dubonnet. C'était là que l'on trouvait les meilleurs beignets de la ville mais Betty était convaincue, avec raison d'ailleurs, que les siens leur étaient supérieurs. Elle refusait donc catégoriquement d'en acheter.

Mais les circonstances étaient extraordinaires, songea tristement la jeune femme. Et il était peu probable que Betty prépare une nouvelle fournée de beignets de sitôt.

— Elle ne devrait pas tarder, reprit Jackson. En attendant, tout ce que nous avons, c'est du café.

Il en avala une gorgée et sourit.

— Au fond, il n'est pas si mauvais, commenta-t-il en souriant.

Casey haussa les épaules.

— Est-ce que tu as appelé maman et Duke ?

C'était toujours ainsi qu'ils parlaient de leur père que tout le monde appelait Duke. Certains allaient même jusqu'à l'appeler « le Duc », ce dont il feignait de s'offusquer mais était secrètement très fier.

— Non. Ils ne seront pas joignables avant quelques jours. Pour le moment, d'après leur planning, ils se trouvent sur un petit voilier au beau milieu de la Méditerranée. Je ne crois pas que cela vaille la peine de les appeler par radio.

— Certainement pas ! s'exclama Casey.

Ce voyage autour du monde était les premières vacances que prenaient ses parents depuis une éternité. A la demande pressante de leur mère, Duke avait fini par accepter à contrecœur de confier la gestion de ses affaires à ses enfants.

C'était plus fort que lui : peu importait que son fils soit âgé de vingt-huit ans et sa fille de trente et un. Peu importait qu'ils eussent passé toute leur vie sur la plantation. Il estimait qu'ils manquaient d'expérience et de maturité pour partager la gestion des affaires familiales.

C'était un sujet de débat houleux entre Jackson et lui. Casey, elle, avait plus de chance. Elle s'intéressait surtout à la culture de la canne à sucre alors que les deux hommes préféraient de loin la production et la vente de sucre. Tous deux étaient des hommes d'affaires et non des agriculteurs. Ils n'avaient pas comme elle la terre dans le sang.

— Je pense que le fait que nous ne puissions les joindre est peut-être une bénédiction, déclara la jeune femme au bout d'un moment. Peut-être devrions-nous même ne pas leur parler du tout de l'incendie.

— Ne pas leur en parler ? s'exclama Jackson, visiblement sidéré. Mais pourquoi ferions-nous une chose pareille ?

— Parce que cela ne fera que les inquiéter. Pire, même. Duke pourrait décider que nous ne sommes pas à la hauteur de l'événement. Il pourrait convaincre maman de rentrer.

— C'est possible, en effet, reconnut Jackson. Pourtant, s'il revient, il ne pourra rien faire de plus que nous.

— Mais cela ne l'empêchera pas de le faire, observa Casey.

Tous deux se regardèrent gravement et Jackson finit par hocher la tête.

— Très bien, dit-il. Je vais en parler à tante Esme. Quelque chose me dit qu'elle sera d'accord pour considérer que c'est la meilleure solution. Elle sait combien maman tenait à ce voyage.

Il s'interrompit, avisant brusquement Nick qui se dirigeait dans leur direction, une tasse de café fumant à la main. Casey lui jeta un regard envieux, songeant qu'il devait être bien meilleur que celui que Jackson et elle étaient en train de boire.

— Bonjour, fit Nick en leur souriant.

A cet instant, un son lugubre digne d'un manoir hanté retentit, faisant naître sur le visage de leur invité une expression de stupeur comique.

— Un de nos ancêtres devait avoir un goût prononcé pour les sons d'outre-tombe, expliqua Casey en riant. Mais Duke, notre père, n'a jamais voulu faire changer cette étrange sonnette. Je crois qu'il l'aime bien.

— Ce doit être Jensen, déclara Jackson. Tu viens, Casey ?

— J'arrive tout de suite, fit sa sœur qui n'avait aucune envie de se retrouver immédiatement confrontée aux ruines noircies.

Elle réalisa alors que les dégâts l'avaient beaucoup plus affectée qu'elle ne l'avait d'abord cru. Bellefontaine avait survécu à bien des incidents de ce genre. Elle avait même survécu à la guerre de Sécession. Mais, la veille, la belle demeure avait bien failli disparaître pour de bon. Et cette pensée avait quelque chose de presque obscène.

— Ne vous en faites pas, la réconforta Nick comme s'il avait lu dans ses pensées. Les choses ne sont pas aussi graves que vous le croyez.

La jeune femme lui jeta un regard méfiant. Comment pouvait-il aussi aisément percer à jour ses pensées alors qu'elle parvenait d'ordinaire à les dissimuler à ceux qui la connaissaient le mieux ?

— Vraiment ? Pourtant, quelqu'un a essayé de détruire Bellefontaine. Franchement, je ne vois pas ce qui pourrait se passer de pire.

— Eh bien, tout d'abord, cette personne aurait pu réussir.

Casey hocha la tête, réalisant la justesse de ce qu'il disait.

— Je suppose que vous avez raison. Après tout, personne n'a été blessé. Mais la maison…

— Ce n'est pas non plus aussi grave que cela. La cuisine est perdue, certes. Mais les autres pièces n'ont pas été touchées. Quant à la façade, je pense qu'elle est récupérable.

— C'est possible. Mais ce ne sera pas facile, vous savez. Bellefontaine est un bâtiment historique classé.

Nous ne pouvons pas demander au premier charpentier venu de réparer. Il nous faut un artisan qualifié.

— Je crois que je peux vous aider.

— Ne me dites pas que vous connaissez justement un charpentier spécialisé dans les demeures historiques, ironisa la jeune femme.

— Si. Il se nomme Adam Ross. C'est un vieil ami à moi. En fait, nous étions camarades de chambre à l'université.

— Existe-t-il quelqu'un qui ne soit pas l'un de vos vieux amis ? ironisa la jeune femme.

— Oui, il y a vous. Mais j'espère que je vous compterai bientôt parmi mes nouveaux amis. En attendant, je vous donnerai le numéro d'Adam. Vérifiez ses références si vous le désirez, je pense que vous serez impressionnée.

— Merci, lui dit gravement la jeune femme. S'il est effectivement qualifié, nous vous devrons une fière chandelle.

— C'est une perspective que je trouve agréable, dit Nick en la regardant droit dans les yeux.

Une fois de plus, elle tomba sous le charme de son magnifique regard bleu et sentit son cœur s'emballer dans sa poitrine. Comment diable parvenait-il à faire cela ?

— J'aimerais beaucoup dîner avec vous, un soir, déclara-t-il brusquement.

— Est-ce que vous essayez toujours de me remonter le moral ?

— Croyez-moi, Casey, je n'invite jamais une femme par devoir.

Fascinée malgré elle, elle continuait à le regarder fixement, se demandant vaguement ce qu'elle ressentirait si les lèvres de Nick se posaient subitement sur les siennes. Balayant cette pensée ridicule, elle se maudit pour cette preuve de faiblesse.

— Vous allez un peu vite en besogne, déclara-t-elle enfin.

— Cela m'arrive, dit-il en cueillant une mèche de ses cheveux qu'il caressa doucement. On dirait de la soie, observa-t-il pensivement.

— Je pensais justement les couper, dit-elle en reculant pour s'arracher au sortilège qu'il paraissait lui avoir lancé.

— Menteuse, murmura-t-il en souriant d'un air moqueur.

Casey plongea nerveusement ses mains dans les poches de son jean et le regarda avec défiance. Cela faisait très longtemps qu'elle ne s'était pas intéressée à un homme au point d'envisager qu'elle puisse sortir avec lui. Alors pourquoi Nick faisait-il exception ?

Un homme aussi charmeur ne pouvait être très différent de son ex-fiancé Jordan Whittaker qui était un coureur de jupons notoire. Et elle n'avait aucune envie de commettre deux fois la même erreur.

— Ecoutez, Nick..., commença-t-elle.

— Prenez votre temps avant de me répondre, coupa-t-il.

Elle faillit refuser mais il posa doucement son pouce sur ses lèvres, l'empêchant de parler et faisant naître en elle une vague de chaleur incoercible.

— Casey, appela alors Jackson.

Nick laissa retomber sa main juste au moment où le frère de la jeune femme les rejoignait.

— Qu'est-ce que tu fais ? demanda-t-il. L'inspecteur veut te parler.

— J'arrive tout de suite.

Jackson lui jeta un regard surpris puis s'éloigna, les laissant de nouveau seuls.

— J'attendrai votre réponse, déclara Nick.

— Ce ne sera peut-être pas celle que vous espérez, le prévint Casey.

— Mon métier, c'est de prendre des risques, répondit-il en lui décochant un sourire ravageur.

La jeune femme ne trouva rien à répondre à cela et finit par se détourner pour se diriger vers la porte.

— Nous en reparlerons, dit-elle en se maudissant intérieurement.

Pourquoi faisait-elle durer les choses ? Elle aurait dû se contenter de refuser son invitation sans lui laisser entrevoir le moindre espoir. Après tout, un homme qui était capable de lui faire oublier aussi vite ses obligations ne pouvait que s'avérer très rapidement dangereux.

La sagesse conseillait de repousser ses avances.

Mais Casey commençait à en avoir assez d'être sage.

4.

Après le départ de l'inspecteur chargé de l'enquête, Casey et Jackson retournèrent s'installer sous le porche pour discuter de ce qu'ils devraient faire. Tante Esme, trop éprouvée par la vue du désastre, avait préféré monter dans sa chambre pour se reposer.

Casey se sentait nerveuse, comme chaque fois qu'elle aurait dû s'occuper de la plantation mais ne pouvait le faire. La moisson approchait et la jeune femme tenait à ce que tout se passe au mieux. C'était en effet une étape déterminante et la moindre erreur pouvait s'avérer fatale.

Mais la question de l'incendie était évidemment prioritaire.

— Je ne pense pas pouvoir te laisser seule pour t'occuper de tout cela, déclara Jackson comme s'il venait de lire dans ses pensées.

Il paraissait épuisé, tant physiquement qu'émotionnellement. Pour lui, ces derniers mois avaient été très intenses. Bien que n'étant pas légalement marié à Janis, la mère de Megan, il l'avait aidée à s'occuper de la petite fille.

Cela n'avait pas été facile, Janis s'étant initialement opposée à ce qu'il obtienne un droit de visite. Ensuite, la jeune femme avait été arrêtée pour fraude et complicité de recel de drogue. Elle s'était retrouvée en prison et Jackson avait obtenu la garde de Megan.

— Je vais annuler mon vol, ajouta-t-il d'un ton décidé.

Casey le regarda avec surprise, ignorant qu'il devait repartir.

— Où comptais-tu aller ? demanda-t-elle.

— A Sugarland, au Texas, pour assister à la conférence annuelle des producteurs de sucre. Ensuite, je devais me rendre à Mexico pour un colloque sur l'ALENA.

— Ah oui, c'est vrai, acquiesça Casey se rappelant brusquement l'avoir entendu en parler à plusieurs reprises. Mais dis-moi, ne m'as-tu pas dit que cette rencontre au Mexique était très importante ?

— Si. Mais ce n'est pas grave. Il est hors de question que je parte après ce qui s'est passé ici.

— Ne sois pas ridicule, Jackson, protesta énergiquement la jeune femme. Je suis parfaitement capable de gérer la situation. Je te rappelle que, la plupart du temps, je suis la seule à m'occuper de la plantation pendant que Duke et toi courez le monde à la recherche de nouveaux contrats.

— Peut-être... Mais les soucis que tu rencontres sont nettement moins épineux que celui que nous avons aujourd'hui. Cela n'est pas un simple problème agricole. Tu vas devoir t'occuper de la police et des agents d'assurance tout en supervisant la réparation de la cuisine et le nettoyage de la façade. D'autant qu'à mon avis, tante

Esme ne sera pas en état de t'aider. Elle semble vraiment très bouleversée par ce qui s'est passé hier.

— Vous feriez mieux de ne pas lui dire une chose pareille, remarqua Betty qui faisait griller des tranches de lard à quelques pas de là. Mlle Froufrou veut toujours avoir le dernier mot en ce qui concerne la maison.

« Mademoiselle Froufrou » était le surnom que Betty, la cuisinière de la famille, donnait à tante Esme qu'elle considérait comme une gêneuse et une empêcheuse de tourner en rond plus préoccupée de sa garde-robe que des problèmes réels de Bellefontaine.

— Si vous engagez quelqu'un qui ne lui convient pas pour s'occuper de cette cuisine, elle fera un vrai malheur, affirma Betty.

— J'en ai bien conscience, soupira Jackson. Mais laisse-nous nous occuper de tante Esme, Betty.

Betty haussa les épaules, faisant trembler la cigarette éteinte qui ne quittait jamais ses lèvres. Casey la connaissait depuis des années et ne l'avait jamais vue en allumer une

— Très bien, soupira la cuisinière. Mais ne venez pas me dire que je ne vous ai pas prévenus !

— Bien sûr, fit Casey avant de se retourner vers son frère. Si c'est ce qui t'inquiète, en tout cas, tu n'as pas à t'en faire. J'ai déjà eu affaire à des compagnies d'assurances auparavant. En ce qui concerne les réparations, Nick m'a parlé de quelqu'un. Apparemment, il serait tout à fait qualifié pour ce genre de travail. Je m'en assurerai dans la journée mais si c'est bien le cas, je prendrai contact avec lui.

— Comment s'appelle-t-il ?

— Adam Ross. Tu le connais ?

— Non.

Jackson paraissait hésiter encore et Casey insista, lui répétant que cette rencontre au Mexique était importante autant pour les intérêts que pour l'image de la famille face aux acheteurs et aux autres producteurs.

— Par contre, déclara finalement Casey, avant que tu partes, il faut absolument que tu dises la vérité à tante Esme au sujet de Nick Devlin. Je ne veux pas que tu me laisses cette corvée. Après tout, Nick est ton ami, pas le mien.

— Je crois que tu t'inquiètes trop à ce sujet, protesta Jackson.

— Nous en reparlerons lorsque tu auras discuté avec tante Esme, répliqua la jeune femme.

— En parlant de Nick...

Jackson s'interrompit et se servit une tasse de café, ne sachant visiblement pas comment aborder le sujet qu'il avait à l'esprit.

— Puis-je savoir ce qui se passait exactement entre vous, lorsque je suis revenu te chercher, tout à l'heure ?

— Je crois que cela rentre dans la catégorie « Pas tes oignons », déclara Casey.

— C'est bien ce que je pensais, soupira son frère. Ecoute... J'aime beaucoup Nick mais je dois te dire qu'il a une réputation de séducteur. Et, à mon avis, elle est plus que méritée.

— Joueur et séducteur ? Cela fait beaucoup pour un seul homme.

— Peut-être... Oh, ne te méprends pas : il n'est pas comme Whittaker. Ce n'est pas quelqu'un d'infidèle ou de menteur. C'est juste qu'il ne paraît pas pouvoir tenir très longtemps en place. Et je pensais qu'il fallait que tu le saches si tu envisages de sortir avec lui.

Casey lui jeta un regard noir. Après tout, elle était l'aînée et c'était à elle de fournir ce genre de conseils. Elle n'avait pas besoin que l'on s'occupe d'elle de cette façon.

Mais elle savait que protester n'aurait servi à rien : Jackson ressemblait beaucoup à Duke dans ce domaine. Il considérait qu'il était de son devoir de protéger les femmes, contre elles-mêmes s'il le fallait. Ce devait être un trait de caractère typiquement sudiste.

— Et ne me dis pas qu'il ne t'a pas proposé de sortir avec lui, reprit Jackson. Je ne te croirais pas. Je veux juste que tu te montres prudente.

— Merci beaucoup, Jackson, je l'avais déjà compris. Mais ne t'en fais pas trop : il m'a juste invitée à dîner, pas demandée en mariage. Alors laisse-moi m'occuper de Nick Devlin pendant que tu préviens tante Esme !

— Me prévenir de quoi ? demanda alors tante Esme qui venait de les rejoindre sous le porche.

Jackson et Casey sursautèrent et se tournèrent vers elle avant de se regarder d'un air coupable.

— Eh bien, vas-y, frérot, l'encouragea Casey. A toi l'honneur !

— Ce n'est rien, tante Esme, déclara Jackson. Nous en discuterons plus tard.

Tante Esme était sur le point d'insister mais Nick entra à cet instant et elle jugea préférable de n'en rien faire.

— Bonjour, fit leur hôte avant de tendre un morceau de papier à Casey. C'est le numéro d'Adam Ross. Je voulais vous le donner avant de partir pour le casino. Je dois auditionner plusieurs groupes pour le concert d'ouverture. Si ça vous dit, vous pouvez m'accompagner.

Casey ne répondit pas, sidérée par ce concours de circonstances malheureux.

— Merci pour le numéro, dit-elle. Et merci pour l'invitation mais j'ai vraiment trop à faire ici.

— C'est bien ce que je pensais mais je tenais à vous le proposer tout de même.

— Ce que j'aimerais savoir, déclara alors tante Esme, c'est ce que vous allez faire dans un casino.

— Eh bien, je prépare la soirée inaugurale du White Gold, le nouveau bateau casino. Elle doit avoir lieu la semaine prochaine, vendredi pour être précis.

Tante Esme le contempla avec une expression de dégoût évident.

— Jackson, s'exclama-t-elle alors en se tournant vers son neveu, tu as amené un propriétaire de casino chez moi ? Sans même m'en parler ?

— Oh, je ne suis plus propriétaire, intervint Nick avant que Jackson n'ait pu répondre. Je l'ai vendu. Mais je suis chargé de le gérer le temps que tout fonctionne.

Discrètement, il décocha un clin d'œil complice à Casey. Mais celle-ci ne voyait vraiment pas où résidait l'humour de cette situation. Tante Esme faisait preuve d'une intolérance insupportable tandis que Jackson paraissait sur le point d'exploser de rage mal contenue. Quant à Casey, elle se sentait si énervée par leurs attitudes respectives qu'elle avait envie de hurler.

Au lieu de cela, elle se leva et prit le bras de Nick pour le guider vers la sortie avant que l'orage n'éclate.

— Merci pour tout, dit-elle. Vous devez avoir fort à faire. Ne nous laissez surtout pas vous retarder.

— Tu sais parfaitement ce que je pense des casinos, Jackson, déclara alors tante Esme. Ce sont des lieux de débauche qui ne font qu'encourager une population de criminels et d'âmes perdues à s'installer dans nos villes. Comment as-tu pu inviter cet homme ? Il est hors de question qu'il reste ici une minute de plus !

— Je ne vois pas en quoi cela te concerne ! s'exclama Jackson, hors de lui. Je suis libre d'inviter qui je veux dans ma propre maison !

— C'est bien ce que je vois. Tu ne montres aucune considération pour le reste de ta famille. D'abord, tu commences par amener ta fille, ensuite ce joueur professionnel. Qui inviteras-tu, la prochaine fois ? Une femme de mauvaise vie, peut-être ?

Casey se tourna vers Nick.

— Venez, dit-elle. Sortons d'ici...

— Oh, ne vous en faites pas, j'ai la peau dure, la rassura-t-il.

— Eh bien, pas moi ! Laissons Jackson régler cette question, ça lui apprendra.

Sur ce, elle entraîna littéralement Nick dans le jardin. Ce dernier était hilare.

— Arrêtez de rire ! s'exclama la jeune femme avec humeur tandis qu'elle le poussait vers sa voiture, une superbe Porsche rouge garée devant la maison. Il n'y a vraiment rien de drôle dans tout cela.

Nick s'arrêta et prit le menton de la jeune femme entre ses doigts, la forçant à le regarder dans les yeux. Elle s'exécuta, sans se départir de la méfiance qu'il lui inspirait.

— Il n'y a vraiment pas de quoi être embarrassée, lui assura-t-il. Franchement, j'ai entendu dire des choses bien pires sur mon compte, je vous assure.

Casey se dégagea, non sans remarquer la douce chaleur qui s'était installée au creux de son ventre. Le simple contact des mains de Nick suffisait à éveiller en elle quelque chose qui ressemblait un peu trop au désir à son goût. Cet homme était dangereux, se répéta-t-elle. Se raidissant contre ses propres inclinations, elle le fusilla du regard.

— Jackson aurait dû la prévenir, déclara-t-elle. Je ne sais pas pourquoi tante Esme a tant de préjugés envers les casinos et leurs propriétaires. Ce n'est pas exclusivement dirigé contre vous mais vous feriez peut-être mieux de l'éviter. Au moins pendant quelques jours.

— Cela ne me pose aucun problème, répondit Nick. Du moins tant que je n'ai pas à vous éviter, vous.

A ces mots, la jeune femme vit ses yeux s'assombrir et il posa doucement la main sur sa joue qu'il caressa délicatement, lui arrachant un frisson aussi involontaire que révélateur.

Elle recula, se rappelant l'avertissement de Jackson. Elle n'avait aucune envie de s'impliquer une fois de plus dans une relation avec un homme à femmes. Nick était probablement passé maître dans l'art de vaincre les résistances des femmes qu'il voulait séduire.

Cette pensée aurait dû suffire à la rendre méfiante mais, en réalité, elle se sentait plus curieuse qu'autre chose.

— Vous n'aurez pas à m'éviter, déclara-t-elle gravement. Mais je ne sortirai pas avec vous.

— Pourquoi pas ?

Casey hésita un instant puis décida de lui dire la vérité. Elle ne croyait pas aux faux-semblants et aux mauvaises excuses.

— Vous êtes un homme très séduisant, déclara-t-elle.

— Merci. Est-ce pour cela que vous repoussez mes avances ?

— Je ne suis pas intéressée par une liaison passagère, déclara-t-elle. Alors il y a fort à parier que notre relation ne mènera nulle part.

— Vous voulez dire qu'elle ne vous mènera pas dans mon lit ? demanda Nick avec aplomb.

— Exactement.

Nick sourit, ce qui eut le don d'agacer prodigieusement la jeune femme.

— Dites-moi, Casey, demanda-t-il alors, est-ce qu'il vous est déjà arrivé d'avoir une « liaison passagère » comme vous dites ?

— Eh bien...

Elle hésita et s'interrompit, réalisant que tel n'était effectivement pas le cas : elle était sortie avec trois personnes, chaque fois pour longtemps — pour toujours, avait-elle cru.

— Je ne vois pas ce que ça change, déclara-t-elle enfin en haussant les épaules.

— Pas grand-chose, je suppose, admit Nick en ouvrant la portière de sa voiture.

D'un geste fluide, il s'installa au volant.

— Je me demande juste comment vous pouvez être aussi convaincue que vous ne voulez pas de quelque chose, si vous ne l'avez jamais essayé.

— Et vous ? Est-ce que vous avez déjà essayé de vous investir dans une relation durable ?

Nick parut réfléchir à la question puis hocha la tête.

— Non, avoua-t-il. Mais il y a une bonne raison à cela.

Casey leva un sourcil, attendant qu'il poursuive.

— Je n'ai jamais rencontré une femme qui m'ait donné envie de rester longtemps.

Il alluma le moteur de la Porsche qui émit un vrombissement sourd.

— Du moins pas encore, ajouta-t-il avant de démarrer.

Malin, songea la jeune femme en souriant. Quelle femme dotée d'un minimum d'orgueil aurait pu résister à une telle provocation ? Mais elle n'avait aucune envie de laisser sa fierté l'emporter sur sa raison. Il n'en était pas question.

— Après tout, je n'ai pas non plus essayé de me suicider, murmura-t-elle en se dirigeant vers la maison. Ce n'est pas pour cela que je compte essayer.

Le White Gold n'était pas seulement un casino. C'était également un restaurant et un bar. Nick voulait en faire un lieu qui accueille bien plus que les joueurs. Ce devait être un endroit convivial.

Pour cela, il lui fallait un groupe marquant et pas une de ces formations tout juste bonnes à enchaîner les reprises sans imagination. Il voulait trouver la perle rare, le musicien méconnu dont la prestation ferait date et consacrerait le flair du casino en matière de nouveaux talents.

Entre deux auditions, il contempla avec satisfaction la salle dans laquelle il se trouvait. Au fond, le bar et les portes qui donnaient sur les cuisines. Devant étaient disposées plusieurs tables pour les dîneurs.

Puis venaient les tables basses entourées de profonds fauteuils. Ensuite, Nick avait fait poser un parquet qui servait de piste de danse. Enfin, à l'opposé du bar se dressait une scène sur laquelle se produiraient groupes et humoristes.

Les meubles et la décoration rappelaient la scène du film *Autant en emporte le vent* qui se déroulait sur un bateau à vapeur. C'était exactement ce qu'il avait eu en tête en donnant ses instructions au chef décorateur.

Les fauteuils étaient recouverts de velours rouge, les murs ornés de lourdes tentures assorties, les tables de nappes blanches immaculées sur lesquelles brillaient les feux de l'argenterie. Le bar était de bois d'acajou, noir et brillant. Une barre de cuivre rutilante courait sur toute sa longueur. Le tout était éclairé par de superbes lustres en cristal.

Il se dégageait de l'endroit une impression d'élégance et de confort que l'on retrouvait dans la salle de jeu contiguë, celle qui était réservée aux tables de poker, de black-jack, de roulette et de baccara.

Au premier niveau, par contre, la salle où se trouvaient les machines à sous était plus sobre, évoquant plus l'ambiance d'un saloon que celle d'un cabaret. De cette façon, il y en aurait pour tous les goûts : du joueur professionnel au simple curieux.

Nick avait déjà engagé la plupart des membres du personnel dont deux maîtres d'hôtel qui lui avaient été chaudement recommandés et un capitaine qui paraissait très capable. Les bateaux casinos devaient en effet héberger un capitaine, même s'ils restaient continuellement amarrés. Ce dernier devait maintenir le navire en état de marche et veiller au respect des normes de sécurité nautiques.

Nick se demandait pourquoi l'administration tenait tant à ce que ces conditions soient remplies mais il s'était scrupuleusement conformé au code.

Portant son verre de whisky à ses lèvres, Nick revint au sujet qui le préoccupait le plus, ces temps-ci : Casey Fontaine. En réalité, elle l'obsédait complètement. La veille, il avait même décliné sans un regret l'invitation que lui avait faite une chanteuse des plus charmantes.

Brusquement, il décida qu'il avait laissé suffisamment de temps à la jeune femme. Dès ce soir, il lui demanderait si elle avait réfléchi à sa proposition. Si elle lui répondait par la négative, il saurait au moins à quoi s'en tenir.

Levant les yeux, Nick consulta la liste des groupes qu'il devait encore auditionner. Le prochain était celui d'un certain Luc Renault, un saxophoniste alto qui jouait du jazz. Observant la scène, il vit ce dernier qui attendait que ses musiciens se soient installés en discutant avec une superbe blonde.

Finalement, elle lui décocha un baiser si torride que Nick eut l'impression que la température de la pièce augmentait de plusieurs degrés.

— Mets-lui en plein la vue, dit-elle à Luc alors qu'il montait sur scène.

— Merci, bébé, fit Luc en lançant la première note du morceau.

Quelques minutes plus tard, Nick avait compris qu'il tenait le groupe qu'il lui fallait. Luc était un véritable génie et les autres membres étaient des musiciens plus que chevronnés. Ils improvisaient avec talent autant sur des standards que sur des morceaux de leur propre composition.

— Ils sont bons, n'est-ce pas ? fit une voix délicieuse, sur sa droite.

Nick se retourna, surpris. Il avait été si absorbé par la musique qu'il n'avait pas vu la jeune femme blonde se rapprocher de lui.

— Mieux que bons, déclara-t-il avec enthousiasme. Ils sont géniaux ! Je m'appelle Nick Devlin, ajouta-t-il en tendant la main à la ravissante jeune femme.

— Viv Renault. Je suis la femme de Luc.

— Vous êtes venue le soutenir ? demanda Nick en souriant.

— Non. Je suis juste venue parce que j'aime leur musique.

— Je ne peux pas vous le reprocher, déclara Nick.

Ils se turent et assistèrent en silence au reste du concert de Luc. Ce dernier, après ce qui fut un véritable tour de force musical, vint les rejoindre.

— Je vois que vous avez déjà fait connaissance avec ma femme, dit-il en prenant celle-ci par les épaules.

— Oui, acquiesça Nick. J'aime beaucoup ce que vous faites.

— Merci, répondit Luc auquel sa femme décocha un clin d'œil complice.

Nick se demanda quel effet cela ferait d'avoir à ses côtés une femme qui partagerait ses victoires comme ses échecs. Peut-être ne le saurait-il jamais, songea-t-il avec une pointe de tristesse. Puis il jugea que le moment n'était pas venu de s'apitoyer sur son propre sort. L'heure était aux affaires.

— Nous ouvrons dans un peu plus d'une semaine, déclara-t-il. Je voudrais vous engager à la fois pour la soirée d'ouverture du casino et comme groupe régulier ensuite. Je suis prêt à faire mieux que vos derniers engagements. Si vous voulez, vous pouvez appeler votre agent pour lui demander de nous rejoindre.

Luc eut le plus grand mal à cacher sa surprise et sa joie à cette nouvelle.

— Monsieur Devlin, je serai ravi de travailler pour vous, déclara-t-il enfin.

— Appelez-moi Nick. Bienvenue à bord, Luc.

5.

Il était déjà 10 heures du soir mais Casey se trouvait toujours dans son bureau, devant l'écran de son ordinateur. Elle mettait à jour les données concernant les plants hybrides, comparant les besoins en eau et les taux de croissance avec ceux des plantes traditionnelles.

Elle aurait préféré se trouver dans la maison principale qui était beaucoup plus fraîche. Mais, après le dîner, elle s'était forcée à revenir ici et à endurer la chaleur moite qui régnait près de la serre, décidant de mettre à jour ses affaires en cours.

Une fois de plus, elle frappa sur une mauvaise touche et jura vertement. S'écartant du bureau, elle posa les pieds dessus et s'accorda une pause.

Au fond, le problème n'était pas tant la quantité de travail qu'elle avait à fournir que le fait qu'elle ne parvenait pas réellement à se concentrer. Malgré elle, elle ne cessait de penser à Nick Devlin.

Elle ne savait pas au juste pourquoi. Bien sûr, c'était un homme séduisant. C'était incontestable. Plus que cela, même, il était irrésistible. Mais il n'était certainement pas le seul dans ce cas parmi les hommes qu'elle connaissait.

Réfléchissant à cette question, elle réalisa qu'elle n'en était pas si sûre que cela.

De plus, il était arrivé au mauvais moment, alors qu'elle commençait à se demander si elle trouverait un jour un homme avec lequel elle aurait envie de sortir, voire de nouer une relation solide.

Il était intéressant. Intrigant. Elle avait du mal à comprendre la façon dont il fonctionnait. Pourtant, elle voulait savoir qui il était, ce qu'il avait fait dans sa vie, où il avait voyagé.

Une chose était certaine : lui n'avait pas passé toute son existence dans une plantation en Louisiane.

Mais qu'y pouvait-elle ? Elle-même avait eu maintes occasions de voyager et elle les avait déclinées les unes après les autres. Elle était bien trop obsédée par ses terres, par ce qui y poussait, par les gens qui y vivaient. Il y avait tant à découvrir ici. Qu'aurait-elle trouvé de plus à l'autre bout du monde ?

Il n'y avait par contre rien de surprenant à ce que ce choix de vie lui pèse parfois. A ce qu'à l'âge de trente et un ans, elle se sente un peu nerveuse à l'idée de finir sa vie toute seule.

D'ailleurs, c'était peut-être une frustration purement physique. Elle n'avait pas été avec un homme depuis près de trois ans. Depuis que son maudit fiancé l'avait laissée tomber pour une autre femme. Trois ans... C'était beaucoup trop pour quelqu'un d'aussi jeune qu'elle. Il ne fallait pas s'étonner qu'elle soit si perturbée par la simple présence de Nick.

— Ce n'est pas l'endroit idéal pour se reposer, fit la voix de ce dernier, juste derrière elle.

Casey sursauta et ouvrit les yeux, manquant basculer en arrière sur sa chaise. Se reprenant, elle reposa les pieds par terre et se tourna vers Nick qui se tenait nonchalamment adossé au montant de la porte ouverte.

Il portait un short et un T-shirt fatigué qui arborait un logo : Margarita Ville. Mais même dans cette tenue décontractée, il était splendide, songea la jeune femme, le cœur battant.

— Qu'est-ce qui vous prend ? s'exclama-t-elle avec humeur. Vous comptiez me donner une attaque cardiaque ?

Sans répondre, Nick pénétra dans la petite pièce et regarda attentivement autour de lui. Casey réalisa qu'aux yeux d'un étranger, cet endroit devait sembler particulièrement en désordre. Des piles de dossiers et des papiers traînaient un peu partout, sur les chaises et le bureau. Plusieurs tasses de café vides étaient empilées par terre, auprès d'elle.

Dans un coin était posé un sac de fertilisant surmonté d'un bon de commande qui attendait toujours d'être rempli. Les murs étaient décorés uniquement de diplômes de l'université agricole de Louisiane et de plaques de l'association sucrière proclamant la qualité des produits Fontaine.

Seul un vieux poster du festival de jazz de La Nouvelle-Orléans égayait un peu la pièce austère. C'était celui que regardait la jeune femme lorsqu'elle se sentait déprimée par la paperasse et avait besoin de se remonter le moral.

— Entrez, je vous en prie, dit-elle avec ironie.

— Merci, fit Nick en avançant encore un peu plus.

Il appuya une hanche contre le bureau de la jeune femme et lui sourit.

— J'ai vu de la lumière en passant et je me suis dit que c'était sans doute vous. N'est-il pas un peu tard pour travailler ?

— Je m'occupe toujours de ces maudits papiers au dernier moment, expliqua-t-elle. Je ne les supporte pas plus que cet ordinateur !

— Pourquoi ne prenez-vous pas quelqu'un pour s'occuper de cette partie de votre travail ? demanda Nick en jetant de nouveau un regard autour de lui. Vous pourriez le charger de classer vos dossiers, par la même occasion.

— Ce serait une dépense inutile, expliqua la jeune femme. Et, de toute façon, je n'aurais jamais le temps de former la personne en question.

Elle réfléchit un instant à la proposition de Nick et finit par secouer la tête.

— Franchement, je ne me vois pas supportant à longueur de journée les questions de quelqu'un. Cela me rendrait complètement folle.

— Etes-vous en train de me dire que vous êtes asociale ?

— Bien sûr que non. J'aime les gens. A dose homéopathique, en tout cas, ajouta-t-elle en souriant.

Nick éclata de rire.

— Dans ce cas, pourquoi ne viendriez-vous pas avec moi, vendredi prochain, pour l'inauguration du White Gold ?

La jeune femme ouvrit la bouche pour refuser mais Nick poursuivit avant qu'elle n'en ait le temps.

— Avant que vous ne refusiez, je dois vous dire que votre amie Viv Renault a promis de venir vous botter les fesses — je cite — si vous refusez. C'est son mari qui doit jouer au cours de cette soirée.

Casey sourit, ravie par cette nouvelle.

— Vous avez engagé le groupe de Luc ? demanda-t-elle. C'est génial !

Viv était une amie d'enfance de Casey. Comme elle, elle venait d'une grande famille de Baton Rouge et ses parents avaient vu d'un très mauvais œil le mari qu'elle avait choisi. Un homme qui était obligé de travailler pour gagner sa vie ! Un musicien, qui plus est ! Cela frisait le scandale.

— C'est un groupe extraordinaire, déclara Nick en attrapant une mèche de cheveux de la jeune femme qu'il enroula autour de son index sans la quitter des yeux. Alors ? Est-ce que vous viendrez ?

Casey hésita. Au moins, songea-t-elle, si elle acceptait, elle pourrait toujours dire par la suite qu'elle ne l'avait fait que pour Viv... Elle pourrait prétendre que cela n'avait aucun rapport avec les frissons délicieux qui couraient le long de sa colonne vertébrale tandis que Nick jouait avec ses cheveux.

— Très bien, dit-elle. Connaissant Viv, elle serait capable de mettre ses menaces à exécution. Mais ne vous faites pas d'idée, ajouta-t-elle en secouant la tête pour lui arracher sa mèche. Ce n'est que pour une soirée.

— Absolument, acquiesça Nick d'un air solennel.

Mais elle vit que ses lèvres tremblaient légèrement, comme s'il s'efforçait de retenir un sourire.

Il avait une si jolie bouche, songea-t-elle. Quoique indiscutablement masculine, les lèvres en étaient rouges et parfaitement dessinées. Brusquement, elle se demanda à quoi pourraient ressembler ses baisers. L'embrasserait-il lentement et sensuellement ? Ou se montrerait-il plus sauvage, plus audacieux ?

Et que se passerait-il si c'était elle qui prenait l'initiative ? Si elle se penchait brusquement vers lui et posait ses lèvres sur les siennes ?

Les yeux de Nick étaient toujours fixés sur elle et elle eut l'impression déroutante qu'il savait précisément ce à quoi elle était en train de penser. Toussotant pour dissimuler sa gêne, elle se détourna brusquement, rompant le charme de cet instant.

— J'avais aussi une autre raison de passer vous voir, déclara Nick.

La jeune femme le regarda avec curiosité, soulagée par ce brusque changement de conversation.

— Je suis venu vous dire que j'acceptais votre offre.

— Laquelle ? demanda Casey, surprise.

— Vous avez dit que, lorsque vous auriez le temps, vous me parleriez de votre métier.

— Vous voulez que je vous parle de la culture de la canne à sucre ? demanda-t-elle, stupéfaite. Maintenant ?

— Oui, répondit-il. Je veux surtout savoir pourquoi vous avez choisi ce métier et pourquoi vous l'aimez tant.

Casey hésita, prise de court. Personne ne lui avait jamais demandé une telle chose. Les gens de sa famille avaient toujours accepté cette passion comme un fait établi. D'autant qu'ils étaient ravis qu'elle se charge d'une tâche qui ne les captivait guère.

En fait, seule tante Esme avait fait preuve d'incompréhension, lui reprochant ce qu'elle considérait au mieux comme une lubie.

— Je ne comprends pas en quoi cela peut vous intéresser, observa la jeune femme.

80

— Je vous l'ai dit, déclara Nick en cueillant une nouvelle mèche de cheveux. J'aime découvrir de nouvelles choses.

— Cessez de jouer avec mes cheveux ! s'exclama-t-elle.

Elle avait voulu s'exprimer d'une voix autoritaire mais fut surprise de constater que son ordre ressemblait plus à une supplique.

— Est-ce que cela vous ennuie tant que cela ? demanda Nick en lâchant ses cheveux.

— Oui... D'autant que j'ai l'impression que ce n'est pour vous qu'un substitut.

Nick sourit, ne cherchant pas même à la démentir. Se penchant en avant, il ramassa le presse-papiers qui se trouvait sur le bureau de la jeune femme. C'était le morceau de roche qu'elle avait lancé à la tête de Jordan, le jour où il lui avait annoncé qu'ils ne se marieraient pas parce qu'il avait rencontré quelqu'un d'autre.

— Je ne connais pas beaucoup de fermiers, déclara Nick. La plupart d'entre eux n'aiment pas les casinos et les évitent comme la peste.

— Voulez-vous dire que tous les gens que vous connaissez sont des joueurs ?

— Non. Bien que, selon moi, il existe beaucoup de joueurs qui s'ignorent parmi les gens qui ne se qualifieraient pas de cette façon. Prenez votre cas, par exemple. Vous pariez sur le fait que votre récolte viendra à maturité, sur le fait qu'elle ne sera détruite par aucune catastrophe. Vous pariez sur le climat, sur le vent, sur la pluie et la sécheresse. Vous pariez sur les cours des matières premières.

— Je suppose, admit la jeune femme. Après tout, il n'y a rien de vraiment certain.

— Vous plaisantez ! Je connais au moins deux certitudes : la mort et les impôts.

Casey hésita quelques instants, considérant pensivement Nick qui semblait ne pas vouloir bouger.

— Très bien, dit-elle enfin. Je vais essayer de vous expliquer en quoi consiste mon métier et pourquoi je l'aime tant. Pour cela, rien ne vaut une expérience directe !

Nick parut brusquement méfiant et elle éclata de rire.

— Allons, je croyais que vous étiez toujours à l'affût de nouvelles expériences ?

— Tout dépend lesquelles, répondit-il en la suivant à l'extérieur.

— Ne vous en faites pas. Je ne vous ferai pas épandre du fumier.

Casey se dirigea à grands pas vers la vieille camionnette rouge qui était garée non loin de la serre. Elle attendit à peine que Nick la rejoigne pour démarrer en trombe. Nick comprit qu'elle les emmenait jusqu'aux champs de canne qui se trouvaient un peu à l'écart de la maison.

Il faisait nuit mais la lune était presque pleine et jetait sur le paysage environnant une clarté bleutée. Encore heureux, songea Nick, car ses phares avaient connu des jours meilleurs.

— Voici mon nouveau champ de plantes hybrides, déclara Casey en s'arrêtant devant une parcelle qui paraissait aux yeux de Nick semblable à toutes les autres.

La jeune femme sauta de la voiture et lui fit signe de la rejoindre.

— Je vous ai dit l'autre jour que nous étions chargés de tester cette nouvelle variété.

Nick hocha la tête, observant les cannes qui faisaient plus de deux mètres de haut et oscillaient lentement au gré du vent, faisant entendre un doux bruissement de feuilles. Une odeur lourde et terreuse flottait dans l'air.

— Qu'est-ce que cela change, au juste ? demanda-t-il.

— Eh bien, tout d'abord, c'est un honneur d'être choisis pour ce test. Cela prouve que le centre de recherches a une confiance absolue en nous. D'autre part, lorsqu'on connaît bien les plantes, il est captivant de constater les mille petites différences qui existent entre deux espèces. Mais rassurez-vous, je n'attends pas de vous que vous soyez réceptif à ce genre de détails. En fait, c'est autre chose que je voulais vous montrer.

Remontant en voiture, la jeune femme redémarra et Nick dut s'accrocher à sa portière tandis qu'elle fonçait à toute vitesse le long d'un sentier caillouteux. Ils parvinrent enfin devant un champ de terre noire qui ne contenait pas la moindre pousse.

Une fois de plus, elle descendit.

— Enlevez vos chaussures et vos chaussettes, dit-elle à Nick en faisant ce qu'elle lui commandait.

Stupéfait, il s'exécuta et elle lui prit la main pour le conduire dans le champ.

— Il a été retourné aujourd'hui, expliqua-t-elle.

Lorsqu'ils furent parvenus au centre du champ, elle lâcha la main de Nick.

— Fermez les yeux, lui intima-t-elle.

— Pourquoi ? demanda-t-il, suspicieux.

— Ne posez pas de question et faites-le ! Là. Maintenant, remuez les orteils pour les plonger dans la terre. Vous sentez cette odeur ? Il n'y a rien de tel au monde qu'elle.

— J'avoue que j'ai plus l'habitude du béton, confessa Nick.

Mais force était de reconnaître que la sensation n'était pas désagréable. La terre sous la plante de ses pieds était douce et chaude et il émanait d'elle une senteur musquée, lourde, presque entêtante.

— Vous avez toujours vécu en ville, n'est-ce pas ?

— Oui, répondit-il en rouvrant les yeux.

Il avait passé toute son enfance à Dallas, au Texas. Et, depuis, son travail l'avait conduit le plus souvent dans des villes.

— Je venais toujours ici, lorsque j'étais enfant, expliqua Casey. Lorsque maman ne me trouvait pas, Duke lui conseillait de venir me chercher dans les champs. Depuis ma plus tendre enfance, je rêve de ces plantations. Je suppose que mes parents s'attendaient à ce que je suive les pas de ma mère mais j'ai suivi ceux de Duke.

La jeune femme s'assit en tailleur au beau milieu du champ et tapota le sol à côté d'elle.

— Asseyez-vous, lui dit-elle. A moins que vous n'ayez peur de vous salir.

— Je me suis si souvent sali les mains que cela ne m'inquiète plus guère, répondit Nick avec humour en prenant place à son côté.

— C'est bizarre. Je ne pensais pas que c'était votre genre.

— Il ne faut pas se fier aux apparences, Casey. Vous non plus, vous n'avez rien d'une Belle du Sud.

— Je suppose que non, reconnut la jeune femme en souriant. C'est pour cela que tante Esme me considère comme une cause perdue. Elle et maman ont fait ce qu'elles pouvaient pour m'élever comme les autres filles mais je n'étais vraiment heureuse que lorsque j'étais ici. Les hommes parlaient de la canne matin, midi et soir et cela me fascinait. Duke a gardé le contrôle de toute la chaîne de production mais il a toujours été plus intéressé par l'aspect commercial de la profession. C'est de lui que tient Jackson, je suppose…

— Et vous ? demanda Nick. De qui tenez-vous cette curieuse passion ?

— Je ne sais pas. Je ne suis pas tout à fait comme mes parents. Pas comme ma mère, en tout cas, c'est certain. Elle est l'incarnation même de la femme d'ici, toute de grâce et de distinction. Mais je n'ai pas hérité de ces qualités. Ce n'est qu'à l'adolescence que je me suis rendu compte que les autres filles étaient très différentes de moi, qu'elles ne passaient pas leur temps à s'occuper d'agriculture. Et que les garçons n'appréciaient guère les filles qui ne savaient parler que de cela. Surtout lorsqu'elles n'avaient pas de poitrine.

— On dirait que vous avez rattrapé votre retard, remarqua Nick avec un sourire malicieux.

— Peut-être… Mais à l'époque, j'étais maigre comme un clou, mal à l'aise en société et terriblement amoureuse d'un footballeur du lycée qui avait la réputation de ne sortir qu'avec les pompom-girls. Il me surnommait « la fermière » et répétait à qui voulait l'entendre qu'il ne sortirait pas avec moi, même si mon père le payait pour cela.

La jeune femme sourit à ce souvenir.

— Jackson était plus jeune que moi mais, quand il l'a appris, lui et quelques amis se sont débrouillés pour faire comprendre à ce garçon qu'il avait intérêt à ne pas répéter ce genre de choses.

— Un point pour Jackson. Mais vous ? Avez-vous eu le cœur brisé ?

— Non. J'étais juste vexée. Ce n'est que bien des années plus tard qu'un garçon a réussi à me briser vraiment le cœur en me laissant tomber quelques mois seulement avant notre mariage.

Elle ramena ses genoux sous son menton, entourant ses jambes de ses bras.

— Apparemment, il avait trouvé une femme qui lui convenait mieux et ne voulait plus de moi.

— Etait-ce vrai ?

— Je suppose… Sa famille était plus riche que la mienne.

Nick secoua la tête, se demandant comment un homme avait pu repousser une femme comme elle.

— Croyez-moi, je sais ce que l'on ressent lorsque l'on n'est pas comme les autres, soupira-t-il, sentant se tisser entre elle et lui une curieuse complicité.

— Vraiment ? fit-elle, surprise. Et en quoi étiez-vous différent ?

— J'ai grandi dans un orphelinat depuis l'âge de sept ans. Et croyez-moi, les orphelins ne sont pas mieux considérés par les autres enfants que les fermiers.

— Je suis désolée… Ça a dû être terrible de perdre vos parents si jeunes.

— Je ne les ai pas perdus. Du moins, pas au sens où vous l'entendez.

Il s'interrompit brusquement, se demandant pourquoi il lui racontait tout cela. Mais il était un peu tard pour faire marche arrière, à présent.

— En fait, ils m'ont laissé tomber.

— Je suis désolée, répéta-t-elle en lui prenant la main.

Il y avait dans sa voix une douceur et une compréhension telles que Nick sentit son cœur se serrer malgré lui. Il n'avait pourtant pas cherché à l'apitoyer.

— C'était il y a très longtemps, dit-il. Je m'en suis remis.

— Cela signifie-t-il que vous refusez de parler de votre enfance ?

— Qu'y a-t-il à en dire ? Elle a été solitaire, pas vraiment plaisante mais j'y ai survécu. C'est la première fois que quelqu'un m'interroge là-dessus, d'ailleurs.

— Pourquoi cela ?

— Je ne sais pas. Je suppose que la plupart des gens sont plus intéressés par ce qui se passe ici et maintenant, répondit-il avec un haussement d'épaules. Ils préfèrent connaître le résultat que le chemin qu'il a fallu parcourir pour l'atteindre.

— De quel résultat parlez-vous ? demanda Casey, surprise.

C'était curieux, songea Nick. Elle qui paraissait si peu empressée de sortir avec lui semblait réellement s'intéresser à sa vie. Comme si elle voulait vraiment le connaître. Mais il en savait trop sur les femmes pour penser pouvoir leur faire confiance. Les coups de poignard dans le dos l'avaient rendu méfiant.

— L'argent, répondit-il posément. C'est ce qui intéresse la plupart des gens que je connais.

— Pourquoi ? Vous êtes si riche que cela ? demanda-t-elle d'un air indifférent.

— Je croyais que Jackson vous l'avait dit.

— Non. Nous n'avons pas parlé de votre argent, répondit-elle un peu sèchement. En fait, nous avons parlé de votre réputation. Jackson m'a dit que c'était celle d'un séducteur et qu'elle était entièrement méritée.

— Eh bien, je vois que je ne peux même plus faire confiance à mes amis ! s'exclama Nick.

— Eh, c'est mon frère ! protesta la jeune femme. Il cherchait juste à m'éviter de cruelles désillusions.

— C'est vrai, reconnut Nick. Je ne peux pas lui en vouloir pour cela.

Curieusement, il pensait vraiment ce qu'il disait : lui-même aurait donné cher pour connaître une relation fraternelle comme celle qui unissait Jackson et Casey.

— Dites-moi au moins si mon frère avait raison, lui dit alors Casey.

— Plus ou moins. Je n'ai jamais prétendu être innocent dans mes relations avec les femmes.

— Ça, je l'avais déjà deviné, répondit Casey d'un ton peu amène.

— Mais je ne suis pas un menteur, ajouta Nick. Lorsque je sors avec une femme, les règles du jeu sont toujours très claires.

— Et quelles sont-elles ?

— Pourquoi me posez-vous la question, Casey ? demanda-t-il en se penchant vers elle.

— Par curiosité, répondit-elle d'une voix un peu étranglée tandis que son cœur se mettait à battre la chamade.

— Je crois qu'il y a plus que cela, déclara Nick avant de poser doucement sa bouche sur celle de la jeune femme.

Il sentit ses lèvres s'entrouvrir pour accueillir son baiser et il se fit plus audacieux, réalisant enfin le désir qui l'avait hanté depuis qu'il avait rencontré la jeune femme. Il lui fut bien plus difficile de mettre fin à cette étreinte mais il y parvint néanmoins.

Mais Casey ne l'entendait pas de cette oreille et ce fut elle qui l'embrassa de nouveau, serrant contre lui son corps nerveux et brûlant. Elle agaça sa langue de la sienne d'une façon si délicieuse qu'il perdit le contrôle de ses mains qui coururent audacieusement le long des flancs de la jeune femme pour se poser sur sa poitrine.

Elle gémit et se pressa un peu plus encore contre lui, les faisant tous deux basculer à la renverse. Ils roulèrent sur le tapis de terre meuble sans cesser de se dévorer de baisers, laissant monter en eux une passion incoercible. Nick sentit les hanches de la jeune femme se presser instinctivement contre les siennes et comprit brusquement que, s'il ne reprenait pas immédiatement le contrôle de la situation, tous deux finiraient par le regretter amèrement.

A contrecœur, il s'écarta donc de la jeune femme, haletant. Casey se redressa maladroitement, les joues empourprées, et le regarda fixement, passablement essoufflée.

— Je ne voulais pas te sauter dessus de cette façon, murmura-t-elle, gênée. Je voulais juste t'embrasser.

— Moi aussi, lui dit-il en tentant de recouvrer ses esprits.

Elle roula sur le côté, allongée le dos dans la terre meuble. Se redressant sur un coude, Nick la contempla et réalisa qu'elle riait.

— Qu'y a-t-il de si drôle ? demanda-t-il.

— Rien. Si ce n'est que je te crois.

Se redressant à son tour, elle se tourna vers lui et lui sourit.

— Alors, parle-moi de ces règles, dit-elle d'une voix légèrement rauque qui faisait courir des frissons d'impatience le long de la colonne vertébrale de Nick.

Il n'avait pas l'habitude qu'une femme exerce un tel pouvoir sur lui. Mais Casey Fontaine avait littéralement fait vaciller sa raison et sa maîtrise de soi. Et ce, d'un simple baiser ! Elle était dangereuse. Plus encore qu'il ne l'avait cru.

— Pas de promesses, répondit-il. Pas d'engagement. Pas de mensonge... Rien que le moment présent.

— Et qu'avons-nous à y gagner ? demanda la jeune femme, curieuse.

— Du plaisir.

— Du plaisir, c'est tout ? insista-t-elle.

— Oui. Mais crois-moi, nous pourrions nous en apporter énormément, toi et moi.

Durant ce qui lui parut une éternité, elle le contempla. Finalement, elle se pencha vers lui et effleura ses lèvres d'un baiser.

— Je vais y penser, déclara-t-elle.

Nick réalisa que ce serait certainment son cas, à lui aussi. En fait, il était probable qu'il ne penserait guère à autre chose qu'à cela, au cours des journées à venir.

6.

Ni Casey ni Nick ne parlèrent durant le temps que dura le trajet de retour. Finalement, la jeune femme gara la camionnette derrière la maison. Elle ne savait trop que dire, se sentant un peu embarrassée de ce qui s'était passé entre eux.

Pire même, le désir qui l'avait envahie lorsqu'ils s'étaient embrassés n'avait pas reflué comme il aurait dû le faire, la laissant frustrée et insatisfaite. Mais il était hors de question qu'elle passe la nuit avec un homme qu'elle ne connaissait que depuis quelques jours.

Ce n'était pourtant pas faute d'en avoir envie.

— Tu devrais remettre tes chaussures, lui conseilla-t-elle enfin. Il y a souvent des fourmis rouges dans le jardin.

— Et toi ? demanda Nick en désignant les pieds couverts de terre de la jeune femme. Comment comptes-tu faire ?

— Je vais me rapprocher autant que possible de la maison.

— J'ai une meilleure idée, déclara Nick qui avait fini d'enfiler ses chaussures.

Il sauta à terre et contourna la voiture pour approcher de la portière conducteur qu'il ouvrit.

— Mais qu'est-ce que tu fais ? demanda la jeune femme.

Il se pencha vers elle et, plaçant ses bras sous ses reins et sous sa tête, il la souleva avec autant de facilité que si elle avait été un petit enfant. Instinctivement, elle noua ses bras autour de son cou.

— Je te conduis jusqu'à ta porte, déclara-t-il.

— Ce n'est pas la peine, protesta-t-elle tandis qu'il se mettait en marche. D'accord, soupira-t-elle, mais laisse-moi au moins récupérer mes chaussures.

Nick la laissa les prendre et elle s'abandonna à son étreinte, se sentant terriblement féminine entre ses bras. Jamais un homme ne l'avait portée de cette façon mais elle trouvait la sensation plutôt plaisante.

Le temps qu'ils arrivent à la maison, tous deux riaient de bon cœur devant l'absurdité de cette situation.

— Merci, dit-elle lorsqu'ils eurent atteint le porche. Tu peux me reposer, à présent.

— Je pourrais effectivement le faire. Ou je pourrais te garder dans mes bras, faire marche arrière et gagner la maison d'amis, suggéra-t-elle d'une voix terriblement sensuelle.

Casey regarda sa bouche, si proche et si tentante mais elle secoua la tête.

— Désolée, Nick, mais je ne coucherai pas avec toi cette nuit.

Elle vit un sourire ravi se dessiner sur ses lèvres et fronça les sourcils.

— Qu'y a-t-il ?

— Tu as bien dit « cette nuit » ?

— Oui, on dirait bien…, reconnut-elle.

Nick la déposa doucement sur le sol.

— Tes désirs sont des ordres, dit-il en se penchant vers elle.

Lorsqu'il l'embrassa, elle ne chercha pas à résister, s'abandonnant à cette sensation délicieuse et déjà si familière qui faisait courir le long de son échine d'incoercibles frissons de bien-être.

Jamais personne ne l'avait embrassée de façon si passionnée, si érotique. Elle noua ses bras autour de la poitrine de Nick et se laissa aller, sombrant plus loin encore dans le flot de sensations qui la submergeait. Elle en venait presque à se demander ce qui l'empêchait de le suivre jusqu'à sa chambre.

— Cassandra !

Il fallut que tante Esme hurle trois fois le nom de sa nièce pour que celle-ci se résigne enfin à contrecœur à se séparer de Nick. Elle émergea difficilement de l'état second dans lequel l'avait plongée ce baiser et réalisa qu'il souriait.

— Je suis heureux qu'elle n'ait pas de fusil, murmurat-il en regardant par-dessus l'épaule de la jeune femme. Elle paraît assez folle de rage pour me tirer dessus. A moins qu'elle ne lâche son chien !

S'efforçant de garder son sérieux, Casey se retourna pour se trouver face à sa tante qui était drapée dans une robe de chambre et tenait dans ses bras Toodle. L'expression outragée qu'arborait la vieille dame promettait une de ces scènes dont Casey avait horreur.

— Puis-je savoir quel est le sens de cet affligeant spectacle ? murmura tante Esme.

— Bonsoir, mademoiselle Esme, lui dit très poliment Nick.

La vieille dame le fusilla du regard avant de se tourner de nouveau vers sa nièce.

— Cassandra, j'attends une explication !

— J'ai l'impression d'avoir treize ans et non trente et un, soupira Casey avec humeur. Je ne vois pas ce qu'il y a à expliquer, ajouta-t-elle. Ce que tu as vu était assez parlant, je suppose.

Sur ce, elle se détourna et essaya de pousser Nick vers la porte.

— Je ne vais pas te laisser seule face à ce dragon, souffla Nick.

— Tout doux, beau chevalier. C'est à moi de l'affronter. S'il te plaît, Nick, laisse-moi m'en occuper.

Il hésita un instant puis hocha la tête avant de glisser sa main le long du bras nu de la jeune femme en une dernière caresse emplie de promesses.

— Très bien, soupira-t-il. On se voit demain, dans ce cas. Bonne nuit, mademoiselle Esme, ajouta-t-il avec un sourire faussement mielleux.

La tante de Casey ne lui accorda aucune attention, se concentrant exclusivement sur sa nièce.

— Je t'ai posé une question, Cassandra, articula-t-elle lorsque Nick eut disparu. Et j'attends toujours une réponse.

— Tante Esme, loin de moi l'idée de vouloir te manquer de respect mais ce sont *mes* affaires ! Au nom du ciel, j'étais en train d'embrasser un garçon. Je ne vois pas ce que cela a de si terrible.

— J'ai très bien vu ce que tu faisais, déclara tante Esme. Je ne suis pas complètement idiote. Dois-je te rappeler que ce ne sont pas des manières dignes d'une femme bien née ? Mais regarde-toi ! Tu es couverte de terre de la tête aux pieds. Ne me dis pas que tu t'es roulée dans la boue avec cet homme !

— Cet homme s'appelle Nick, s'exclama Casey. Et ce que je fais avec lui ne regarde que moi !

La voix de la jeune femme devenait de plus en plus aiguë alors qu'elle sentait monter en elle une irrépressible colère.

— Cassandra ! s'exclama tante Esme, choquée. Ne me dis pas que tu passes tes nuits avec un homme que tu connais à peine.

— Non ! Du moins pas encore. Mais il est tout à fait possible que les choses en arrivent là, alors mieux vaut que tu te fasses à cette idée, tante Esme.

— Jamais ! C'est un joueur, une crapule, un va-nu-pieds !

— Un joueur ? Certainement. Mais pas un va-nu-pieds. Il se trouve au contraire que Nick est très riche.

Cela n'avait aucune importance aux yeux de Casey mais elle tenait à ce que sa tante cesse de juger Nick à cause du métier qu'il avait choisi. Hélas, cet argument ne parut pas émouvoir sa tante outre mesure.

— J'ai encore du mal à croire ce que j'ai vu, marmonna-t-elle. A quoi penses-tu donc ? Et si ta nièce était entrée dans la pièce ?

— Ne sois pas ridicule ! A t'entendre, on dirait que tu m'as trouvée en train de faire l'amour sur la table. Franchement, je ne pense pas que Megan serait traumatisée de me voir embrasser quelqu'un.

— Je ne comprends pas comment tu peux prendre les choses tellement à la légère ! s'exclama tante Esme.

— C'est pourtant ce que tu devrais faire. Mais puisque tu sembles avoir tant de mal à accepter les choses, je vais te les faciliter. Dès demain, j'aménagerai à Wisteria Cottage.

Cela faisait plusieurs mois que Casey avait envisagé de le faire et elle avait fait réparer la petite maison dans cette perspective.

— Voilà que tu nous abandonnes ! se récria tante Esme. Alors que Bellefontaine est à moitié dévastée. Je suppose que tu n'as même pas pensé à appeler quelqu'un à ce sujet !

— Bien sûr que si. D'ailleurs, je dois rencontrer Adam Ross dès demain.

— Et ta nièce ? insista sa tante. Est-ce que tu penses seulement à elle ?

Casey serra les dents, se forçant à inspirer profondément avant de répondre.

— Je ne déménage pas à l'autre bout de la Terre, protesta-t-elle. Je me trouverai toujours sur la propriété et je pourrai voir Megan autant qu'elle le voudra. A ce propos, je te rappelle que ma nièce, comme tu l'appelles, a un prénom : Megan ! Et je te suggère de l'utiliser lorsque tu parles d'elle.

— J'aurais dû me douter que cet homme aurait une mauvaise influence sur toi. Il t'a rendue complètement impudente !

— Je ne suis pas impudente, répondit Casey d'un ton menaçant. Pas encore, en tout cas. Sur ce, je te souhaite une bonne nuit, tante Esme.

Sans attendre la réponse de la vieille dame, Casey tourna les talons et pénétra à l'intérieur de la maison.

96

Avec la jeune femme, Adam parcourut la cuisine dévastée, prenant des notes dans le petit calepin qu'il avait emporté avec lui. Il paraissait aussi sérieux que le laissaient envisager ses solides références.

Casey avait été impressionnée par le nombre de chantiers auxquels il avait participé. Et plus encore par le prix raisonnable qu'il demandait pour ses services. Sortant une calculatrice de la poche de sa chemise, Adam entreprit de taper un certain nombre de chiffres avant de se tourner vers la jeune femme.

— Ne vous en faites pas, la rassura-t-il. Personne n'est jamais mort d'une crise cardiaque en apprenant le montant de mes factures. Remarquez... il y a toujours une première fois.

— C'est si grave que cela ? demanda Casey, inquiète.

Adam engloba la cuisine d'un regard avant de hausser les épaules.

— Je ne peux pas vous promettre que ce sera donné. Les matériaux que je vais devoir employer sont chers. Mais je n'ai pas le choix : c'est la seule façon pour vous de rester affiliés aux Monuments historiques.

Casey hocha la tête.

— Je sais, soupira-t-elle. Et il est hors de question que nous perdions notre accréditation.

— Les dommages causés dans la cuisine sont assez étendus, reprit Adam. Mais la bonne nouvelle, c'est que le reste n'a été que peu touché. Même sur la façade, les dégâts occasionnés par la fumée sont assez superficiels.

— Combien ? demanda Casey, impatiente de connaître son verdict.

Adam lui tendit son calepin. Le prix des matériaux était élevé, quoique inférieur à ce qu'avait imaginé la jeune femme. Le coût de la main-d'œuvre était par contre très faible.

— N'est-ce pas un peu sous-estimé ? demanda-t-elle en fronçant les sourcils.

— Si… Mais c'est parce que je tiens vraiment à décrocher ce contrat. Pour moi, ce sera une référence exceptionnelle. Votre maison est vraiment splendide, vous savez.

— Merci. Mais je veux que vous me promettiez que Nick n'a rien à voir avec cette faveur que vous me faites.

— Vous plaisantez ? Il m'a fait une fleur en me mettant sur le coup.

— D'accord, fit Casey, ravie. Rentrons, si cela ne vous ennuie pas. Je trouve cet endroit terriblement déprimant.

Adam hocha la tête et la suivit.

— Vous êtes sûr que la façade ne posera pas de problèmes ? demanda la jeune femme en observant le mur noirci.

— Je ne pense pas. Mais, de toute façon, je vous tiendrai au courant de la moindre évolution.

— Merci.

Casey hésita à poser la question qui lui brûlait les lèvres.

— Nick a dit que vous étiez dans la même université, tous les deux.

— C'est vrai. Nous avions loué une maison avec quelques autres garçons. Nick était le seul qui m'aidait à faire les réparations. Le propriétaire nous faisait une remise sur le loyer parce que nous avions accepté de remettre plusieurs de ses propriétés en état.

— Je ne savais pas que Nick s'y connaissait en bricolage, observa la jeune femme.

— Oh, je crois qu'il a dû exercer tous les métiers du monde. C'est comme cela qu'il a réussi à se payer l'université, vous savez. A certains moments, il cumulait trois boulots.

Casey hocha la tête, réalisant qu'elle ferait mieux d'arrêter de questionner Adam si elle ne voulait pas qu'il réalise combien elle s'intéressait à son ami.

Se tournant vers lui, elle vit qu'il souriait et réalisa qu'il était déjà trop tard : il avait parfaitement compris où elle voulait en venir.

— Dites-moi, demanda-t-elle d'un ton qui se voulait détaché, quand pouvez-vous commencer ?

— La semaine prochaine, le temps de rassembler une équipe, répondit-il sans hésiter.

— Dans ce cas, déclara la jeune femme en lui tendant la main, c'est une affaire qui marche.

Par chance, les travaux de restauration de la petite maison étaient quasiment terminés et les meubles qu'avait choisis sa grand-mère étaient toujours en place.

Casey adorait cette maisonnette et cela faisait très longtemps qu'elle avait envie de s'y installer. De cette façon, elle resterait sur la propriété des Fontaine, près des champs et de son bureau mais suffisamment éloignée du bâtiment principal pour jouir d'une certaine intimité.

Elle aurait juste préféré que son départ de la maison ne soit pas assombri par la dispute qui l'avait opposée à sa tante.

Les souvenirs qu'elle avait de Wisteria Cottage remontaient à sa plus tendre enfance, lorsqu'elle allait y rendre visite à sa grand-mère maternelle. Elle avait emménagé là peu de temps après la mort de son époux, décidant que c'était à Duke et à Angélique de prendre la relève à présent que ce dernier n'était plus.

La grand-mère de Casey parlait anglais mais elle refusait autant que possible d'employer cette langue, ne s'exprimant qu'en français. C'est ainsi que Casey et Jackson avaient grandi dans un environnement parfaitement bilingue, acquérant la maîtrise des deux langages.

Le cottage n'était pas particulièrement vaste mais il était très confortable. De l'extérieur, c'était une maison de bois blanc aux portes et aux volets bleus. Deux vérandas couraient le long des façades, à l'avant et à l'arrière.

Alors que Casey se dirigeait vers celle qui ornait le devant de la demeure, une jeune femme se leva de la balancelle sur laquelle elle était assise pour venir à sa rencontre.

— Viv ! s'exclama Casey, surprise. Qu'est-ce que tu fais là ?

Sans attendre la réponse, elle serra son amie dans ses bras et s'écarta pour mieux la contempler. Comme à son habitude, Viv était habillée avec raffinement, portant une superbe robe qui venait certainement de Paris.

— Ma chérie ! s'exclama la jeune femme. Tu as l'air d'avoir terriblement chaud et d'être épuisée ! Je suis sûre que tu travailles beaucoup trop dur. Enfin. Tu as toujours été la fille prodigue. La nièce prodigue, en l'occurrence, ajouta-t-elle avec humour. Il paraît que ton dragon de tante t'a jetée dehors. C'est Betty qui m'a dit où je pourrais te trouver. Esme était beaucoup trop hystérique pour que je déduise quoi que ce soit de ses cris d'orfraie.

En entendant la façon dont Viv parlait de sa tante, Casey ne put s'empêcher de penser à leur jeunesse. Déjà, à l'époque, son amie éprouvait une profonde méfiance à l'égard de tante Esme. Pourtant, celle-ci ne manquait jamais une occasion, alors, pour citer Viv en exemple de ce que devait être une femme du Sud.

Car Viv était à l'opposé de Casey, tant en apparence que par le comportement. Viv était très blonde, très réservée et d'un caractère égal. La plupart des gens la considéraient jadis comme une petite fille bien sage mais Casey la connaissait trop pour se laisser abuser par ces apparences trompeuses.

Elle savait que Viv était douée d'une volonté de fer. D'ailleurs, la façon dont elle s'était opposée à ses parents l'avait amplement prouvé.

— Alors ? fit Casey, moqueuse. Est-ce que ta lune de miel est enfin finie ? Est-ce que tu as enfin renoncé à harceler ce pauvre joueur de saxophone que tu as convaincu de t'épouser ?

— Allons donc ! Je pensais que tu me connaissais mieux, ma chérie. Tout ce que je fais, c'est lui laisser le temps de me regretter. Il est fou de moi, tu sais.

— Et tu es folle de lui, c'est évident. Qui l'aurait cru ? s'exclama la jeune femme en ouvrant la porte du cottage dans lequel elles pénétrèrent. J'ai de l'eau du robinet ou de l'eau du robinet. Qu'est-ce que tu préfères ?

— Rien, merci.

Viv considéra d'un œil critique le désordre laissé par les hommes chargés de rénover les lieux. Certains meubles étaient recouverts de draps tachés, plusieurs pots de peinture étaient posés çà et là, des fils dénudés pendaient du plafond, là où devait se trouver le ventilateur.

— N'aurais-tu pas pu attendre qu'ils aient fini de tout installer ? demanda-t-elle enfin.

Casey se servit un verre d'eau et alla s'asseoir sur le canapé tandis que Viv prenait place sur une chaise de style campagnard, les jambes croisées.

— Tante Esme et moi nous sommes disputées, expliqua la jeune femme. C'est pour cette raison que j'ai déménagé plus tôt que je ne l'escomptais.

— Est-ce que cette dispute concernait ce séduisant Nick Devlin ? demanda Viv d'un air malicieux.

Casey hésita, se demandant si elle devait mentir à ce sujet. Mais Viv la connaissait trop bien pour se laisser abuser facilement.

— Oui, avoua-t-elle enfin.

— Est-ce que ce cher dragon vous aurait trouvés en train de faire des choses que la morale réprouve ? insista Viv.

— Bien sûr que non ! s'exclama Casey en riant.

— C'est pourtant ce qu'avait laissé entendre Betty, observa son amie. Alors je veux un récit complet.

— Il n'y a pas grand-chose à dire, répondit Casey d'un ton léger. Tante Esme est arrivée à l'improviste alors que Nick et moi étions en train de nous embrasser. A l'entendre, on avait vraiment l'impression qu'elle venait d'assister à une orgie.

102

— Il me semble que c'est une réaction un peu excessive, objecta Viv. Tu es sûre qu'il ne s'est rien passé de plus ?

Casey haussa les épaules, estimant que Viv n'avait pas besoin de savoir ce qui s'était passé dans le champ.

— Tante Esme n'apprécie guère Nick parce qu'il a construit ce nouveau casino, en ville. Pour une raison que j'ignore, elle ne peut pas supporter les joueurs et les gérants de maisons de jeu. Cela frise même l'obsession.

— On dirait en tout cas que tu fréquentes beaucoup de gens que ta tante n'apprécie guère : Nick, Murray, moi.

— Allons ! Ma tante n'a rien contre toi.

— Si. Depuis qu'elle nous a trouvées toutes les deux en train de nous baigner nues dans une fontaine, lorsque nous avions quinze ans.

— J'avais complètement oublié cet épisode ! s'exclama Casey en riant. Pourtant, je crois qu'elle était encore plus furieuse qu'hier soir. Et ce n'est pas rien.

— Je me demande comment elle aurait réagi si elle avait su que c'était ton idée !

— Cela ne l'étonnerait pas. Elle est convaincue que j'ai perdu tout sens des convenances.

— Et est-ce le cas ? demanda Viv, curieuse.

— Certainement pas, lui assura son amie.

— Bien… Montre-moi ta nouvelle maison à présent. Je ne suis pas revenue ici depuis la mort de ta grand-mère.

Viv prit le bras de Casey qui l'entraîna jusqu'à la chambre à coucher voisine qu'elle réservait aux amis.

Puis elles remontèrent le couloir jusqu'à la chambre principale.

— J'ai retrouvé cette couverture au grenier, expliqua-t-elle tandis que son amie admirait le dessus-de-lit magnifique qu'elle avait disposé. Il appartenait à ma grand-mère. J'ai aussi retrouvé de nombreux meubles très utiles.

— J'adore ce fauteuil, déclara Viv en le désignant. Franchement, c'est un endroit génial, Casey, et si je n'étais pas aussi heureuse en ce moment, je serais verte de jalousie.

— A ce propos, est-ce que tu t'habitues à l'appartement de Luc ?

Casey savait que son amie devait souffrir de se trouver confinée entre quatre murs en plein centre de Baton Rouge après avoir passé toute sa jeunesse dans la plantation de ses parents. D'autant que celle des Pontier était beaucoup plus vaste que celle des Fontaine.

— C'est un peu petit, concéda son amie. Mais nous cherchons un autre endroit pour nous installer tous les deux. Une maison. Ce sera mieux si nous avons un enfant.

Casey ouvrit des yeux ronds, stupéfaite d'entendre son amie parler de telles choses. Pourtant, il n'y avait rien là d'extraordinaire : Viv avait le même âge qu'elle et était passionnément amoureuse d'un homme avec lequel elle s'était mariée. C'était probablement la situation idéale pour envisager de faire un bébé.

— Mais parlons plutôt de toi, reprit Viv. Tu as évité trop longtemps les questions. Pourtant, je suis censée être ta meilleure amie, celle à laquelle tu dois parler de tes nouvelles histoires d'amour. Alors crache le morceau !

— Nick n'est pas vraiment une histoire d'amour, protesta Casey.

— Ne me dis pas que tu ne penses pas qu'il puisse le devenir, objecta son amie.

— Je ne sais pas… Je crois que je suis une nouveauté, pour lui. Il n'arrête pas de me répéter qu'il ne connaît pas beaucoup d'agriculteurs.

— Casey, tu es vraiment naïve si tu penses que c'est ta profession qui l'intéresse ! s'exclama Viv en riant à gorge déployée. Tu es splendide, tu es intelligente et tu es pleine d'esprit. Ne laisse pas ce qui s'est passé avec Jordan te convaincre du contraire.

— Allons, Viv ! Nous savons toutes les deux que je n'ai rien d'une femme fatale.

Comme son amie s'apprêtait à protester, Casey leva la main.

— Non, inutile de mentir ! D'ailleurs, cela me convient parfaitement. J'adore la personne que je suis devenue. Et même Jordan n'a pas réussi à me convaincre du contraire.

— Cet espèce d'immonde pourceau ! s'exclama Viv.

— Il est inutile de lui en vouloir, tu sais. Cette histoire est derrière moi.

— L'est-elle vraiment ? demanda Viv, curieuse.

— Lorsque je pense à lui, ce qui n'arrive vraiment pas très souvent, c'est pour me dire que je suis drôlement heureuse de ne pas l'avoir épousé. Mais le fait que je me sois remise de ma relation avec lui ne signifie pas pour autant que je suis prête à sauter dans le lit de Nick.

Ce n'était probablement pas l'exacte vérité, songea la jeune femme en repensant à leur étreinte dans le champ et à leur baiser sous le proche. En fait, une partie d'elle n'aurait pas demandé mieux que de sauter dans le lit de Nick. Mais elle avait réussi à dominer cette pulsion irréfléchie et était convaincue d'avoir agi sagement.

— Les choses se passent un peu trop rapidement pour moi, ajouta-t-elle.

— Tu veux dire qu'*il* est trop rapide ? demanda son amie.

— Non. C'est mutuel. Il est si...

Elle hésita, ne sachant trop comment décrire les sensations que lui inspirait Nick.

— Sexy ?

— Oh, oui ! s'exclama Casey en riant. C'est le terme.

— Et il a d'autres qualités : il est beau, riche et a de très bons goûts en matière de musique. Franchement, que demander de plus ?

— Rien, je suppose. Mais les choses n'en sont pas moins compliquées. Il vit à la maison. Que se passerait-il si nous couchions ensemble et que cela se passe mal ? Allons-nous devoir nous éviter pendant des semaines ?

— Tu n'auras qu'à le mettre dehors. Mais, franchement, je ne crois pas que cela arrivera.

— Moi non plus, avoua Casey.

Elle avait même l'impression que tous deux étaient faits l'un pour l'autre. Physiquement, du moins.

— Mais si c'est génial, au contraire, reprit-elle, les choses seront tout aussi compliquées.

Viv secoua la tête d'un air réprobateur.

— Pourquoi est-ce que tu te compliques la vie à ce point ? demanda-t-elle. Je crois que tu as été beaucoup trop sérieuse pendant beaucoup trop longtemps.

D'ailleurs, on ne peut jamais savoir ce qui va se passer. Prends notre cas, à Luc et moi. Notre relation n'était censée durer qu'une nuit. Mais le destin en a décidé autrement. Si nous n'avions pas tenté notre chance, nous n'aurions jamais connu le bonheur que nous éprouvons aujourd'hui !

— Mon Dieu ! Qu'est-il donc arrivé à la fille cynique que je connaissais ?

— Elle est tombée amoureuse et s'est mariée, répondit Viv en riant.

Casey la regarda tristement. Dans son cas, il était peu probable que l'histoire tourne au conte de fées. Nick était bien trop instable pour cela.

Toute la question était de savoir si elle-même pouvait se contenter de la liaison qu'il lui proposait.

7.

Deux jours plus tard, Casey était toujours en train de s'installer. Elle avait tant de travail ces derniers temps qu'elle ne trouvait le loisir de défaire ses valises et d'aménager sa nouvelle demeure que le soir venu. Au moins, se disait-elle, c'était toujours plus passionnant que de se battre contre son ordinateur.

Ce soir-là, elle avait décidé de ranger ses livres. Elle en avait une impressionnante collection qui allait de la science-fiction aux romans classiques en passant par les essais sur l'agriculture et les livres d'histoire. Elle avait également gardé certains de ses livres d'enfant préférés qu'elle offrirait peut-être un jour à Megan.

Elle tomba donc sur un vieux volume poussiéreux d'*Alice au pays des Merveilles* qu'elle ouvrit, admirant les gravures qui le décoraient. Sans même s'en apercevoir, elle se mit à lire et se retrouva bientôt plongée avec Alice dans le terrier merveilleux.

La sonnette de l'entrée la tira brusquement de sa lecture et elle releva les yeux, vaguement désorientée. A contrecœur, elle reposa l'ouvrage qu'elle avait commencé et se dirigea vers la porte.

Sur le seuil de la maison se tenait Nick avec à la main le plus beau bouquet de fleurs qu'il lui ait jamais été donné de voir. Il était constitué de roses, d'œillets, de lis, de glaïeuls et d'autres espèces encore que la jeune femme ne reconnut pas.

— C'est pour égayer un peu ton nouvel intérieur, expliqua-t-il en lui tendant le bouquet.

— Merci, Nick, dit-elle, touchée par ce geste. Elles sont superbes.

Plongeant son visage au milieu des pétales pour dissimuler son émotion, elle inspira profondément l'odeur entêtante qui se dégageait d'eux. Jamais aucun homme ne lui avait offert de fleurs. Pas même son ex-fiancé.

S'écartant, elle laissa Nick entrer et il referma la porte derrière lui tandis qu'elle allait déposer son présent dans la cuisine.

— Je vais les laisser là pour l'instant, expliqua-t-elle. Je suis en train de ranger le salon et je risquerais de les renverser.

Elle réalisa alors que pour emménager, elle avait enfilé un vieux pantalon de survêtement et un pull-over trop large et défraîchi. Nick paraissait toujours se débrouiller pour la croiser à des moments où elle n'était guère à son avantage. Elle se jura donc que, lorsqu'il passerait la chercher pour la soirée, elle serait irréprochable.

— Viv m'a dit que tu avais déménagé, expliqua Nick. N'est-ce pas un peu soudain ?

Casey se laissa quelque temps pour répondre à sa question et alla s'installer sur le canapé.

— Pas tant que cela, lui dit-elle enfin. J'avais prévu depuis longtemps de venir vivre ici. Disons que j'ai juste pris un peu d'avance sur mon programme.

Nick hocha la tête, s'approcha de l'étagère qu'elle avait commencé à garnir de livres et parcourut des yeux le dos des ouvrages.

— Tu es sûre qu'il n'y a pas une autre raison ? demanda-t-il enfin.

— Il était grand temps que j'aie un endroit bien à moi, dit la jeune femme en haussant les épaules.

Nick la regarda d'un air dubitatif mais s'abstint de tout commentaire. Jetant un coup d'œil autour de lui, il observa les piles de cartons entassés tout autour de la pièce. Suivant son regard, Casey réalisa qu'elle n'avait guère progressé.

— Est-ce que je peux t'aider ? reprit-il en se tournant vers elle. Ou bien est-ce que tu préfères que je te laisse tranquille ?

Casey réalisa qu'elle n'avait aucune envie qu'il reparte aussi rapidement.

— J'avais justement besoin de faire une pause, lui dit-elle. Raconte-moi donc plutôt comment se passent les choses au casino.

Nick alla s'asseoir sur l'un des fauteuils qui faisaient face au canapé.

— A peu près comme je l'avais envisagé, répondit-il. Tout s'est compliqué comme c'est toujours le cas lorsque l'on organise une soirée aussi importante.

— Est-ce que tu as souvent organisé des inaugurations de ce genre ? demanda la jeune femme, curieuse.

— Eh bien, cela fait dix ans que je fais ce métier et c'est mon cinquième casino.

— Est-ce que tous étaient sur des bateaux ? s'enquit Casey.

110

— Non. J'en ai monté à Reno et à Las Vegas. J'en ai même fondé un à Monaco dans lequel je suis resté comme gérant durant quelque temps.

La jeune femme hocha la tête. Elle était allée en France une fois, à l'occasion d'un voyage à travers l'Europe. Mais jamais à Monaco.

— Est-ce aussi joli qu'on le dit ?

— Plus encore, répondit Nick en se penchant en avant pour retirer la barrette qui retenait les cheveux de la jeune femme.

— Qu'est-ce que tu fais ? demanda-t-elle.

— Je joue avec tes cheveux, déclara-t-il très sérieusement en plongeant ses doigts dans l'épais tissu soyeux, arrachant à Casey de petits frissons de bien-être. Cela t'ennuie ?

— Non, répondit-elle d'un ton mal assuré.

— Bien, murmura Nick en venant s'asseoir auprès d'elle.

Il étala ses cheveux dans son dos.

— Ils sont vraiment magnifiques, ajouta-t-il d'un ton rêveur.

D'une main, il effleura doucement le cou de Casey. Puis, sentant qu'elle ne résistait pas à cette caresse, il se pencha vers elle pour déposer de petits baisers de sa tempe au lobe de son oreille et à sa joue.

La jeune femme tourna alors la tête vers lui, posa une main sur son visage et attira sa bouche contre la sienne. Elle s'offrit à son baiser lent et séducteur, frémissant tandis qu'il agaçait ses lèvres du bout de sa langue.

Posant la main sur sa nuque, elle se pressa un peu plus encore contre lui et s'abandonna aux sensations délicieuses que faisaient naître en elle les gestes de Nick.

A mesure que leur baiser se faisait plus passionné, elle sentit la pointe de ses seins se dresser douloureusement contre son pull-over.

C'était une impression plaisante mais, bientôt, elle en voulut plus. Prenant la main de Nick, elle la posa sur sa poitrine. Aussitôt, il laissa sa bouche glisser doucement jusqu'au creux du cou de la jeune femme et lui arracha un frémissement de délice.

Il fit remonter son pull-over et posa la main sur l'un de ses seins dénudés, la faisant gémir de bonheur. Elle sentit ses doigts titiller l'un de ses tétons, l'agaçant jusqu'à ce qu'elle ait l'impression de devenir folle.

Puis il l'embrassa de nouveau et, sans même s'en rendre compte, elle bascula en arrière et se retrouva allongée sur le dos, offerte à ses caresses. Instinctivement, ses hanches se mirent à bouger contre celles de Nick, ne faisant qu'accroître son excitation qui devenait presque intolérable.

Comment pouvait-il lui faire autant de bien alors qu'ils ne se connaissaient que depuis quelques jours ?

Cette pensée fit naître en elle une pointe de doute. Les choses allaient trop vite, lui répétait une petite voix. Elle sentit alors les lèvres de Nick se poser sur l'un de ses mamelons qu'il agaça impitoyablement, faisant exploser en elle un éclair de plaisir inattendu.

Elle comprit que c'était probablement sa dernière chance de mettre un terme à cette étreinte avant qu'elle perde tout contrôle sur elle-même et ne se laisse aller sans rémission au désir qui la torturait.

— Nick, murmura-t-elle d'une voix rauque en le repoussant doucement mais fermement.

Il la regarda, les yeux brillant d'un éclat sauvage.

112

— Qu'est-ce qui ne va pas ? demanda-t-il.

— Je ne suis pas prête, expliqua-t-elle. Je sais que j'aurais dû te le dire plus tôt mais je ne suis pas prête à faire l'amour. Pas encore.

Elle s'interrompit, cherchant comment lui expliquer qu'elle s'était laissé emporter.

— Je suis désolée, souffla-t-elle enfin.

Nick déposa un petit baiser sur ses lèvres tremblantes.

— Est-ce que cela signifie que tu seras prête un jour ? demanda-t-il gravement.

Casey hocha la tête, trop troublée pour répondre à voix haute.

— Bien ! s'exclama-t-il avant de grignoter le bout de son oreille.

Puis il se redressa tout en rajustant le pull-over de la jeune femme. L'attirant contre lui, il l'embrassa de nouveau dans le cou.

— Qu'est-ce que tu fais ? demanda-t-elle.

— Tu ne veux pas faire l'amour mais cela ne nous empêche pas de nous embrasser, n'est-ce pas ? Détends-toi, ajouta-t-il d'une voix très douce. Je te promets que je ne te forcerai jamais à faire quelque chose qui ne te convient pas.

Casey hocha la tête, se demandant si elle n'était pas en train de retarder l'inévitable et de les torturer inutilement alors qu'il aurait été si simple de lui prendre la main et de l'entraîner dans la chambre.

Mais, à cet instant, la sonnette retentit.

— Ce doit être un signe, murmura-t-elle.

— Tu vas répondre ? demanda Nick en s'écartant légèrement.

— Oui, répondit-elle sans faire mine de bouger.

Elle n'avait aucune envie de renoncer à l'étreinte de Nick. Finalement, ce fut lui qui se leva.

— Je vais aller boire quelque chose pendant ce temps, déclara-t-il.

— Il y a du lait et des boissons fraîches dans le réfrigérateur, indiqua la jeune femme tandis que la sonnette retentissait pour la deuxième fois.

Se redressant, elle remit de l'ordre dans ses vêtements et rattacha ses cheveux avant de se diriger vers la porte d'entrée. Lorsqu'elle l'ouvrit, elle fut surprise de découvrir Murray qui se tenait sur le seuil. Il arborait une expression sinistre.

— Salut, Murray, le salua-t-elle avec un chaleureux sourire. Quelque chose ne va pas ?

— Il faut que je te parle, Casey, déclara-t-il gravement. C'est important.

— C'est à cause de ton père ? demanda-t-elle, inquiète.

Roland n'avait pas été au mieux de sa forme ces temps-ci et elle savait que Murray se faisait beaucoup de souci pour lui.

— Est-ce qu'il va bien ? ajouta-t-elle.

— Oui, il va bien. Puis-je entrer ?

— Bien sûr.

S'écartant pour le laisser passer, elle le suivit dans le salon où Nick était revenu, une cannette de jus d'orange à la main.

— Je crois que vous vous êtes déjà rencontrés, n'est-ce pas ? Le soir de l'incendie.

Les deux hommes hochèrent la tête et échangèrent une poignée de main.

114

— Je suis désolé, s'excusa Murray. Je ne savais pas que tu avais de la compagnie.

Casey fronça les sourcils, étonnée par ce flagrant mensonge : Murray devait pourtant bien savoir que la Porsche rouge qui se trouvait garée devant chez elle ne lui appartenait pas.

— Que se passe-t-il ? demanda-t-elle.

— C'est personnel, éluda-t-il en jetant un coup d'œil fugitif à Nick.

Ce dernier se tourna vers elle et sourit.

— J'allais justement partir, déclara-t-il. Tu me raccompagnes, Casey ?

— Mais tu n'es pas obligé de t'en aller, protesta-t-elle.

— Ne t'en fais pas pour ça. Au revoir, Murray.

Celui-ci hocha la tête et Casey, un peu surprise par la tournure que prenaient les événements, raccompagna Nick jusqu'à sa voiture, se sentant terriblement frustrée de le voir partir aussi vite.

— Tu ne m'avais pas dit qu'il y avait quelqu'un d'autre, déclara alors Nick d'une voix chargée de reproches.

— Murray ? s'exclama-t-elle, sidérée. Mais ce n'est qu'un ami.

— Vraiment ?

— Oui, bien sûr, répondit-elle avec assurance.

— Je ne pense pas qu'il voie les choses de cette façon.

— Mais, Nick, nous nous connaissons depuis notre enfance. C'est mon voisin et nous avons toujours été amis. Nous sommes allés à la même école tous les deux. S'il y avait eu le moindre sentiment amoureux entre nous, cela fait longtemps que nous serions sortis ensemble.

Nick sourit et caressa tendrement la joue de la jeune femme.

— Nous en reparlerons lorsque tu auras discuté avec lui. Je t'ai laissé mon numéro de portable sur la table de la cuisine.

Sur ce, il déposa un léger baiser sur les lèvres de la jeune femme, monta dans sa voiture et démarra. Elle suivit des yeux le véhicule jusqu'à ce qu'il ait disparu au détour du sentier puis se détourna pour regagner l'intérieur de la maison.

Murray, amoureux d'elle ? Cela n'avait aucun sens. Nick avait dû mal interpréter un geste ou un regard.

Une fois parvenue dans le salon, elle trouva Murray assis dans le canapé, la mine toujours aussi sombre.

— Vas-tu me dire ce qui se passe ? demanda-t-elle, lui en voulant un peu de la façon dont il avait mis Nick à la porte.

— Assieds-toi, Casey.

Gravement, elle l'observa et ne vit rien d'exceptionnel. C'était toujours le même homme : cheveux bruns, yeux gris, traits réguliers. Murray était plutôt joli garçon sans être splendide. C'était surtout son meilleur ami et il avait toujours été là pour elle, surtout lorsque son fiancé l'avait laissée tomber.

— Qu'est-ce qui ne va pas ? demanda-t-elle en s'asseyant près de lui.

— Est-ce que tu sors avec lui ?

— Avec Nick ? Je ne vois pas très bien en quoi cela te concerne.

— Casey, s'il te plaît, lui dit-il en lui prenant doucement la main. Il faut que je le sache.

— Je ne comprends vraiment pas pourquoi. Mais si tu tiens tant à le savoir, la réponse est non. Je ne sors pas avec lui mais je ne vais sans doute pas tarder à le faire. Là, est-ce que tu es satisfait ?

Murray prit son autre main et la regarda avec une étrange solennité qui ne fit que renforcer l'inquiétude de la jeune femme.

— Tu te souviens que, lorsque Jordan est parti, nous avons beaucoup parlé, toi et moi. Tu te souviens que je t'ai dit qu'il ne valait pas le coup que tu pleures à son sujet.

— Bien sûr, acquiesça Casey, se demandant où il voulait en venir.

— Tu te souviens que je t'ai dit qu'un jour, tu trouverais un homme qui t'aimerait comme tu méritais de l'être.

— Oui. Et je me souviens aussi que je ne te croyais pas.

— Tu vois, Casey. J'espérais. Cela fait longtemps que j'espère qu'un jour tu me laisseras être cet homme-là.

La jeune femme ouvrit de grands yeux, sentant son cœur s'emballer. Se pouvait-il donc que Nick ait raison ?

— Murray...

— Non, laisse-moi finir, l'interrompit-il. Cela fait des années que je suis amoureux de toi. C'est pour cela que j'ai rompu mes fiançailles avec Sarah. Je savais que je ne pourrais pas la rendre heureuse parce que j'aimais une autre femme.

— Oh, Murray ! s'exclama Casey, troublée par ces révélations inattendues. Je suis désolée. Je m'étais toujours demandé ce qui n'avait pas marché entre vous. Tu ne voulais jamais en parler mais si j'avais su...

— Cela n'a plus d'importance, s'exclama Murray. Ce qui compte, c'est ce que je ressens pour toi. Lorsque Jordan est parti, j'ai cru que tu le comprendrais et que tu finirais par m'aimer, toi aussi. Mais les choses ne se sont pas passées ainsi. Je ne t'ai jamais dit ce que j'éprouvais parce que je pensais que tu n'étais pas prête pour une nouvelle relation. J'ai décidé d'attendre.

Portant la main de la jeune femme à ses lèvres, il l'embrassa.

— Mais ta tante m'a dit qu'il y avait quelque chose entre Nick et toi.

— Elle raconte n'importe quoi ! s'exclama Casey avec humeur.

— Vraiment ? Pourquoi est-ce que, dans ce cas, tu as mis si longtemps à venir m'ouvrir la porte ? Qu'étiez-vous en train de faire, Nick et toi ?

La jeune femme le contempla avec stupeur.

— Je n'arrive pas à croire que nous ayons cette conversation ! s'exclama-t-elle enfin. Je n'ai pas à te répondre sur ce point, Murray ! Ce que je fais ne te regarde pas.

— Bien sûr que si, cela me regarde, protesta-t-il. Suis-je censé rester les bras croisés et te regarder tomber amoureuse d'un autre homme ? D'un homme, qui plus est, qui te fera certainement autant de mal que t'en a fait Jordan ?

Casey retint un juron, agacée que tout le monde la croie incapable de se défendre.

— Comment peux-tu dire une chose pareille ? Tu ne le connais même pas !

— Je sais que c'est un séducteur et qu'il te brisera le cœur avant de poursuivre sa route sans même un regard en arrière. Exactement comme Jordan.

— Et alors ? Même s'il le faisait, cela ne concerne que moi !

— Mais bon sang ! s'exclama Murray en se levant d'un bloc pour se mettre à faire les cent pas dans la pièce comme un animal en cage. Je ne vais pas tranquillement te regarder gâcher ta vie une seconde fois !

— Ce n'est pas à toi de faire ce choix, lui rappela-t-elle.

S'immobilisant devant la jeune femme, il la prit par les bras et la força à se lever.

— Laisse-moi une chance, Casey. Je te jure que je saurai te rendre heureuse.

Casey le regarda, interdite. Si quelqu'un lui avait annoncé une demi-heure plus tôt que Murray lui ferait une déclaration d'amour, elle aurait probablement éclaté de rire. Mais avant qu'elle ne puisse lui répondre, il l'embrassa.

Elle en fut si stupéfaite qu'elle mit un temps avant de détourner la tête.

— Arrête ! s'exclama-t-elle en échappant à son étreinte. Mais qu'est-ce qui t'arrive ?

Murray passa une main tremblante dans ses cheveux et secoua la tête, la défiant du regard.

— Je ne te dirai pas que je suis désolé, déclara-t-il. J'aurais dû faire cela depuis très longtemps.

— Si tu l'avais fait, j'aurais au moins pu voir venir cette déclaration ! Tu ne m'as jamais donné le moindre indice du fait que tu étais amoureux de moi.

— Bien sûr que si, fit Murray avec un rire triste. Simplement, tu ne voulais pas le voir. Penses-y, Casey, que t'ai-je dit lorsque Jordan t'a quittée ?

— Que je pouvais compter sur toi, répondit-elle. Que je pourrais toujours compter sur toi. Mais je pensais que tu parlais d'amitié !

— Et tu te trompais. Je t'aimais à l'époque autant que je t'aime aujourd'hui.

Casey le contempla avec stupéfaction : Murray était sincère. Il était vraiment convaincu de l'aimer.

— Tu sais combien tu es important pour moi, commença-t-elle en prenant soin de bien choisir ses mots. Je t'aime beaucoup. Mais je ne suis pas amoureuse de toi. Et je ne le serai jamais, Murray. Il est beaucoup trop tard pour qu'un tel sentiment puisse naître en moi.

— Si tu prends le temps d'y réfléchir, tu réaliseras peut-être que tu te trompes, que c'est possible. Tout ce que je te demande, c'est de me laisser une chance.

Casey ne voulait pas perdre sa précieuse amitié. Elle ne voulait pas non plus le blesser. Mais à quoi aurait-il servi de lui laisser le moindre espoir alors qu'elle savait pertinemment qu'il ne se passerait jamais rien entre eux ?

— Je suis désolée, murmura-t-elle. C'est impossible.

Murray la regarda fixement pendant ce qui lui parut être une éternité.

— Dans ce cas, soupira-t-il enfin, je suppose que nous n'avons plus grand-chose à nous dire.

Sur ces mots, il tourna les talons et gagna la porte d'entrée, la laissant seule.

Casey se demanda si elle avait à jamais perdu son amitié ou s'il réussirait à se remettre de cette déception amoureuse. Mais elle se demanda surtout ce qui avait pu motiver un tel revirement d'attitude à son égard. Nick était-il le seul responsable de cette soudaine déclaration ?

— Bonsoir, Casey.
— Tu avais raison…

Cela n'avait rien de surprenant, songea Nick. Il avait vu la lueur de jalousie qui brillait dans les yeux de Murray et avait compris immédiatement la nature de ses sentiments. Ce qu'il ne savait pas, par contre, c'était quels étaient ceux de Casey à son égard.

Lui avait-elle dit qu'il n'avait aucune chance ? Avait-elle été heureuse de découvrir ce qu'il éprouvait pour elle ? Si tel était le cas, c'en était probablement fini de leur petite idylle. Cette pensée n'aurait pas dû perturber Nick outre mesure. Après tout, il quitterait bientôt la Louisiane pour toujours. Et Casey avait le droit de trouver le bonheur avec un homme qui l'aimait vraiment.

— Est-ce que tout va bien ? demanda-t-il finalement comme Casey ne faisait pas mine de poursuivre.

— Non. Enfin, si. En fait, je ne sais pas… Je crois que tout cela m'est vraiment tombé dessus par surprise. C'était presque un peu effrayant de découvrir que pendant toutes ces années… Tu sais, je n'avais aucune idée de ce qu'il pouvait ressentir.

— Mais maintenant que tu le sais, est-ce que tu vas me dire que tout est fini entre nous ?

Tout en prononçant ces mots, il réalisa à quel point cette perspective lui répugnait. Il n'avait aucune envie d'imaginer Casey Fontaine avec un autre homme que lui-même.

— Bien sûr que non ! s'exclama-t-elle à son grand soulagement. Je t'ai dit que Murray n'était qu'un ami.

— Mais ce qu'il t'a dit aurait pu transformer les sentiments que tu lui portes, observa Nick.

— Ce n'est pas le cas. Mais dis-moi, est-ce que ce ne serait pas toi qui aurais changé d'avis à notre sujet ?

— Certainement pas ! s'exclama-t-il avec plus de passion qu'il ne l'aurait voulu. Mais je ne resterai pas ici très longtemps, tu sais. Et si tu penses que tu peux être heureuse avec lui, je ne t'en voudrais pas.

— Arrête ces petits jeux, Nick ! Je ne suis pas douée pour cela. Est-ce une façon détournée pour te débarrasser de moi avant même que nous ne sortions ensemble ?

— Non. J'essayais juste de me montrer noble et chevaleresque, confessa-t-il en se reprochant sa maladresse.

Casey éclata de rire et ce son délicieux le réconforta. Une fois de plus, il se dit que sa voix était la plus sexy qu'il lui eût jamais été donné d'entendre.

— Ce n'est pas la peine, déclara-t-elle enfin. Maintenant, pourrions-nous parler de quelque chose d'autre ?

— De quoi ? demanda-t-il en allant s'asseoir sur le canapé du salon.

— Je ne sais pas, dit-elle. Nous pourrions jouer au téléphone rose.

— Quoi ? s'exclama Nick, incrédule.

— Désolée, dit-elle en pouffant de plus belle. Je voulais juste que tu cesses de penser à cette histoire avec Murray.

— Le moins que l'on puisse dire, c'est que ta méthode est efficace, répondit-il en riant à son tour.

— Bien, j'en suis ravie, souffla-t-elle d'une voix provocante qui arracha à Nick un frisson involontaire.

— Tu sais que je pourrais être chez toi en moins de cinq minutes, lui dit-il gravement.

— J'avoue que c'est tentant.

— Mais la réponse est toujours non ? conclut-il, déçu.

— Je ne suis pas habituée à ce que les choses aillent aussi vite, reconnut-elle d'une voix hésitante.

— Je sais.

Nick se tança pour la façon dont il la mettait sous pression. Il voulait la séduire, pas lui faire peur. Et, pour cela, il devait lui laisser du temps, si insupportable que cela lui parût.

— Dis-moi, Casey, est-ce que tes cheveux sont détachés ? demanda-t-il pour faire diversion.

— On dirait qu'ils t'obsèdent vraiment, observa-t-elle avec humour.

— Je n'appellerais pas cela une obsession. Juste un fantasme. Alors ? Ils sont détachés ?

— Oui. Je ne les attache jamais pour dormir.

A ces mots, Nick imagina la jeune femme, nue, allongée sur son lit, ses cheveux bruns formant un délicieux contraste avec la pâleur de sa peau. C'était précisément ce genre d'images qui menaçaient de le rendre fou.

— J'avoue que moi aussi j'ai une obsession. Pardon, un fantasme, à ton sujet.

— Tu vas me tuer, Casey.

— Je suis folle de ta voix, avoua-t-elle. Elle est si profonde, si riche que, parfois quand tu me parles, j'ai l'impression qu'elle m'enveloppe, qu'elle me caresse.

Nick resta un moment silencieux avant de lui répondre.

— Tu sais que tu es une femme dangereuse, Casey.

Et si elle l'était au téléphone, elle le serait plus encore en chair et en os, songea-t-il avec une pointe d'angoisse.

— Vraiment ? dit-elle, apparemment ravie par ce constat.

— Oui, tu peux me faire confiance.

— Très bien. Je trouve cela rassurant. Parce que toi aussi, tu es dangereux !

— En quoi ?

— Tu m'as offert des fleurs.

— Et cela fait de moi quelqu'un de dangereux ? demanda-t-il, surpris.

— Oui. Je ne suis pas le genre de fille à laquelle les hommes offrent des fleurs. Mais tu l'as fait. Tu as su exactement comment me faire craquer.

Le sourire de Nick disparut alors qu'il se demandait brusquement s'il serait aussi doué pour la rendre vraiment heureuse.

8.

Ne pas se préoccuper de l'avenir avait du bon, réalisa Casey au cours des jours qui suivirent. Elle se contentait de vivre au présent, profitant de la vie plus qu'elle ne l'avait fait depuis très longtemps.

Mais pourquoi s'en serait-elle privée ? Nick lui avait offert une idylle sans lendemain, une passade, une parenthèse. Toutes les relations ne débouchaient pas forcément sur une vie commune ou sur un mariage. D'ailleurs, la seule fois où elle avait vraiment essayé de s'engager, sa tentative n'avait guère été couronnée de succès.

Mieux valait donc profiter des petits moments de joie que Nick savait lui dispenser.

En réalité, ils ne s'étaient vus qu'une fois après le jour de la déclaration de Murray. Nick était très occupé par la préparation de la soirée d'inauguration du casino et Casey par l'approche de la période des moissons. Sans compter qu'elle devait superviser la rénovation de Bellefontaine.

Heureusement, Adam Ross s'était révélé être d'une fiabilité et d'une efficacité à toute épreuve. Il travaillait vite et bien et la tenait scrupuleusement informée de la moindre évolution du chantier.

Seule tante Esme lui posait de réels problèmes. Chaque fois qu'elle la croisait, la vieille dame lui reprochait son attitude inconvenante vis-à-vis de Nick ou se plaignait du bruit occasionné par les travaux d'Adam. Casey avait fini par l'éviter autant qu'elle le pouvait pour ne plus avoir à affronter ses incessantes récriminations.

En fait, elle ne vivait plus que pour les interminables conversations téléphoniques qu'elle avait chaque soir avec Nick. Le manque de sommeil était un prix bien faible à payer pour le bonheur de ces échanges extraordinaires.

Ils abordaient toutes sortes de sujets, sans discrimination. Nick adorait voyager et pouvait passer des heures à lui parler des endroits qu'il avait visités. Ses récits étaient si vivants que la jeune femme n'avait aucun mal à se représenter les lieux et les personnes qu'il avait fréquentés.

Il paraissait doué d'un véritable instinct pour découvrir des gens intéressants et savait admirablement restituer ce qu'ils lui avaient apporté. C'était d'autant plus fascinant que Casey n'avait guère quitté la Louisiane et qu'elle découvrait ainsi mille choses qui lui étaient inconnues.

Nick écoutait sans se lasser ce qu'elle lui racontait sur son propre univers. La Louisiane. Les bayous. Les plantations. Le sucre... Il lui posait des centaines de questions, faisant preuve d'une insatiable curiosité et d'un esprit aiguisé.

Mais Nick ne faisait pas que lui parler. Chaque jour, ou presque, il lui envoyait des fleurs différentes. Des roses blanches aux formes délicates. Des orchidées à l'aspect étrange et coloré. Des lis odorants.

Elle ne cessait de le sommer d'arrêter mais il continuait tout de même et, secrètement, elle s'en réjouissait. Sa maison était devenue pareille à un jardin aux mille couleurs et aux senteurs subtiles.

C'était peut-être la façon qu'il avait trouvée d'être toujours avec elle puisque, dès que son regard se posait sur l'un des bouquets, elle ne pouvait s'empêcher de penser à lui.

Pourtant, jamais elle ne se serait cru sensible à de telles attentions. Elle avait passé sa vie à se prouver et à prouver à ceux qui l'entouraient qu'elle était forte et indépendante. Après tout, elle était la fille de Duke Fontaine.

Mais Nick avait su éveiller la part de féminité qui sommeillait secrètement en elle et qu'il lui arrivait parfois d'oublier. Elle à qui nul n'avait jamais vraiment fait la cour trouvait cette expérience terriblement excitante.

Le mercredi soir, un livreur sonna à sa porte pour lui offrir une nouvelle fleur. Cette fois, il s'agissait d'une sorte de lis étrange aux gigantesques pétales roses qui venait directement de Hawaii. Elle était aussi magnifique que rare et la jeune femme se sentit brusquement coupable des dépenses inconsidérées que Nick faisait pour elle.

Sans prendre la peine de lire la carte qui accompagnait sa nouvelle plante, elle l'appela donc sur son portable.

— Nick ! s'exclama-t-elle lorsqu'il décrocha. Tu es fou ! Cela a dû te coûter une fortune.

— Je suppose que tu as trouvé mon lis, répondit-il, amusé.

— Oui. Et le livreur m'a dit qu'il venait directement de Hawaii !

— C'est vrai. Attends une minute.

Il posa le téléphone et elle l'entendit discuter, probablement avec l'un de ses employés.

— C'est fascinant ce que l'on peut trouver sur Internet, déclara-t-il lorsqu'il eut repris le téléphone. Tu sais qu'on peut se faire livrer des fleurs du monde entier ?

De monde entier ? songea Casey, inquiète. Qui sait si, la prochaine fois, il ne lui en commanderait pas en Thaïlande ou à Madagascar ?

— Cela ne peut plus continuer, déclara-t-elle. Il faut que tu arrêtes de m'envoyer des fleurs.

— Pourquoi ? Tu ne les aimes pas ?

— Bien sûr que si ! s'exclama-t-elle. Elles sont splendides. Mais tu dépenses beaucoup trop d'argent pour moi.

— Détends-toi, Casey. Je ne vais pas me ruiner en t'achetant quelques fleurs.

— Quelques fleurs ? répéta-t-elle en contemplant les bouquets multicolores qui décoraient chaque meuble. C'est un euphémisme. Et le pire, c'est que je suis incapable de m'occuper d'une plante.

— Qu'est-ce que tu racontes ? s'exclama Nick en riant. Tu es agricultrice !

— Peut-être. Mais je t'assure que je n'ai pas la main verte. Je suis capable de tuer la plante de salon la plus vivace. La fleur que tu viens de m'envoyer est exotique et probablement très fragile. Elle sera morte en moins d'une journée, avec moi.

— C'est une blague, n'est-ce pas ?

— J'ai bien peur que non. Je suis un jardinier exécrable, Nick.

— Dans ce cas, place ta plante dans la serre. C'est sans doute l'endroit idéal pour elle.

Il s'arrêta pour parler une fois de plus à quelqu'un.

— Je suis désolé, reprit-il. Il va falloir que je te laisse. Un des ouvriers est tombé d'une échelle et prétend s'être cassé la jambe. Il menace de nous faire un procès !

— Mon Dieu ! J'espère que ce n'est pas trop grave.

— Je ne pense pas, ce type est un farfelu. Une des serveuses m'a dit qu'elle l'avait déjà vu faire un numéro de ce genre là où elle travaillait avant. Bon, j'y vais. Mais avant, dis-moi si tu es libre pour déjeuner, demain. Nous pourrions nous retrouver chez Brew-Batchers.

Casey hésita, sachant qu'il lui serait difficile de se libérer au beau milieu de la journée. Mais ce restaurant était l'un de ses préférés.

— Je ne suis pas sûre, commença-t-elle, hésitante.

— Comment peux-tu refuser une invitation dans l'un des meilleurs restaurants cajuns de Baton Rouge ? demanda-t-il, tentateur. D'autant que je ne t'ai pas vue depuis plusieurs jours.

— D'accord, céda-t-elle. Je t'y retrouve à midi.

— Génial. A demain, alors !

— Attends, Nick ! Est-ce que je t'ai remercié pour la fleur ?

— Non. Tu étais trop occupée à me crier dessus, répondit-il en riant. A ce propos, Casey, ne t'en fais pas : si elle meurt, je t'en achèterai une autre !

Avant qu'elle ait pu protester, il raccrocha.

Derrière le bar était alignée une impressionnante collection de balles de base-ball. Il y avait aussi un grand panneau où étaient affichés les résultats des équipes de football locales, professionnelles et universitaires.

C'était pourtant l'endroit favori de la plupart des étudiants et des hommes d'affaires de la ville. Lorsque Casey y arriva, elle trouva Nick en train de l'attendre au bar, sirotant une bière tout en lisant le journal local.

— J'espère que je ne suis pas en retard, lui dit-elle après avoir déposé un rapide baiser sur ses lèvres.

— Pas du tout. C'est moi qui étais en avance.

— Tu sais que je t'en veux ! s'exclama-t-elle avec un grand sourire. A cause de toi, j'ai passé ma matinée à imaginer ce que j'allais bien pouvoir prendre et, maintenant, je suis affamée !

Nick l'entraîna vers une des tables libres et tous deux commandèrent des marmites : du crabe pour Nick et des crevettes pour Casey.

— Je suis content que tu sois venue, déclara Nick lorsqu'ils furent servis. Je voulais te voir avant mais les préparatifs pour la soirée ont été plus compliqués que prévu.

— J'ai vraiment hâte d'être à demain soir, lui avoua la jeune femme, surprise par son propre enthousiasme.

Elle n'avait jamais raffolé des fêtes de ce genre. Mais, d'un autre côté, songea-t-elle, c'était peut-être parce que des hommes comme Nick ne l'y avaient jamais accompagnée.

— Moi aussi, lui dit-il en la regardant droit dans les yeux. Je suis vraiment très impatient.

Il y avait dans son regard tant de promesses qu'elle ne put s'empêcher de rougir.

— Je parlais de la fête, protesta-t-elle.

— Pas moi.

130

La jeune femme sentit un frisson la parcourir comme s'il venait de caresser sa peau nue. Pour faire diversion, elle reporta son attention sur son plat auquel elle s'attaqua avec appétit.

— Ça alors ! Si ce n'est pas cette petite garce de Casey Fontaine ! Qu'est-ce qui vous amène ici, espèce de traînée ?

Stupéfaite, la jeune femme faillit recracher la bouchée de crevette qu'elle venait d'avaler. Se tournant dans la direction de la voix, elle avisa l'un de ses anciens employés qui la fixait d'un air mauvais. Nick s'était déjà à moitié levé de sa chaise mais elle le retint par le bras.

— Je peux très bien m'occuper de cela moi-même, lui dit-elle d'un ton qui n'admettait pas de réplique. Qu'est-ce que vous voulez, Broderick ? ajouta-t-elle à l'intention du nouveau venu.

— Pourquoi pas un petit prêt, mademoiselle Fontaine, railla-t-il, puisque vous m'avez flanqué à la porte ?

— Vous devriez peut-être chercher un autre travail, répondit-elle sans aménité. Et essayer de ne pas vous y rendre en état d'ivresse.

Un éclair de rage passa dans les yeux de son ex-employé. Mais avant qu'il ait pu répliquer, Nick se leva.

— Je ne crois pas que Mlle Fontaine soit très intéressée par cette discussion, déclara-t-il. Mais si vous y tenez, nous pouvons aller la poursuivre dehors.

— Ah ouais ? C'est quand tu veux, mauviette.

Casey se leva, furieuse.

— Cessez de vous conduire comme des enfants dans une cour d'école ! s'exclama-t-elle rageusement. Et vous, Broderick, fichez le camp.

Du coin de l'œil, elle vit le gérant de restaurant qui venait dans leur direction. Broderick dut l'apercevoir également puisqu'il tourna brusquement les talons et, crachant une dernière obscénité, se dirigea vers la sortie.

— Laisse-le partir, dit-elle à Nick qui paraissait vouloir faire ravaler à l'importun ce nouvel outrage. Il n'en vaut pas la peine.

Il parut lutter contre lui-même durant quelques instants puis la colère qui se lisait dans ses yeux reflua et il se rassit à contrecœur.

— Est-ce que tout va bien ? demanda le gérant.

— Oui, lui assura Casey. Nous avons juste eu un petit désagrément, rien de plus.

— Tu aurais dû me laisser lui casser la figure, décréta Nick tandis que le gérant s'éloignait, une expression dubitative sur le visage. Qui était-ce d'ailleurs ?

Casey revint à sa marmite, refusant de laisser un sale type comme Broderick gâcher ce moment privilégié.

— Il travaillait à la plantation, expliqua-t-elle. Mais il est venu travailler en état d'ivresse à deux reprises. Alors je l'ai mis à la porte. Depuis, il m'en veut et ne manque pas une occasion de me le faire savoir.

— S'il t'ennuie encore, dis-le-moi.

— Pour que tu te battes contre lui ? dit-elle. Certainement pas !

Elle s'interrompit un instant.

— Merci quand même d'y avoir pensé, ajouta-t-elle en souriant.

*
* *

En réalité, Casey était comme son père et ne pouvait s'éloigner très longtemps de ce qu'elle considérait comme sa chasse gardée.

Elle aurait très bien pu déléguer son travail à Len Forsen qui avait longtemps été le bras droit de Duke avant de devenir le sien. Ce dernier était un homme d'expérience, parfaitement capable de gérer le domaine si le besoin s'en faisait sentir. Mais elle en était incapable.

Rentrant à toute allure chez elle, elle se dépêcha de se doucher et de se maquiller avant de gagner sa chambre pour prendre dans le placard une robe qu'elle avait achetée à l'occasion d'une soirée à laquelle Jordan l'avait emmenée longtemps auparavant.

Ladite soirée avait eu lieu chez sa maîtresse, celle pour laquelle il avait finalement abandonné Casey qui ignorait tout à cette époque de la duplicité de son futur époux.

Ecartant ces sombres pensées, la jeune femme choisit un collier de diamant et des boucles d'oreilles assorties dans sa boîte à bijoux. Pour quelqu'un qui n'en portait jamais, elle en avait une impressionnante collection. Des cadeaux de ses parents, pour la plupart.

Alors qu'elle parachevait sa préparation en se parfumant légèrement, elle entendit la sonnette de la porte d'entrer retentir. Reposant le flacon, elle alla ouvrir et se retrouva face à Viv, absolument splendide dans une robe blanche qui soulignait sa froide beauté.

— Tu ne regretteras pas d'avoir permis à Nick d'affréter pour nous cette limousine, s'exclama son amie avec entrain. J'ai déjà bu un verre de champagne en venant chez toi.

— Cela ne me surprend pas du tout, s'exclama Casey. De toute façon, tu as tellement fait pression pour que j'accepte que je n'ai pas eu le cœur de refuser.

— Et tu me remercieras !

Viv avisa alors les bouquets de fleurs qui encombraient le salon.

— Eh bien ! s'exclama-t-elle, admirative.

— C'est impressionnant, n'est-ce pas ?

— C'est le moins qu'on puisse dire ! On se croirait dans une forêt tropicale. Cet homme sait vraiment comment s'y prendre pour charmer une femme.

— A qui le dis-tu ! J'ai eu le malheur de lui raconter que personne ne m'avait jamais offert de fleurs et voilà le résultat. Celles-ci sont arrivées aujourd'hui, ajouta-t-elle en désignant un nouveau pot qui contenait diverses plantes exotiques venues de Hawaii.

Toutes étaient rouges, ce qui n'avait pas manqué de mettre la puce à l'oreille de la jeune femme.

— Est-ce que c'est toi qui lui as parlé de la couleur de ma robe ? demanda-t-elle.

— Non. Mais il est peut-être doué pour la télépathie.

— Parfois, c'est ce que je pense, soupira Casey. Qu'un homme puisse à ce point connaître les femmes a quelque chose d'effrayant.

— Mais cela fait aussi partie de ce qui le rend si excitant, non ?

— Je suppose, reconnut Casey en riant. Mais je me demande si je ne suis pas hors de ma catégorie. Je n'avais encore jamais rencontré un homme comme lui auparavant.

— Détends-toi ! lui conseilla Viv. Nick Devlin est exactement ce dont tu as besoin en ce moment. C'est un homme exceptionnel qui sait visiblement comment rendre une femme heureuse. Alors je ne vois pas pourquoi tu te tortures à son sujet.

— Je ne me torture pas, protesta Casey sans conviction.

Viv lui jeta un regard dubitatif puis haussa les épaules et la prit par le bras.

— Très bien ! s'exclama-t-elle. Dans ce cas, allons faire la fête !

Casey hocha la tête et la suivit en direction de l'impressionnante limousine qui était garée juste devant chez elle. Mais, en son for intérieur, elle se demandait si elle ne commençait pas justement à aimer Nick un peu plus qu'il n'était raisonnable.

Jetant un coup d'œil autour de lui, il songea que le décor était parfait. Il émanait des lieux un sentiment d'opulence sans que rien soit tape-à-l'œil ou vulgaire. En fait, en pénétrant dans cette salle, on avait l'impression de faire un voyage dans le temps et d'être ramené à l'époque de Mark Twain, lorsque les bateaux à vapeur remontaient le Mississippi encore indompté.

Descendant l'escalier, Nick pénétra dans un nouveau décor. Il se trouvait au cœur du casino proprement dit. Partout résonnaient le cliquetis et les sonneries des machines, le bruit des pièces tombant des jackpots, les cris de joie et de frustration.

Nick aimait ce bruit. Il aimait sentir les gens se distraire, oublier leurs problèmes quotidiens, leurs angoisses, redevenir pour un soir seulement des enfants émerveillés. Lui-même n'avait pas besoin de jouer pour participer à cette liesse générale.

Peut-être était-ce parce qu'il avait rêvé d'endroits comme celui-ci, pendant les huit interminables années qu'il avait passées à l'orphelinat. Là-bas, tout était gris, triste, déprimant. A l'âge de quinze ans, Nick avait quitté ce monde sinistre et, depuis, il s'était efforcé de l'oublier.

Remontant dans la salle de spectacle, Nick aperçut Adam qui était accoudé au bar. Ce dernier n'était pas du tout un amateur de jeux d'argent mais il avait accepté de venir tout de même. Nick était certain qu'il trouverait de quoi se distraire, ce soir-là : après tout, il y aurait profusion de nourriture, de femmes et de musique, trois choses dont son ami était très friand.

— C'est vraiment un endroit magnifique, Nick, déclara-t-il en lui serrant affectueusement la main. Félicitations !

— Merci. Je suis content que tu aies pu venir.

— Oh, je n'aurais manqué cette soirée pour rien au monde. C'est un sacré bateau.

— Oui. Je pense que Moreau sera satisfait.

De fait, si son acheteur ne parvenait pas à attirer du monde après ce soir, ce serait une preuve criante d'incompétence. Tous les éléments étaient réunis pour que ce casino devienne l'endroit le plus à la mode de Baton Rouge.

— Je voulais te remercier pour m'avoir parlé du chantier de Bellefontaine, reprit Adam.

136

— Oh, il n'y a vraiment pas de quoi. Je n'ai fait que rendre service à deux amis qui avaient des besoins complémentaires.

— C'est une maison vraiment étonnante, tu sais. Et Casey est vraiment très sympathique. Sans compter qu'elle est également très jolie.

Nick jeta un regard acéré à son ami. Jamais il n'avait ressenti un tel accès de jalousie, réalisa-t-il.

— C'est exact, Adam, répondit-il. Mais ne t'avise pas de lui conter fleurette !

— Je l'avais déjà compris, acquiesça son ami en riant.

Nick s'en voulut de s'être montré aussi possessif mais Adam ne parut pas lui en tenir rigueur.

— Que vaut la nourriture, sur ce bateau ? demanda-t-il.

— Il vaudrait mieux qu'elle soit excellente vu ce que me coûtent les chefs, répondit Nick en se détendant légèrement. Il y aura un buffet avec des plats cajuns et des plats français. Ensuite, un groupe de jazz doit venir jouer. Tu me diras ce que tu en penses !

— Excellent programme ! s'exclama Adam en se frottant les mains.

Il regarda alors par-dessus l'épaule de son ami et laissa échapper un petit cri admiratif. Nick se retourna et se retrouva face à Casey et Viv. Toutes deux étaient tout bonnement époustouflantes.

Viv lui adressa un petit signe de la main avant de se diriger vers Luc Renault qui était assis à l'une des tables basses en compagnie des membres de son groupe. Casey, quant à elle, les rejoignit et, après un instant d'hésitation, embrassa Nick sur les deux joues.

— Cet endroit est splendide ! s'exclama-t-elle, enthousiaste.

— Pas autant que toi, répondit-il.

De fait, elle était radieuse.

En jean et en T-shirt, Casey était déjà très belle. Mais ce soir, elle paraissait éclipser toutes les femmes que Nick connaissait. La robe rouge foncé qu'elle avait choisie était délicieusement moulante, soulignant chacune de ses courbes affolantes.

Elle était faite d'un tissu velouté qui accrochait la lumière chaque fois qu'elle bougeait. Le bas s'épanouissait comme la corolle de quelque fleur exotique tandis que le haut était constitué d'un corset légèrement décolleté accentuant la minceur de sa taille.

Elle avait laissé ses cheveux détachés et ils retombaient sur ses épaules en une lourde et soyeuse cascade de boucles brunes aux reflets auburn. Nick en eut littéralement le souffle coupé et tous deux se contemplèrent longuement comme s'ils étaient seuls au monde.

— Bonsoir, Casey, fit enfin Adam après s'être éclairci la gorge.

— Oh, bonsoir, Adam, s'exclama-t-elle en rougissant. Je ne vous avais pas vu.

— J'avais remarqué, ironisa-t-il avant de décocher à Nick un coup de coude complice. Petit veinard. Bien, puisque je suis visiblement de trop, ajouta-t-il avec un sourire amusé, je vais vous laisser et aller chercher quelque chose à manger.

— A plus tard, fit Nick sans quitter Casey des yeux.

Adam s'éclipsa et la jeune femme jeta un regard désolé à Nick.

— Nous n'avons pas été très polis, remarqua-t-elle.

— C'est vrai, acquiesça-t-il d'un ton indifférent. Mais il ne nous en tiendra pas rigueur.

— Tout de même, je devrais...

Casey s'interrompit en sentant la paume de Nick effleurer son visage. Fasciné, il admira la texture soyeuse de sa peau et dut résister à la tentation qu'il avait de la couvrir de baisers.

— Tu devrais ? reprit-il.

La jeune femme secoua la tête comme pour s'arracher à un rêve.

— De quoi parlions-nous ? murmura-t-elle.

— Si tu continues à me regarder comme cela, la prévint Nick, nous ne resterons pas très longtemps à cette soirée.

En fait, il avait terriblement envie de l'entraîner à un endroit où tous deux seraient enfin seuls. Là, il la déshabillerait lentement et lui ferait l'amour encore et encore.

Casey passa nerveusement la langue sur ses lèvres les rendant aussi rouges et aussi appétissantes que sa robe. Une fois de plus, Nick lutta de toute la force de sa volonté contre la tentation d'y poser les siennes.

— C'est tentant, murmura-t-elle. Mais je suppose que tu as des responsabilités. Tu ne peux pas partir sur un coup de tête.

— C'est vrai, soupira-t-il. Mais officiellement, à minuit, la fête prend fin.

Soulevant la main de la jeune femme, il la porta à ses lèvres.

— Alors, je n'aurai plus aucune responsabilité.

— Minuit, répéta-t-elle. Je me sens comme Cendrillon. J'espère simplement que je ne vais pas me changer en citrouille.

Nick éclata de rire à cette idée.

— Ne t'en fais pas, ce n'est pas Cendrillon mais son carrosse qui s'était changé en citrouille. Je doute que cette option soit disponible sur les limousines. Quant à toi, tu es cent fois plus belle que Cendrillon, je t'assure. Allez, viens, ajouta-t-il en lui prenant le bras, allons nous chercher quelque chose à manger.

En se mêlant aux autres convives, songea Nick, il trouverait peut-être le courage d'exorciser l'envie qu'il avait d'embrasser la jeune femme et de sentir sa peau frémir sous ses doigts.

Mais, alors qu'ils traversaient la pièce en direction du buffet, il aperçut Hank Jensen, l'inspecteur chargé de l'enquête sur l'incendie de Bellefontaine.

Aussitôt, Nick se maudit pour l'avoir invité. La dernière chose au monde qu'il souhaitait, c'était que la jeune femme repense au malheur qui avait récemment frappé sa famille. Hélas, Jensen les avait déjà repérés et s'approchait d'eux pour les saluer.

— Alors ? demanda Casey lorsqu'ils se furent acquittés des politesses d'usage. Avez-vous découvert quoi que ce soit de nouveau ?

— Hélas pas autant que nous le voudrions, répondit Jensen. Et rien qui puisse nous conduire à une arrestation. Je suis désolé, Casey, mais je vous promets que, dès que j'aurai du nouveau, je vous en ferai part.

Ils discutèrent encore quelques instants puis Jensen prit congé, laissant Casey bien trop sombre au goût de Nick.

— Il faut que tu leur laisses du temps, dit-il à la jeune femme. Je suis certain que ces enquêtes sont bien plus longues qu'on ne le voit dans les films.

— Apparemment, soupira-t-elle. Mais entre-temps, quelqu'un se promène en liberté, convaincu qu'il peut mettre le feu à notre maison sans être inquiété. Qui sait si cela ne l'encouragera pas à recommencer ?

— Casey, murmura-t-il d'une voix très douce.

Au prix d'un effort visible, la jeune femme se força à lui sourire, chassant les nuages qui s'étaient accumulés dans ses beaux yeux verts.

— Ne t'en fais pas, je vais bien. De toute façon, ce n'est pas comme si j'y pouvais quoi que ce soit. Fais-moi plutôt visiter ce bateau !

— Avec plaisir, s'exclama Nick, la gorge serrée par une émotion nouvelle.

Jamais encore, il n'avait eu à ce point envie de protéger quelqu'un. La simple idée qu'elle pût souffrir lui était intolérable.

Mais que diable lui arrivait-il donc ?

9.

Un peu plus tard dans la soirée, Nick dut se rendre en cuisine pour régler un différend entre le chef pâtissier et l'un de ses aides. Lorsqu'il revint parmi les invités, il ne put trouver trace de Casey.

Il commençait à croire qu'elle avait pris la limousine et était rentrée chez elle lorsqu'il avisa Viv qui jouait au bandit manchot avec son mari. Luc et son groupe avaient depuis longtemps fini de jouer et avaient remporté un véritable triomphe mais sa femme et lui avaient décidé de rester à la soirée à la demande de Nick.

Ils formaient un couple étrange : Viv était lumineuse, enjouée et d'humeur joyeuse tandis que Luc paraissait plus sombre, plus introverti. Pourtant, il existait entre eux une indéniable complicité, une tendresse qui était perceptible dans chacun de leurs gestes, dans chacun de leurs regards.

— Est-ce que vous avez vu Casey ? demanda-t-il lorsqu'il les eut rejoints.

— Non, répondit Viv. Pas depuis quelque temps. Pourquoi ?

— Elle semble avoir disparu, expliqua Nick. J'ai dû aller régler un petit problème, et lorsque je suis revenu, elle s'était envolée. J'ai pensé qu'elle serait peut-être avec vous mais ce n'est visiblement pas le cas.

— Regarde sur le pont, lui conseilla Viv. Casey n'aime pas beaucoup la foule et elle est peut-être allée prendre l'air.

Nick la remercia du conseil et le mit à exécution. Et il ne tarda pas à découvrir Casey, accoudée au bastingage du pont supérieur. Elle avait les yeux fermés et paraissait s'abandonner avec délices à la caresse du vent sur son visage qui faisait voleter ses longs cheveux et moulait sa robe sur son corps magnifique.

Durant quelques instants, Nick resta immobile, la contemplant avec une admiration sans bornes. Il avait l'impression de se trouver nez à nez avec quelque apparition surgie tout droit d'un rêve.

— Je croyais que tu m'avais laissé tomber, dit-il enfin.

Se tournant vers lui, elle lui adressa un sourire très doux.

— Non, je profitais de la nuit et de la rivière.

Nick la rejoignit et s'accouda au bastingage, juste à côté d'elle.

— J'imaginais que la rivière pouvait me parler, expliqua Casey. J'imaginais qu'elle me racontait l'histoire de tous ceux qui ont navigué sur son cours : des joueurs professionnels, des pirates, des esclaves en fuite.

La jeune femme se tut et tous deux restèrent longuement silencieux, se laissant bercer par le doux clapotis des vagues contre la coque. La lune s'était levée, pâle lanterne se reflétant dans l'eau. Un vent léger soufflait, apportant jusqu'à eux les senteurs lourdes du bayou et les bruits des animaux nocturnes.

— Je ne supporte pas très longtemps les endroits aussi emplis de monde, expliqua finalement Casey. Je suppose que je suis plus habituée aux grands espaces. Toi, par contre, tu sembles te mouvoir avec aisance parmi tous ces gens. Et tu n'as aucun mal à te lier avec eux.

— C'est vrai, acquiesça Nick. Je crois que c'est parce que j'aime cette ambiance festive, ces rencontres de hasard.

— Je crois que la plupart des gens t'apprécient au premier abord, remarqua la jeune femme. Surtout les femmes, ajouta-t-elle en souriant. Je crois que les beaux garçons en smoking leur font un effet fou.

— Vraiment ? demanda-t-il en la prenant doucement par la taille. Et est-ce que cela fonctionne aussi sur toi ?

Casey noua ses bras autour du cou de Nick et le regarda droit dans les yeux.

— Oh, oui, murmura-t-elle d'une voix très douce où perçait l'éclat plus rauque de son désir.

Nick se pencha alors vers elle et fit ce qu'il avait eu envie de faire durant toute cette soirée : il l'embrassa.

Ce fut un baiser très long et très tendre mais il ne tarda pas à éveiller le désir de Nick trop longtemps réprimé. Il sentait la poitrine de la jeune femme se presser doucement contre la sienne, ses jambes effleurer les siennes et cela faisait naître en lui mille images brûlantes.

— J'ai envie de faire l'amour avec toi, Casey, murmura-t-il à son oreille.

— Je sais, répondit-elle d'une voix tremblante. Moi aussi, j'ai envie de toi.

En entendant ces mots qu'il avait rêvé de l'entendre prononcer, Nick sentit les battements de son cœur s'accélérer. S'écartant légèrement, il regarda la jeune femme dans les yeux.

— Tu en es sûre ? demanda-t-il gravement.

Elle ne répondit pas, se contentant de hocher doucement la tête. Mais, dans ses yeux, il lut une passion dévorante qui le fit frissonner malgré lui.

— Tu te crois peut-être trop bien pour mon fils, dit alors derrière eux une voix menaçante.

Se retournant, ils se retrouvèrent face à Roland Dewalt qui titubait, visiblement sous l'emprise de l'alcool. Il tendit vers eux un index menaçant.

— Tu crois peut-être que tu vaux mieux qu'un Dewalt mais tu choisis ce rat de gouttière. Tu n'es qu'une traînée et Murray a vraiment de la chance...

Roland s'interrompit au moment où Nick agrippait le revers de sa veste.

— Gardez vos délires d'ivrogne pour vous, Dewalt. Ni Casey ni moi n'avons de temps à perdre.

Dewalt le foudroya du regard mais ne répondit pas. Son regard trahissait l'angoisse qui l'habitait. Il devait savoir que, sans le respect que Nick avait pour son âge, ce dernier n'aurait pas hésité un seul instant à en venir aux mains.

A cet instant, un agent de sécurité qui avait dû entendre leur dispute se dirigea vers eux.

— Escortez cet homme à terre, ordonna Nick en relâchant Roland. Quant à vous, ajouta-t-il à l'intention de ce dernier, ne remettez jamais les pieds au White Gold. Je ne serai pas toujours aussi patient.

Les deux hommes s'éloignèrent et Nick se tourna vers Casey, se sentant vaguement mal à l'aise. L'intervention inopinée du voisin de la jeune femme avait brisé le charme du moment qu'ils étaient en train de vivre.

— Je ne l'ai jamais beaucoup apprécié, avoua la jeune femme après quelques instants de silence. Il est toujours si dur avec Murray. Je savais que c'était un homme exigeant et rancunier mais je n'aurais jamais pensé qu'il me détestait à ce point.

— Peut-être est-il simplement furieux que tu aies repoussé les avances de son fils, remarqua Nick en passant doucement son bras autour des épaules de la jeune femme. Mais il ne faut pas que tu le laisses te gâcher cette soirée.

— Ce n'est pas le cas. Même si je commence à en avoir plus qu'assez d'être traitée de garce à longueur de temps.

— Je suis désolé, Casey.

— Ce n'est pas grave. Ce que je me demande, par contre, c'est pourquoi Murray lui a répété ce que je lui avais dit. Ils ne sont pourtant pas très proches, tous les deux.

— Peut-être que Roland a remarqué que quelque chose n'allait pas et qu'il l'a pressé de questions. N'y pense plus et laisse-moi te raccompagner chez toi et te faire l'amour. D'accord ?

La jeune femme le regarda avec incertitude puis, brusquement, elle sourit tandis que le désir envahissait ses yeux magnifiques.

— D'accord, Nick, murmura-t-elle. Ramène-moi à la maison.

Avec Nick, tout lui semblait différent. La prévenance qu'il témoignait à son égard la faisait se sentir terriblement féminine et désirable, sentiment aussi nouveau que follement troublant.

Elle le laissa donc ouvrir sa portière, puis la porte de sa maison. En quelques instants, il fit du salon un endroit très romantique, allumant quelques lumières tamisées, disposant des bougies çà et là... Il mit un disque et une musique douce ne tarda pas à s'élever.

Casey alla chercher une bouteille de champagne dans le réfrigérateur et leur en servit deux coupes. Nick, qui l'avait suivie, repéra un paquet de fraises qu'il lava et plaça dans un bol en cristal. Tout autour d'eux, des dizaines de fleurs répandaient un parfum capiteux et entêtant.

Elle avait souvent rêvé de telles scènes mais jamais un homme ne s'était donné le mal de réaliser ses rêves. Pour elle, ce genre de situations était devenu une sorte de mythe, une chose dont on parlait dans les livres et les films mais qui n'avait aucune réalité concrète.

— Comment as-tu fait cela ? demanda-t-elle, sidérée.

Il sourit et elle ne put détacher son regard de ses lèvres superbes qui, elle l'espérait, se poseraient bientôt sur sa peau brûlante pour apaiser la fièvre qui l'habitait.

— Betty m'a un peu aidé, reconnut-il.

— Betty ? s'exclama-t-elle, stupéfaite. Notre Betty ? Moi qui pensais qu'elle était complètement hermétique à toute forme de romantisme.

— Au contraire, protesta Nick. C'est une véritable fleur bleue !

Sur ce, il lui tendit un verre de vin qu'elle porta à ses lèvres, goûtant avec délices le liquide pétillant.

— En fait, lui confia Nick, je ne sais pas si elle l'a fait pour aider un pauvre homme malade de frustration ou si elle voulait juste profiter de cette occasion d'agacer ta tante.

La jeune femme ne put s'empêcher de sourire à cette idée.

— J'ai bien peur que la deuxième version ne soit la plus réaliste, répondit-elle. D'autant que je ne t'imagine pas malade de frustration. Je ne suis pas le genre de femme qui inspire de telles passions.

C'était du moins ce que lui avaient fait sentir tous les hommes qu'elle avait rencontrés mais, ce soir, elle commençait à se demander si Nick n'était pas très différent.

— A nous, s'exclama-t-il en levant son verre.

Casey l'imita avant de boire de nouveau et laissa éclater une myriade de bulles sur son palais.

— Je ne pensais pas que ce genre de chose m'arriverait un jour, soupira-t-elle sans parvenir à croire réellement à ce qu'elle était en train de vivre.

— Tu avais tort, répondit Nick sans la quitter des yeux.

Elle frissonna, se demandant comment il parvenait ainsi à la caresser du regard. Cela seul aurait suffi à la séduire et à lui faire faire absolument n'importe quoi.

— Qu'y a-t-il ? demanda-t-elle, gênée.

Nick reposa doucement son verre et s'approcha d'elle.

— Tu avais tort sur un autre point, remarqua-t-il.

— Lequel ?

148

— Tu me rends vraiment malade de désir.

Cueillant une rose dans l'un des vases qui se trouvaient près de lui, Nick en effleura la joue de la jeune femme.

— Oui. Lorsque je te vois, j'ai envie de te charmer...

La rose glissa le long du cou de la jeune femme.

— De te séduire...

Elle effleura son épaule, la faisant frémir.

— De te posséder.

— Je crois que tu es en train d'y parvenir, murmura-t-elle.

Il rit doucement et se rapprocha encore un peu.

Fascinée, elle vit son visage se pencher sur le sien et sentit ses lèvres se poser sur les siennes. Ses doigts plongèrent dans la chevelure de la jeune femme tandis qu'il goûtait à ses baisers et elle renversa la tête en arrière pour mieux s'offrir à lui.

Il repoussa alors l'une des bretelles de sa robe et sa bouche effleura la chair brûlante de son épaule. Sa langue agaça sa peau, faisant courir sur tout son corps des frissons incoercibles qui éveillèrent une douce chaleur au creux de son ventre.

— Nick, je veux que tu me fasses l'amour, murmura-t-elle.

— Je le ferai, promit-il. Mais je compte prendre tout mon temps pour cela.

Sa bouche descendit jusqu'à la naissance des seins de la jeune femme.

— J'adore ton parfum, murmura-t-il.

Puis, brusquement, il se redressa.

— Enlève ma chemise, lui dit-il.

Casey s'exécuta, révélant son torse magnifiquement découpé. Elle posa la main sur son cœur, le sentant battre lentement sous ses doigts, tandis que Nick laissait tomber sa chemise à terre.

La jeune femme caressa lentement ses côtes, descendant jusqu'à son ventre. Elle s'arrêta, le temps de déboucler sa ceinture et de lui ôter son pantalon. Bientôt, il fut presque nu devant elle, n'ayant gardé que son caleçon qui masquait mal le désir qu'il avait d'elle. Elle put alors le contempler à loisir, frappé de le découvrir plus parfait encore qu'elle ne l'avait imaginé.

— Casey ?

— Mmm ?

— A mon tour.

La jeune femme sourit et hocha la tête. Se retournant, elle écarta ses cheveux pour qu'il puisse dégrafer sa robe. Quelques secondes plus tard, elle se retrouva en sous-vêtements devant lui. Lorsqu'elle fit mine d'enlever ses chaussures, il leva la main.

— Attends !

— Mais qu'est-ce que tu fais ? demanda-t-elle avec impatience.

— Je contemple la perfection, répondit-il, rêveur.

— Tu ne pourrais pas te dépêcher un peu ?

— Si, je suppose, répondit-il en riant.

Avec une facilité déconcertante, il cueillit la jeune femme dans ses bras et l'emmena vers la chambre. Là, il la déposa précautionneusement sur le lit.

— Ne bouge pas, murmura-t-il.

Il disparut en direction du salon et revint quelques minutes plus tard avec un paquet de préservatifs qu'il posa sur la table de chevet. Il se débarrassa alors de son caleçon, révélant à la jeune femme à quel point il la désirait.

Puis il commença à couvrir méticuleusement de baisers le corps de Casey, embrassant chaque centimètre carré de sa peau jusqu'à ce qu'elle ne soit plus qu'un brasier incandescent.

Il lui ôta alors son soutien-gorge et sa culotte avant de poser ses lèvres sur les seins de la jeune femme qu'il agaça impitoyablement, lui arrachant de petits gémissements de bien-être.

— Nick, je t'en supplie, s'exclama-t-elle.

N'y tenant plus, il enfila l'un des préservatifs et, couvrant sa bouche d'un baiser passionné, il entra lentement en elle. Casey cria alors qu'un plaisir inconnu la submergeait, semblant émaner du cœur même de son être.

Lorsqu'il commença à bouger lentement en elle, elle crut qu'elle allait devenir folle. Nick posa doucement les mains de chaque côté de son visage et la regarda droit dans les yeux. Elle y lut le reflet de son propre désir.

Leurs corps paraissaient doués d'une volonté propre, se répondant l'un à l'autre dans un parfait ensemble jusqu'à ce qu'ils se fondent l'un dans l'autre, perdant toute notion d'identité.

Brusquement, la jeune femme fut terrassée par une extase que nul mot n'aurait pu décrire. Elle eut l'impression que le temps lui-même s'arrêtait tandis qu'elle basculait dans un maelström de sensations délicieuses.

Plus tard, bien plus tard, elle reprit vaguement conscience de ce qui l'entourait. Nick était allongé contre elle, couvrant son cou de petits baisers. Elle se sentait si bien, si complète, qu'elle aurait pu ronronner de bonheur.

Puis Nick se redressa sur un coude et la regarda attentivement, comme s'il cherchait à lire quelque chose en elle.

— Qu'y a-t-il ? demanda-t-elle doucement. Est-ce que quelque chose ne va pas ?

Il secoua la tête, lui souriant avant de poser un léger baiser sur ses lèvres.

— Tout va bien, répondit-il. Tout va très bien.

Mais ses yeux trahissaient une inquiétude qui démentait ses propos.

N'était-ce pas plutôt elle qui l'avait séduit ? se demanda-t-il brusquement. S'asseyant sur le canapé, il s'accorda un moment de solitude pour réfléchir à cette épineuse question. Casey exerçait sur lui une véritable fascination. Elle troublait ses sens et son esprit comme le vin le plus capiteux.

N'avait-il pas été sur le point de lui dire qu'il l'aimait ? C'était absurde, bien sûr. Il ne savait rien, ne voulait rien savoir de l'amour. Casey était une femme séduisante, intelligente et sexy. Sa compagnie lui procurait un réel plaisir. Rien de moins. Rien de plus.

A présent, elle l'attendait, nue et offerte, et voilà qu'il perdait son temps en restant assis, seul dans son salon. Se maudissant pour sa stupidité, il ramassa la bouteille de champagne et la coupe de fraises et retourna vers la chambre à coucher.

Casey était toujours allongée sur le lit. Elle avait remonté le drap jusqu'à sa poitrine en un geste aussi pudique que coquet. Ses cheveux étaient étalés sur l'oreiller, formant une masse épaisse et soyeuse sur laquelle la lumière de la table de nuit jetait des reflets dorés.

Son regard vert avait la profondeur d'un océan dans lequel Nick sombrait sans rémission. Ses lèvres, légèrement tuméfiées par leurs baisers passionnés, étaient rouges et gonflées, fascinantes. Jamais il n'avait été donné à Nick de contempler une vision plus tentante.

S'asseyant près de la jeune femme, il entreprit de la nourrir de fraises qu'il glissait dans sa bouche brûlante. Elle ne tarda pas à faire de même et tous deux se mirent à rire comme deux enfants, tout en échangeant des baisers au goût sucré.

— Je n'avais jamais fait cela, avoua la jeune femme au bout d'un moment. Boire du champagne et manger des fraises au lit, cela semble si décadent !

— Nous n'avons pas encore bu, dit Nick en désignant la bouteille.

— Est-ce que cela t'était déjà arrivé auparavant ? demanda Casey, le regardant droit dans les yeux.

Nick hésita un instant, lui jetant un regard dubitatif.

— Es-tu sûre de vouloir le savoir ? demanda-t-il gravement.

— Oui, répondit-elle en affectant une conviction qu'elle était loin de ressentir.

— Je l'ai déjà fait, reconnut-il. Mais cela ne compte pas. Aujourd'hui, la seule femme avec laquelle j'ai envie de me trouver, c'est toi. Et c'est cela qui est important, tu ne crois pas ?

Casey l'observa fixement, comme si elle essayait de lire dans son esprit. Finalement, après quelques instants, elle sourit. Nick eut alors l'impression qu'un brusque rayon de soleil illuminait son cœur.

— Je suis peut-être complètement stupide, répondit-elle, mais je te crois.

— Tu n'es pas stupide, Casey, protesta-t-il en se penchant vers elle pour déposer un baiser sur ses lèvres au goût de fraise. Que dirais-tu d'un peu de ce nectar ?

— Tu n'as pas apporté de verres, fit remarquer sa compagne.

— Je sais, répondit-il avec un sourire malicieux.

Ecartant le drap, il révéla le corps de la jeune femme. S'étant emparé de la bouteille, il l'inclina pour qu'elle puisse boire au goulot. Puis il versa un peu du précieux liquide sur sa chair brûlante, lui arrachant un frisson de plaisir.

Se penchant sur elle, il posa sa bouche sur son ventre, absorbant le champagne à même sa peau.

10.

Casey fut réveillée en sursaut par la sonnerie du téléphone. Encore confuse, elle jeta un coup d'œil au réveil qui indiquait 6 h 24 du matin. Elle avait dormi à peine trois heures et décida de ne pas répondre pour s'accorder encore au moins une heure de repos.

La sonnerie ne tarda pas à s'arrêter mais, après quelques instants de silence, elle reprit de plus belle. A contrecœur, la jeune femme se résigna donc à répondre.

— Casey ? C'est Len.

Immédiatement, Casey se redressa dans son lit. Elle avait perçu une note d'inquiétude dans la voix de son bras droit et cela ne lui disait rien de bon.

— Que se passe-t-il ? demanda-t-elle.

Elle remarqua alors Nick qui était allongé à son côté et la regardait attentivement. Il était magnifique, se dit-elle, frappée par l'impression de force qui se dégageait de lui. Lorsqu'il lui sourit, elle se sentit fondre littéralement.

— Casey ? Tu as entendu ? fit la voix de Len dans son oreille, la ramenant brusquement à des préoccupations plus matérielles.

Détournant les yeux de Nick, la jeune femme se concentra sur ce que lui disait son contremaître.

— Désolée, Len, je n'ai pas entendu.

— Je te demandais si tu avais envoyé la moissonneuse en réparation.

— La moissonneuse ? répéta-t-elle, interdite. Non, pourquoi ? Elle a un problème ?

Cela paraissait peu probable : ils en avaient fait l'acquisition cette année même.

Len poussa un juron hautement révélateur de la gravité de la situation. D'ordinaire, il ne se serait jamais permis d'employer un tel langage en présence de la jeune femme.

— Elle a disparu, déclara-t-il.

— Disparu ? répéta Casey, sidérée en se redressant brusquement. Comment une moissonneuse a-t-elle pu disparaître ?

— Je n'en sais rien, répondit Len. Ce matin, je suis allé directement au champ où je l'avais laissée hier et elle n'était plus là. J'ai d'abord pensé que tu l'avais garée dans le hangar mais elle n'y était pas non plus. J'ai donc fait le tour des endroits où elle était susceptible de se trouver mais sans aucun résultat. Cette moissonneuse a bel et bien disparu de la plantation !

— Mais ce n'est pas possible. Elle ne peut pas s'être évanouie comme cela au beau milieu de la nuit.

— C'est bien ce que je pense. Est-ce que tu veux que j'appelle la police ou est-ce que tu préfères t'en charger ?

— Fais-le. Tu en sais plus que moi sur cette affaire. Laisse-moi le temps de prendre une douche et de m'habiller et je te rejoins au bureau. Disons dans vingt minutes. Je passerai quelques coups de téléphone pour emprunter une autre machine. Nous ne pouvons pas courir le risque de laisser mourir sur pied nos plants. Surtout pas les hybrides.

C'était fondamental, et Len le savait aussi bien qu'elle. S'ils laissaient dépérir les plants de canne à sucre que leur avait confiés le centre de recherches en agronomie, ils perdraient toute crédibilité à ses yeux et perdraient la relation privilégiée qu'ils avaient nouée avec lui.

Après avoir raccroché, la jeune femme se tourna vers Nick qui s'était levé et avait enfilé son pantalon. Elle se sentait impuissante et passablement déprimée, ce qui n'était pas dans ses habitudes.

— Notre moissonneuse a disparu, dit-elle d'une voix morne.

— C'est ce que j'avais compris, répondit Nick. Est-ce que tu crois qu'elle a été volée ?

— Je ne sais pas… Sans doute. Même si cela paraît absurde. On ne vole pas une machine pareille comme on volerait une voiture. Ce n'est pas très discret.

— Est-ce que je peux faire quoi que ce soit pour t'aider ? demanda Nick.

— Non. Je suis désolée, Nick. Ce n'est vraiment pas comme cela que j'avais prévu de passer la matinée. Je vais aller me doucher. Cela m'aidera peut-être à réfléchir plus clairement.

— Je vais te préparer du café.

— Merci, dit-elle avant de se diriger vers la salle de bains.

Elle se lava en vitesse et s'habilla à la hâte avant de gagner la cuisine où Nick s'était installé. Il lui versa aussitôt une tasse de café brûlant dont elle avala une gorgée avec reconnaissance.

— Il est délicieux ! s'exclama-t-elle. Je ne savais pas que tu étais un tel cordon-bleu.

— Le terme est peut-être un peu excessif, remarqua Nick en riant. Ce n'est que du café.

— Peut-être. Mais Jackson et moi sommes incapables de réussir même une chose aussi simple.

Elle but de nouveau, savourant l'arôme riche et ample de ce succulent breuvage. C'était exactement ce qu'il lui fallait, réalisa-t-elle.

Se tournant vers Nick, elle repoussa l'idée terriblement séduisante de retourner se coucher avec lui. Elle n'en avait hélas pas le temps.

— Es-tu sûre que quelqu'un n'a pas tout simplement déplacé la moissonneuse sans vous prévenir ?

— Oui. Ce n'est pas une machine très discrète. Si elle se trouvait sur la propriété, Len l'aurait forcément retrouvée.

— Et que feras-tu si la police ne met pas rapidement la main dessus ?

— Eh bien, nous pouvons nous en passer durant encore une semaine ou deux mais ensuite, il nous en faudra une impérativement.

— Tu ne peux pas l'emprunter ? demanda Nick.

— J'essaierai mais c'est peu probable. Nous sommes en pleine saison de récolte et tout le monde a besoin de ses machines.

— Est-il possible d'en racheter une autre ?

— Bien sûr, soupira la jeune femme. Pour la modique somme de deux cent cinquante mille dollars.

Nick poussa un petit sifflement étonné.

— Je n'aurais jamais pensé que cela puisse être aussi cher, s'exclama-t-il.

— Bien sûr, l'assurance devrait nous rembourser ce montant, remarqua Casey. Mais je ne sais pas au bout de combien de temps.

— Si elle est aussi peu efficace que toutes celles auxquelles j'ai eu recours, il ne faut pas y compter avant quelques mois.

Casey hocha la tête, sachant d'expérience qu'il avait parfaitement raison. Peut-être pourrait-elle appeler sa banque pour lui demander un prêt, le temps que la moissonneuse soit remboursée. Bill Harmon, le directeur, connaissait très bien la famille Fontaine et ne verrait probablement aucun inconvénient à accorder le prêt.

— Je ferais mieux d'y aller, soupira la jeune femme en reposant sa tasse de café vide.

Elle chercha des yeux son trousseau de clés.

— C'est cela que tu cherches ? demanda Nick en le lui tendant.

— Merci. J'ai une fâcheuse tendance à poser mes affaires n'importe où et à ne pas les retrouver.

— J'avais remarqué, acquiesça Nick en souriant. Bien. Je vais devoir y aller, moi aussi. J'ai pas mal de travail à faire au casino pour préparer l'ouverture au public qui doit avoir lieu ce soir.

— D'accord, répondit la jeune femme, déçue. Je te souhaite bonne chance.

— Si tu veux, je peux passer te voir ce soir, suggéra Nick. Cela me ferait très plaisir. Mais je ne pourrai sans doute pas me libérer avant une heure tardive.

— Cela ne fait rien. Je risque moi aussi d'être très occupée. De toute façon, j'ai envie de te revoir.

Comme pour le lui prouver, elle se pencha vers lui et déposa sur ses lèvres un baiser plein de tendresse. Ce simple geste suffit à redonner un peu de courage à la jeune femme.

Après tout, les choses n'étaient peut-être pas si graves qu'elles en avaient l'air. La police ne tarderait probablement pas à retrouver la moissonneuse qui n'était pas un engin facile à dissimuler. Et elle trouverait certainement quelqu'un qui accepterait de lui prêter une autre machine.

Tout finirait bien par s'arranger.

Elle n'avait pas appelé la compagnie d'assurances qui demanderait certainement une copie du procès-verbal dressé par la police. Il lui faudrait également contacter Jackson au Mexique pour lui annoncer cette nouvelle catastrophe.

Vers 11 heures, arriva Remy Boucherand, l'inspecteur auquel avait été confiée l'affaire. C'était un ancien camarade d'école de la jeune femme qui était alors célèbre pour son charme et ses talents de séducteur. Depuis, il semblait s'être rangé et s'était marié.

Remy lui assura aussitôt qu'il ferait de son mieux pour retrouver la moissonneuse. Mais il paraissait douter fortement de ses chances de succès. Tous deux gagnèrent le bureau de Casey où Len répéta à l'inspecteur ce qu'il avait déjà dit à la jeune femme.

La veille, il avait laissé l'engin dans le champ qu'ils avaient moissonné mais, lorsqu'il était revenu le matin même, il n'avait pu le retrouver. Il avait alors vainement parcouru la propriété avant de se résoudre à appeler Casey.

160

Remy accompagna ensuite le contremaître sur le lieu du vol tandis que Casey restait dans son bureau pour passer ses coups de téléphone. Elle en profita pour avertir tante Esme de ce qui s'était passé et pour lui signaler que Remy voulait les interroger, Tanya et elle.

Il devrait également voir Nick, se dit-elle, puisqu'il se trouvait sur la propriété, cette nuit-là. Evidemment, il n'aurait pas grand-chose à dire : comme elle, il avait été trop occupé pour remarquer quoi que ce soit.

Dès que Remy fut revenu dans le bureau de la jeune femme, tous deux se rendirent à la bâtisse principale.

— Est-ce que tu as remarqué quelque chose de particulier ? demanda Casey, curieuse.

— Des traces de pneus... Celui qui a volé la moissonneuse a utilisé un de ces énormes camions. Il a dû se servir d'une grue pour la soulever et la placer dessus avant de s'éloigner tranquillement. Dis-moi, Casey, est-ce que tu as entendu quelque chose d'inhabituel, hier soir ?

— Non. J'habite Wisteria Cottage, à présent, et c'est assez éloigné de la plantation proprement dite. En tout cas, si le voleur a utilisé un camion muni d'une grue, il aura peut-être été repéré par quelqu'un des environs. Ce n'est pas très discret.

— Ce n'est pas certain. Si l'engin a été volé au beau milieu de la nuit, le coupable peut être très loin à l'heure qu'il est. Et je suppose qu'il se dirige vers la frontière mexicaine pour le revendre.

— Au Mexique ? s'exclama la jeune femme, interdite.

— Oui. Il y a une très forte demande de machines agricoles là-bas, et un véritable marché noir s'est constitué. Ce n'est pas la première fois qu'une telle chose se produit, tu sais. Généralement, les voleurs ne s'attaquent pas à des machines aussi encombrantes mais ils ont peut-être voulu faire un gros coup. A mon avis, ils ont dû gagner le fleuve et charger la moissonneuse sur une barge qui a rapidement pris le large. Cela a pu se faire en moins d'une heure.

Casey sentit un profond désespoir l'envahir : si la moissonneuse se trouvait effectivement au Mexique, il serait probablement très difficile, sinon impossible, de la récupérer. Cela signifiait qu'elle devait absolument obtenir un remboursement de l'assurance et remplacer la machine au plus vite.

Tante Esme les attendait sous le porche de la maison, estimant sans doute qu'il aurait été malséant de laisser un policier pénétrer dans l'enceinte de la demeure. Plusieurs ouvriers étaient déjà au travail dans la cuisine et le bruit de leurs outils parvenait jusqu'à eux.

Depuis que Casey avait quitté la maison pour s'installer à Wisteria, elle était revenue à plusieurs reprises pour s'occuper de sa nièce ou discuter avec Adam des rénovations en cours. Mais elle n'avait jamais vraiment eu l'occasion d'en parler avec tante Esme. En réalité, celle-ci paraissait décidée à agir comme si Casey n'existait pas.

Mais Remy connaissait la vieille dame depuis suffisamment longtemps pour savoir comment gagner ses bonnes grâces. Il la laissa l'interroger durant cinq bonnes minutes sur sa famille.

Puis, habilement, il en vint au sujet de sa visite, sortant de sa poche le carnet qui ne le quittait jamais.

— Est-ce que Casey vous a informée de la disparition de la moissonneuse ? demanda-t-il.

Esme jeta un coup d'œil à la dérobée à sa nièce et hocha la tête un peu sèchement.

— Elle m'a effectivement appelée voici quelques minutes de cela.

— Avez-vous entendu quoi que ce soit d'inhabituel au cours de la nuit ? Bruit de moteur, voix. Apparemment, Len a garé la moissonneuse vers 8 h 30. Ensuite, personne n'aurait dû y toucher.

— Je n'ai rien entendu, répondit tante Esme. Mais les champs sont loin de la maison.

— Est-ce que la nounou de Megan était ici également ?

— Oui. Elle est sortie hier soir mais est revenue avant 10 heures.

— Dans ce cas, il me faudra l'interroger, elle aussi.

— Je lui dirai de descendre. Mais interrogez aussi ma nièce. Je ne doute pas qu'elle se couche à des heures indues, maintenant qu'elle passe ses nuits à jouer dans les casinos. Mais je ne puis en être sûre, évidemment, puisqu'elle a jugé bon de déménager.

Casey serra les dents, agacée par l'attitude de sa tante. Remy, amusé, se tourna vers elle en levant un sourcil curieux.

— Casey ? As-tu quelque chose à ajouter à ta déposition ?

— J'étais effectivement au casino pour l'ouverture. Nick Devlin m'a ramenée chez moi mais ni l'un ni l'autre n'avons entendu quoi que ce soit. Je te l'aurais dit si tel avait été le cas.

— Elle parle de ce joueur professionnel, expliqua tante Esme, méprisante. Ce voyou qui a monté ce temple du vice sur la rivière, le White Gold. Mon neveu a jugé bon de l'inviter à Bellefontaine et de le loger dans la maison d'amis.

— Nick est un vieil ami de Jackson, expliqua Casey. Il gère le White Gold en attendant que le nouveau propriétaire prenne la relève. Je suis sûre que tu le trouveras là-bas si tu souhaites lui poser des questions mais je doute qu'il ait entendu quoi que ce soit. Il m'en aurait parlé.

Tante Esme émit un reniflement de mépris mais ne fit aucun commentaire.

— Quoi qu'il en soit, déclara Remy, j'irai effectivement lui parler. Je tiens à interroger toutes les personnes qui se trouvaient sur la propriété hier soir.

Se tournant vers tante Esme, il lui décocha son plus charmant sourire.

— Puis-je vous demander de prévenir la nourrice que je veux la voir ?

La vieille dame hocha la tête et les laissa seuls.

— Je suis peut-être d'un naturel suspicieux mais j'ai comme l'impression qu'il y a une certaine tension entre ta tante et toi.

— C'est devenu assez évident, soupira Casey. Nous avons quelques différends au sujet de certaines choses.

— Comme le fait de fréquenter ce Nick Devlin, je suppose ?

— Oui. Mais je ne vois pas le rapport avec le vol de la moissonneuse, répondit la jeune femme un peu sèchement.

— Un bon détective se doit de connaître tous les aspects d'une affaire.

— Un détective indiscret aussi, je suppose.

— Aïe ! s'exclama Remy en riant. Ménage un peu ma susceptibilité !

— Inutile, tout le monde sait que tu n'en as aucune, rétorqua la jeune femme avec un grand sourire.

Remy éclata de rire tandis que tante Esme revenait avec Tanya.

— Cassandra, déclara-t-elle, j'aimerais m'entretenir avec toi quelques instants.

— Attends-moi dans le bureau de Duke, répondit sa nièce. Je dois aller y chercher le dossier de l'assurance. Mais je te préviens, je n'ai guère le temps.

— Eh bien, je te suggère d'en trouver, répliqua tante Esme avant de tourner les talons.

— Je te souhaite bon courage, souffla Remy tandis qu'elle s'éloignait. D'après la tête que faisait ta tante, ça ne sera pas superflu. Si jamais tu as besoin d'aide, je resterai dans le coin encore quelque temps.

Casey hocha la tête et se prépara à une nouvelle confrontation avec sa tante. Ce n'était pas le genre de situation qu'elle fuyait, d'ordinaire, mais, aujourd'hui, elle se sentait à bout de nerfs et de patience.

11.

Tante Esme attendait la jeune femme dans le bureau de Duke. Ce simple fait indiquait à quel point elle était en colère. En effet, ce n'était pas une pièce dans laquelle elle entrait généralement puisqu'elle la considérait comme le domaine réservé de Duke, le reste de la maison familiale étant sous sa propre responsabilité.

Angélique l'avait confortée dans cette idée en lui déléguant l'essentiel de la gestion des parties privatives du domaine. En contrepartie, tante Esme ne se serait jamais permis de contredire l'épouse de Duke. C'était d'ailleurs l'unique raison pour laquelle tante Esme supportait Betty.

Poussant la porte du bureau de son père, Casey se prépara psychologiquement à supporter les remontrances et les plaintes de sa tante. Elle aurait préféré s'occuper de problèmes plus urgents mais tenait à préserver un semblant de relation diplomatique avec sa parente.

La pièce dans laquelle devait se tenir la rencontre n'avait guère changé depuis la naissance de Casey. Ses portes-fenêtres donnaient sur la pelouse, à droite de la maison. Elle était décorée de façon très sobre, arborant quelques peintures familiales représentant leurs ancêtres des siècles passés.

De confortables fauteuils en cuir et un canapé assorti étaient installés non loin de la fenêtre. Sur la table basse qu'ils entouraient étaient disposées quelques revues, une carafe emplie de bourbon et quatre verres de cristal sur un plateau d'argent.

Un bureau massif en acajou trônait au bout de la pièce. Il paraissait immense et imposant, témoignant de l'influence de l'homme qui y était assis d'ordinaire. La légende voulait qu'il ait appartenu à l'acteur John Wayne que l'on surnommait le Duke et c'était pour cette raison que Duke Fontaine en avait fait l'acquisition.

Combien de fois Casey avait-elle vu son père, confortablement installé dans le fauteuil de cuir noir, un cigare aux lèvres, vivante image de la puissance de la maison familiale ?

Mais aujourd'hui, c'était elle qui était dépositaire de ce pouvoir. Aussi jugea-t-elle préférable de le faire sentir à sa tante en allant s'installer au bureau, négligeant les fauteuils qui entouraient le canapé sur lequel était assise Esme, son fidèle Toodle à ses pieds.

— Bien, fit la jeune femme en croisant les doigts et en se penchant en avant comme elle avait si souvent vu son père le faire. Je dois passer un certain nombre de coups de téléphone urgents, tante Esme. Je n'ai donc pas beaucoup de temps.

— J'espère que tu comptes appeler ton frère, répondit sèchement tante Esme. Etant donné les circonstances, je pense qu'il est grand temps pour lui de rentrer.

Casey se força à compter mentalement jusqu'à dix, refusant de céder au ton provocant de sa tante.

— Je n'ai pas encore prévenu Jackson, déclara-t-elle. Et je ne comptais pas l'appeler avant d'avoir fait le point sur la situation.

— Mais nous avons besoin de lui ici, protesta tante Esme. Etant donné les circonstances et le voyage de tes parents.

— Etant donné ces circonstances, l'interrompit Casey, c'est moi qui suis responsable de la plantation. Et j'estime qu'il n'y a pas de raison d'interrompre les discussions commerciales auxquelles mon frère participe. Je suis parfaitement capable de gérer cette situation.

— Je vois… Tu comptes n'en faire qu'à ta tête, comme d'habitude. Comme avec cet homme que Jackson a ramené ici ! Tu te moques éperdument de savoir ce que ton attitude peut avoir d'indigne et de méprisable.

— Tante Esme, je suggère que nous remettions à plus tard cette discussion sur ma vie privée et que tu me dises si oui ou non tu as vraiment quelque chose d'important à me confier. A moins, bien sûr, que tu ne m'aies fait venir que pour te plaindre.

Tante Esme se leva brusquement et fit un pas en direction du bureau, bousculant au passage Toodle qui émit un aboiement de protestation, se demandant visiblement quelle mouche avait piqué sa maîtresse.

— Oui, déclara Esme d'une voix glaciale. Il y a quelque chose que je voulais te demander. Que sais-tu exactement de cet Adam Ross, mis à part ce que t'a dit Nick Devlin ?

— Je croyais que tu étais satisfaite de son travail, fit remarquer Casey, surprise de la voir aborder ce sujet.

— Peut-être. Mais j'aimerais tout de même connaître ce que tu sais de lui. Après tout, nous vivons presque toute la journée avec lui.

Casey soupira : la curiosité de sa tante était parfaitement légitime, même si ses questions tombaient au mauvais moment.

— J'ai effectué quelques vérifications sur son compte avant de l'engager, répondit-elle. Il a d'excellentes références. Les Marchand, notamment, me l'ont chaudement recommandé. Si tu es inquiète, tu peux toujours appeler Christina. Je suis sûre qu'elle sera ravie de discuter avec toi d'Adam Ross ou de tout autre sujet. Maintenant, si tu veux bien m'excuser, je vais devoir te laisser. Il faut que j'appelle la compagnie d'assurances.

Sa tante la foudroya du regard, terriblement vexée d'être éconduite de cette façon. Brusquement, elle tourna les talons et se dirigea vers la porte, suivie par Toodle qui agitait joyeusement la queue.

Casey se massa les tempes en grimaçant. Elle détestait se disputer avec sa tante. Au fond, elle aimait la vieille dame et respectait son intégrité tatillonne. Mais elles n'étaient d'accord sur rien, ce qui ne manquait jamais de faire éclater entre elles des discussions passionnées de ce genre.

Se levant, elle se dirigea vers l'une des armoires qui contenaient les dossiers de Duke. Elle trouva celui qui concernait les assurances de la famille.

L'agent qui lui répondit écouta ses explications avec attention et se montra compréhensif. Il lui promit de traiter le dossier au plus vite mais lui expliqua qu'en raison de l'importance de la somme concernée, elle ne pouvait espérer toucher la prime avant la fin des récoltes.

Désespérée, la jeune femme alla ranger le dossier de son père. Parmi les documents qui se trouvaient dans l'armoire, elle tomba sur les plans de la fontaine qu'avait fait construire sa mère après son mariage avec Duke.

La tradition familiale voulait que chaque mariage soit marqué par l'installation d'une nouvelle fontaine. C'était pour cette raison qu'il y en avait autant sur la propriété. Ni Jackson ni Casey n'avaient encore réfléchi à celle qu'ils feraient construire dans l'hypothèse improbable d'un futur mariage.

La jeune femme referma l'armoire et appela son frère. Il n'était pas à son hôtel et elle laissa un message, demandant à ce qu'il la rappelle dès que possible. Elle sortit ensuite de la maison et se dirigea vers sa voiture pour se rendre chez Bill Harmon.

Bill était le banquier de la famille Fontaine et la jeune femme le connaissait depuis sa plus tendre enfance. Pour une affaire de cette importance, il ne verrait certainement aucun inconvénient à ce qu'elle vienne le voir chez lui un samedi.

— Bonjour, Casey, dit-il à la jeune femme en lui faisant signe de prendre place dans l'un des fauteuils recouverts de velours situés en face de lui.

— J'espère que je ne vous dérange pas, s'excusa la jeune femme. Mais c'était très urgent.

— Tu ne me déranges pas du tout. As-tu des nouvelles de tes parents ?

— Non. Je pense que maman empêche Duke de s'approcher du téléphone. Heureusement, sinon il passerait des heures à parler affaires avec ses associés au lieu de profiter du voyage.

— C'est probable, reconnut Harmon en riant.

Lorsqu'il eut recouvré son sérieux, il se redressa dans son fauteuil et regarda attentivement la jeune femme.

— Dis-moi ce qui t'amène.

— Eh bien… j'aurais besoin d'un prêt. A court terme, bien sûr.

— C'est à cause de l'incendie ?

— Non. Nous avons déjà couvert toutes les dépenses et nous pouvons attendre le remboursement des assurances. Mais un autre désastre s'est produit depuis. Pire que le premier, même. Quelqu'un nous a volé la moissonneuse.

— Volé ? répéta Harmon, stupéfait. Mais cette machine est énorme. Comment a-t-on pu vous la dérober ?

— Je ne sais pas. Elle a disparu au cours de la nuit. J'ai contacté l'assurance mais on m'a dit que le remboursement risquait de prendre du temps. Or la saison de la récolte est arrivée et je ne peux pas me permettre d'attendre. Même en ayant l'argent, je devrai déjà patienter plusieurs jours pour pouvoir obtenir une nouvelle machine. Or, dans quelques semaines, il sera trop tard et la récolte sera perdue.

— Tu ne peux pas en emprunter une ? s'enquit Bill Harmon.

— J'ai essayé mais les autres fermiers en ont besoin en ce moment. Nous n'avons pas d'autre option que d'emprunter et de vous rembourser dès que l'argent de l'assurance nous parviendra.

— Je vois… Rafraîchis-moi la mémoire : combien coûte ce genre d'engin, de nos jours ?

— Environ deux cent cinquante mille dollars.

Voyant Harmon se rembrunir à l'annonce de ce chiffre, la jeune femme se fit suppliante.

— Vous savez que je ne serais pas venue vous voir si je n'étais pas si désespérée, plaida-t-elle. D'ailleurs, notre famille n'a jamais manqué à ses engagements et nous n'avons aucun problème financier.

Bill détourna les yeux pour éviter le regard de la jeune femme qui sentit une brusque bouffée d'angoisse l'envahir.

— Y a-t-il un problème dont je n'aie pas connaissance ? demanda-t-elle, inquiète.

— Ecoute, répondit Harmon, le mieux, c'est que je fasse une simulation de remboursement lundi matin. Je te téléphonerai ensuite pour te dire ce qu'il en est. D'ici là, je ne peux vraiment pas faire grand-chose.

— D'accord, soupira Casey en se levant. Dans ce cas, je vous appelle lundi matin. Encore désolée de vous avoir dérangé.

Bill la raccompagna jusqu'à la porte d'entrée, devisant de choses et d'autres. Casey ne cessait de se demander ce que pouvait bien signifier l'hésitation qu'il avait eue quelques instants auparavant.

Visiblement, il n'avait guère l'intention de s'étendre sur le sujet. Peut-être Jackson en saurait-il plus. Il ne tarderait certainement pas à la rappeler lorsqu'il aurait connaissance de son message, songea la jeune femme en prenant place au volant de sa voiture.

A tout hasard, elle composa pourtant le numéro de son hôtel et, par chance, tomba sur son frère.

— J'allais justement t'appeler, lui dit-il.

— Dieu merci, tu es là.

— Que se passe-t-il ? Est-ce que Megan va bien ?

— Ce n'est pas d'elle qu'il s'agit, répondit Casey. La moissonneuse a été volée au cours de la nuit.

Une fois de plus, elle répéta ce que Len lui avait dit et fit part à Jackson des démarches qu'elle-même avait entreprises depuis le matin. Elle relata les doutes de Remy qui jugeait peu probable de retrouver l'engin et précisa que l'assurance ne les rembourserait pas avant un certain temps.

— Alors je suis allée voir Bill Harmon pour solliciter un prêt, conclut-elle.

— C'est une excellente idée, déclara Jackson. Mais, si tu veux, je peux rentrer dès ce soir pour t'aider à t'occuper de tout cela.

— Non, ce n'est pas la peine, répondit-elle. Je peux m'en charger.

— Je sais… Mais un peu d'aide ne pourra pas te faire de mal.

— De toute façon, tu seras de retour dans quelques jours. Il est inutile de changer ton billet. Par contre, tu peux peut-être me renseigner sur quelque chose. Lorsque j'ai demandé ce prêt à Bill Harmon, il s'est conduit de façon très étrange.

— Qu'est-ce que tu veux dire ?

— Eh bien… il m'a dit qu'il ne pouvait pas me donner de réponse avant lundi, se conduisant même comme s'il se préparait à refuser. Aurions-nous des difficultés financières dont je n'aurais pas connaissance ?

— Je ne pense pas, répondit Jackson. Mais tu sais que Duke ne me parle pas beaucoup de ce genre de choses. Peut-être a-t-il contracté un emprunt dont nous n'avons pas connaissance. Est-ce que Bill t'a dit quelque chose de précis ou bien est-ce une impression que tu as eue ?

— Plutôt une impression... mais assez forte pour que je sois vraiment inquiète. Si la banque refuse de nous aider, nous ne pourrons pas racheter cette machine et, dans ce cas, nous risquons de perdre toute la récolte.

Jackson resta longuement silencieux, tentant probablement de calculer les conséquences désastreuses que cela pourrait avoir. Il n'était pas certain que la plantation survive à un coup aussi rude et tous deux le savaient.

— Est-ce que tu as appelé Duke ? demanda enfin Jackson.

— Non. De toute façon, il ne pourrait rien faire d'Europe. Alors à quoi servirait-il de les inquiéter, maman et lui ?

Casey en fait n'avait aucune envie d'appeler son père à l'aide. Elle tenait à lui prouver qu'elle était parfaitement capable de surmonter les difficultés qui se trouveraient en travers de son chemin.

— D'ailleurs, reprit-elle, si je l'appelle pour lui parler de la moissonneuse, il faudra bien que je lui raconte l'épisode de l'incendie.

— C'est juste, soupira Jackson d'une voix troublée.

Elle pouvait presque l'imaginer, faisant les cent pas dans sa chambre d'hôtel, comme chaque fois qu'il réfléchissait à un problème épineux.

— Bon. Je dois rentrer jeudi prochain. Je veux que tu me promettes de m'appeler si tu as besoin de moi avant cette date. Et rappelle-moi impérativement lundi dès que tu auras parlé à Bill. S'il refuse de nous accorder ce prêt, nous pourrons toujours nous adresser à une autre banque.

— Je suppose, acquiesça la jeune femme. En attendant, je vais appeler Suttler pour lui demander s'il serait possible de louer une moissonneuse.

— Prions pour qu'il en ait encore. Tu sais combien elles sont demandées, à cette époque de l'année.

— Oui. Mais on ne sait jamais. A bientôt, Jackson.

— A bientôt, petite sœur.

Casey raccrocha et rassembla son courage pour affronter les responsabilités qu'elle devait assumer. D'une façon ou d'une autre, elle parviendrait à trouver l'argent nécessaire à l'achat d'une nouvelle machine. Il n'y avait pas d'autre solution.

12.

Nick n'arriva chez Casey que vers minuit. Il se gara devant le cottage de la jeune femme et hésita, se demandant s'il n'était pas trop tard pour la rejoindre. Mais il aperçut plusieurs fenêtres allumées et comprit qu'elle ne devait pas encore être couchée.

La journée qu'il venait de passer avait été épuisante. L'ouverture du casino au public avait nécessité une attention constante au moindre détail. Cela ne l'avait pourtant pas empêché de songer à Casey à longueur de temps.

C'était une expérience nouvelle pour lui. Jamais encore, il ne s'était senti à ce point fasciné par une femme. Il n'était d'ailleurs pas certain d'aimer cette sensation. Mais quel choix avait-il en la matière ?

Aujourd'hui même, il avait été abordé par une blonde superbe qui n'avait pas caché l'intérêt qu'elle lui portait. Bien sûr, en temps normal, il n'aurait jamais accepté de sortir avec elle alors qu'il était déjà avec une autre femme. Mais, cette fois, il ne s'était même pas senti attiré.

La seule chose qu'il paraissait désirer, c'était se trouver en compagnie de Casey.

Celle-ci l'accueillit avec plaisir, ce qui lui réchauffa le cœur. Il remarqua cependant qu'elle paraissait épuisée. C'était sans doute à cause de la nuit qu'ils avaient passée ensemble.

— Tout va bien ? demanda-t-il tandis qu'elle l'entraînait vers le canapé où ils s'installèrent côte à côte.

— Pas vraiment, répondit-elle avec un pâle sourire.

— Je peux faire quelque chose ?

— Oui, tu peux me prêter deux cent cinquante mille dollars pour que j'achète une nouvelle moissonneuse, répondit-elle en haussant les épaules. J'ai peur que la banque ne nous laisse tomber, cette fois.

— Pas de problème, répondit Nick. Pour quand en as-tu besoin ?

La jeune femme le regarda avec stupeur.

— Tu es fou ? s'exclama-t-elle. Je plaisantais. D'ailleurs, il est hors de question que tu me prêtes une telle somme. Tu me connais à peine.

Nick prit le menton de Casey au creux de sa main et déposa un baiser sur ses lèvres entrouvertes.

— Je te connais assez pour savoir que tu es une femme d'honneur et que tu es incapable de ne pas rembourser une dette. D'ailleurs, si j'ai bien compris la situation, ce ne serait que pour quelques semaines…

Casey lui prit les mains, le fixant avec un mélange d'émotion et de reproche.

— Nick, je ne peux pas accepter ton offre. C'est vraiment adorable de ta part mais il n'en est pas question. D'autant que Jackson aurait une attaque en l'apprenant.

— Je voulais juste aider une amie en difficulté, protesta Nick. Je ne vois pas ce qu'il y a de mal là-dedans. D'ailleurs, si tu y tiens, nous pourrions dresser un contrat en bonne et due forme.

— Le seul problème, répondit la jeune femme en souriant, c'est que nous sommes un peu plus que des amis. Ce ne serait pas bien.

Casey haussa les épaules.

— D'ailleurs, ajouta-t-elle, je suis certaine que j'exagère. Si cela se trouve, notre banquier m'appellera lundi pour me dire que le prêt est accordé.

— Est-ce que tu me le diras, si ce n'est pas le cas ? demanda Nick.

Elle hocha la tête.

— De toute façon, je serai si furieuse que je ne pourrai pas te le cacher. Mais cela ne veut pas dire pour autant que j'accepterai ta proposition.

Nick acquiesça, songeant qu'il serait bien temps alors de la convaincre. La prenant par les épaules, il l'attira contre lui et elle se nicha entre ses bras, poussant un profond soupir de contentement.

— Est-ce que Remy t'a contacté au sujet de la nuit dernière ? demanda-t-elle enfin.

— L'inspecteur ? Oui. Mais je n'ai pas été d'une très grande aide puisque je n'avais rien vu ni entendu. Par contre, il était d'accord avec moi sur un point : tu dois te montrer très prudente, Casey.

— Prudente ? répéta-t-elle. Mais pourquoi ?

— Il ne t'est donc pas venu à l'idée que quelqu'un pouvait en vouloir à ta famille ?

— Tu dis cela à cause de l'incendie ?

— Oui… Il était volontaire. Et l'homme qui l'a allumé était suffisamment malintentionné pour laisser ta tante dans la cuisine en flammes. Et voilà que, quelques semaines plus tard, votre moissonneuse disparaît. Je doute fort qu'il s'agisse d'une coïncidence.

— J'avoue que j'étais si préoccupée par l'acquisition d'une nouvelle machine que je n'ai pas vraiment réfléchi à tout cela, reconnut la jeune femme. Mais j'admets que c'est assez étrange.

— C'est le moins que l'on puisse dire. D'après ce que j'ai entendu dire, ton père est un homme très puissant. Le genre d'homme qui doit avoir des ennemis tout aussi puissants. Mais ce peut être aussi un de tes ennemis.

— Mais je n'en ai pas ! protesta-t-elle en riant. Du moins, pas à ma connaissance.

— Nous en avons tous, répondit Nick en haussant les épaules. Cet homme qui nous a abordés, l'autre jour.

— Quel homme ?

— Celui du restaurant. Celui que tu avais renvoyé. Il n'avait pas précisément l'air de te porter dans son cœur.

— Harold Broderick ? s'exclama Casey. Il est inoffensif. En fait, il est tellement ivre la plupart du temps qu'il serait bien incapable de faire quoi que ce soit.

Nick n'en était pas si convaincu : la colère et l'animosité de cet homme ne lui avaient pas échappé et il n'était pas impossible qu'elles l'aient conduit à fomenter une vengeance comme celle-ci.

— Je pense néanmoins que tu devrais parler de lui à la police, répondit-il gravement.

— Je crois plutôt que notre agresseur en voulait à mon père, remarqua la jeune femme. Ce n'est pas un homme facile et je suis certaine qu'il s'est fait de nombreux ennemis. Franchement, il fait une cible beaucoup plus probable que moi.

— Vraiment ? insista Nick. As-tu seulement pensé qu'il pouvait s'agir de Murray ?

— Murray est un ami, protesta vivement Casey.

— Un ami qui voulait être plus que cela. D'après ce que tu m'as dit, il n'a pas vraiment apprécié que tu le repousses.

— Franchement, je doute fort qu'il en vienne à voler une moissonneuse pour se venger. Quant à l'incendie, il a eu lieu avant même que Murray ne me confesse ses sentiments. La jalousie ne serait donc pas un bon motif.

— Je ne dis pas que c'est une histoire de jalousie, observa Nick. Seulement, j'ai remarqué que Murray était arrivé très vite sur les lieux, le jour de l'incendie. Pourtant, je ne pense pas que tu l'avais appelé.

— Tanya était supposée le faire mais elle était sous le choc. Il m'a dit que son père et lui étaient venus parce qu'ils avaient vu les flammes de loin.

— Peut-être les ont-ils vues parce qu'ils étaient déjà sur les lieux. Après tout, Roland Dewalt n'a pas fait mystère des sentiments que tu lui inspirais, hier.

— Allons, Nick ! Ce n'est pas parce que deux hommes m'ont parlé un peu durement qu'ils seraient prêts à incendier la maison au risque de tuer quelqu'un. Roland est un sale type, c'est vrai, mais je ne le vois pas se venger de cette façon. Quant à Murray, je te le répète, il a toujours été un ami. En plus, au moment de l'incendie, il était encore amoureux de moi et espérait que je répondrais à ses avances.

— Peut-être avait-il déjà compris que tu le repousserais, objecta Nick.

— C'est absurde, déclara la jeune femme avec conviction.

Nick resta quelques instants silencieux.

A la pensée de Murray Dewalt, il sentait naître en lui une jalousie aussi brutale qu'inexplicable. Il ne pouvait s'empêcher de penser que lorsque lui-même quitterait la région, Murray s'empresserait de revenir vers Casey pour la convaincre de sortir avec lui.

Il y avait bien sûr une solution à ce problème : il pouvait rester à Baton Rouge. Mais qu'y ferait-il ? Depuis qu'il avait quitté l'université, Nick n'avait jamais passé plus de quelques mois au même endroit. Il se croyait incapable de le faire, même si l'idée de rester auprès de Casey avait quelque chose de terriblement tentant.

— Nick ? fit alors la jeune femme, le tirant de ses pensées. Quelque chose ne va pas ? Tu me regardes bizarrement.

Nick ne répondit pas immédiatement, craignant de trahir le trouble qui s'était emparé de lui. Car il venait de réaliser que, d'une façon qu'il ne s'expliquait pas encore très bien, il était en train de tomber amoureux d'elle. C'était une idée qui lui était parfaitement étrangère, une sensation qu'il aurait cru ne jamais éprouver.

Mais comment expliquer autrement qu'il ne s'intéresse plus aux autres femmes ? Qu'il envisage de passer le reste de sa vie au fin fond de la Louisiane juste pour rester auprès d'elle ?

— Je me demandais pourquoi nous étions en train de parler de Murray alors qu'il y a tant d'autres sujets plus agréables dont nous pourrions discuter, répondit-il enfin.

— Tu as raison. Je ne voulais pas t'ennuyer avec mes problèmes.

— Tu ne m'ennuies pas, protesta Nick. Crois-moi, tu en serais bien incapable.

— Ne parle pas si vite. Je pourrais me lancer dans une dissertation sur les mérites comparés de la canne à sucre et de ses hybrides. Je te garantis que tu t'endormirais très rapidement.

— Pas tant que je continuerais à te regarder, répondit Nick en souriant. Mais revenons-en à cette moissonneuse. Es-tu certaine de ne pas pouvoir attendre le remboursement de l'assurance ?

— Eh bien, ce vol est vraiment tombé au plus mauvais moment. La récolte est imminente et il nous faut absolument moissonner certains des champs dont les plants sont arrivés à maturité. Et le pire, c'est que même si j'avais l'argent aujourd'hui même, il me faudrait encore compter une bonne semaine pour faire venir la nouvelle machine.

— N'y a-t-il pas un autre moyen de récolter ? demanda Nick. Autrefois, cela devait bien se faire à la main.

— Oui, à la machette. Mais cela fait des années que tous les agriculteurs de la région sont équipés de moissonneuses et il n'y a plus de main-d'œuvre. Il faudrait faire venir des saisonniers. Outre le problème du coût, je ne sais vraiment pas comment les contacter.

Nick hocha la tête et la jeune femme lui sourit avec reconnaissance.

— Merci, lui dit-elle.

— Pour quoi ? Je n'ai rien fait.

— Si. Tu m'as écoutée et tu m'as prêté une épaule pour pleurer.

— N'hésite pas à l'utiliser si tu en as besoin, répondit doucement Nick.

Se penchant de nouveau vers elle, il l'embrassa tendrement. Lorsqu'il s'écarta pour la regarder, il vit que ses beaux yeux verts brillaient d'une lueur familière.

— Nick, murmura-t-elle, je veux que tu me fasses l'amour.

Casey avait été tentée d'insister, de le forcer à lui révéler ce qu'il lui cachait. Mais elle avait fini par juger qu'elle avait bien d'autres priorités.

Il y avait tout d'abord la nouvelle moissonneuse dont elle attendait l'arrivée avec impatience. Mais il y avait aussi les sentiments qu'elle éprouvait pour Nick Devlin. Malgré la méfiance qu'elle s'était forcée à adopter, malgré la prudence dont elle avait essayé de faire preuve, elle ne pouvait plus se mentir.

Elle était tombée amoureuse de Nick.

Elle s'était évidemment bien gardée de le lui avouer, cherchant à deviner quelle était la nature de ses sentiments. Et, à ce sujet, elle n'avait aucune certitude. Il n'avait pas laissé entendre qu'il resterait à Baton Rouge plus longtemps que ne le nécessitaient ses activités.

Bien sûr, elle ne lui avait pas demandé ce qu'il comptait faire lorsque le White Gold serait opérationnel. Elle n'avait pas osé, craignant qu'il ne prenne ses questions pour une forme de pression.

Jackson pénétra dans le bureau de Duke où la jeune femme s'était installée, la tirant de ses pensées. Il avait pris le temps d'aller border sa fille et lui avait lu une histoire. Hélas, il n'était pas seul : juste derrière lui entra tante Esme.

Casey sentit son moral sombrer un peu plus : la dernière chose qu'elle souhaitait, en cet instant, c'était une nouvelle confrontation avec la vieille dame. Mais celle-ci n'entendait visiblement pas les choses de cette oreille.

— Tu comptes peut-être laisser ta sœur se donner en spectacle, disait-elle à son neveu. Mais j'ai plus de respect pour notre famille et je ne peux accepter une telle situation.

— Tante Esme, l'interrompit Jackson, je suis désolé mais je ne vois pas en quoi Casey déshonore la famille. Qu'a-t-elle donc fait de si terrible ?

— Qu'a-t-elle fait ? répéta la vieille dame, interdite. Mon Dieu, mais elle vit presque en ménage avec ce joueur professionnel. Je suis certaine que tout le monde en parle, à Baton Rouge ! Et je t'assure que tes parents ne le prendront pas avec autant de légèreté !

— Je ne savais pas que Nick et toi étiez devenus si proches, remarqua Jackson en se tournant vers sa sœur.

Casey se leva de son siège, s'efforçant de maîtriser sa colère. Elle avait pourtant l'habitude de l'indiscrétion dont faisaient preuve les membres de la famille vis-à-vis de sa vie privée. Mais, ce jour-ci, tante Esme dépassait vraiment les bornes.

— Je ne crois pas que cela te regarde ou que cela regarde tante Esme, répondit-elle froidement. Mais nous sommes effectivement devenus très proches. Je ne vois pas ce que cela a de si terrible, d'ailleurs. Je suis assez grande pour prendre soin de moi-même. Malheureusement, tante Esme ne semble pas le comprendre. J'espère que tu parviendras mieux que moi à lui faire entendre raison parce que je commence à en avoir plus qu'assez de

184

supporter ses remarques acerbes et non fondées sur le compte de l'homme avec lequel je sors.

Jackson regarda sa sœur pendant quelques instants, comme s'il ne savait trop comment réagir à cette sortie. Finalement, il sourit et se tourna vers tante Esme, la prenant par le bras pour l'entraîner en direction de la porte.

— Nous discuterons de cela demain, déclara-t-il posément. Pour le moment, Casey et moi devons impérativement parler des affaires courantes.

Tante Esme s'arracha à l'étreinte de Jackson et lui jeta un regard noir avant de sortir de la pièce, claquant théâtralement la porte derrière elle.

— Merci, Jackson, soupira Casey. Je ne crois pas que j'aurais pu supporter un instant de plus son comportement hystérique.

— Si elle se conduit de cette façon, c'est parce qu'elle t'aime et qu'elle se fait du souci pour toi, lui répondit son frère. Moi aussi, d'ailleurs.

— Merci mais il n'y a vraiment pas de quoi. Je suis tout à fait capable de gérer seule mes affaires de cœur.

— J'en suis sûr. Mais cela ne m'empêche pas de m'inquiéter.

— Si tu comptes me dire des choses désagréables sur Nick, je préfère tout de suite te préciser que...

— Est-ce que c'est sérieux, entre vous ? l'interrompit Jackson.

Casey ne répondit pas immédiatement. Au lieu de cela, elle se dirigea vers la fenêtre et contempla l'un des lampadaires qui se trouvait au milieu de la pelouse entourant la maison.

Elle n'avait parlé à personne de ce qu'elle ressentait pour Nick. Viv, sa confidente attitrée, était bien trop occupée par sa nouvelle vie de femme mariée pour qu'elles trouvent le temps de se voir. Casey ne le lui reprochait pas, d'ailleurs, sachant que son amie était plus heureuse qu'elle ne l'avait jamais été.

— Je ne sais pas, avoua-t-elle enfin.

— Est-ce que tu es amoureuse de lui ? insista Jackson.

— Oui. Mais il ne le sait pas et je préférerais que cela reste entre nous.

Jackson soupira et passa la main dans ses cheveux.

— Tu ne fais jamais les choses à moitié, n'est-ce pas ? dit-il. Tu sais que Nick n'est pas un garçon facile. Cela fait des années que je le connais et il ne m'a jamais beaucoup parlé de son passé. Je sais aussi qu'il ne reste jamais très longtemps à la même place.

— Il est orphelin, répondit Casey. C'est l'une des raisons pour lesquelles il refuse de s'enraciner où que ce soit.

— Je ne le savais pas, admit Jackson. Apparemment, il a été plus disert avec toi qu'avec moi. C'est peut-être bon signe.

— Seul l'avenir nous le dira, répondit la jeune femme, philosophe. En attendant, il faut que nous parlions affaires. Que sais-tu au juste de la situation financière de la famille ?

— Moins que je ne le souhaiterais, reconnut Jackson en prenant place sur une chaise, en face de sa sœur. Duke est plutôt avare lorsqu'il s'agit de m'informer à ce sujet.

— Je crois vraiment que tu devrais parler à Bill Harmon. Il refuse d'aborder le sujet avec moi mais c'est sans doute parce que je suis une femme. Tu seras peut-être plus chanceux.

— J'essaierai. Mais dis-moi, quand doit arriver la nouvelle moissonneuse ?

— En début de semaine prochaine, si tout se passe bien, répondit Casey. Si le délai est plus long, nous risquons de perdre beaucoup, tant au niveau de la récolte que de nos relations avec le centre de recherches.

Jackson hocha la tête et se massa les tempes.

— Je suppose que nous n'avons plus qu'à prier pour que la chance joue en notre faveur, cette fois. Veux-tu que je rappelle la compagnie d'assurances pour essayer de les presser un peu ?

— Cela peut être utile, acquiesça sa sœur.

— Des nouvelles de la police ?

— Non. Remy n'a aucune piste sérieuse pour le moment.

— Je lui passerai un coup de téléphone avant de me rendre à la banque, demain. Tu auras déjà bien assez à faire pour préparer la récolte.

« Et passer du temps avec Nick », songea Casey. C'était la deuxième fois qu'elle tombait amoureuse et sa précédente expérience avait été désastreuse.

Rien ne disait que les choses se passeraient mieux cette fois.

13.

Lorsque sa secrétaire l'avait averti qu'un homme l'attendait sur le quai auquel était amarré le White Gold, Nick n'avait pas un seul instant imaginé qu'il puisse s'agir de Jackson qu'il croyait toujours au Mexique.

— Quand es-tu rentré ? demanda-t-il en lui serrant chaleureusement la main.

— Il y a quelques heures seulement.

Comme à son habitude, Jackson arborait une expression parfaitement indéchiffrable, celle-là même qui faisait de lui un joueur de poker si redoutable. Nick avait appris à s'en méfier depuis le jour où son ami l'avait littéralement plumé à une table de jeu sans se départir un seul instant de son calme.

Jackson pénétra dans la salle principale à la suite de Nick et regarda autour de lui d'un air appréciateur.

— Bel endroit, constata-t-il. Il paraît que l'ouverture a été un vrai succès. Je suis désolé de l'avoir manquée.

— Tout s'est bien passé, c'est vrai, reconnut Nick. Mais je suppose que tu n'es pas venu me voir le soir même de ton retour pour me parler de cela.

Jackson détourna les yeux de la brunette qui se trouvait près des machines à sous et qui leur souriait joyeusement.

— C'est vrai. Pourrions-nous trouver un endroit tranquille pour discuter ?

— Bien sûr, répondit Nick avant de l'escorter jusqu'à son bureau.

Là, il referma la porte derrière eux, fit signe à Jackson de s'asseoir et prit lui-même place derrière son bureau.

— Je suppose que tu as parlé à Casey, dit-il enfin.

— Je lui ai parlé chaque jour depuis que la moissonneuse a été volée. Mais je l'ai vue ce soir.

Jackson marqua une pause avant de reprendre :

— J'ai également discuté avec tante Esme. Et j'avoue que je me demande comment tu as fait pour t'attirer aussi vite ses foudres.

Nick sourit, ravi que son ami ait décidé de ne pas tourner autour du pot.

— C'est peut-être tout simplement parce que je sors avec ta sœur, répondit-il posément. Je crois que cela pose un problème à ta tante. Es-tu venu me dire que cela t'en pose un également ?

— D'après ce que j'ai compris, vous faites un peu plus que « sortir » ensemble, remarqua Jackson. Mais je considère que cela ne me regarde pas plus que tante Esme. Casey est assez grande pour choisir ses amis sans nous demander notre avis. Cependant, je tenais à te dire que si tu lui fais le moindre mal, tu auras affaire à moi. Compris ?

— Je comprends parfaitement. Et je t'assure que je n'ai pas l'intention de faire du mal à Casey.

— Peut-être. Mais il arrive que l'on fasse du mal aux gens sans le vouloir.

Nick hocha la tête, sachant que ce n'était hélas que la plus stricte vérité.

— Que veux-tu que je te dise ? répondit-il finalement. Je tiens beaucoup à ta sœur. Elle ne ressemble à aucune des femmes que j'ai eu l'occasion de rencontrer auparavant. Mais si tu me demandes quelles sont mes intentions, je peux te répondre que je ne compte pas me marier avec elle.

— C'est effectivement ce que je pensais. Est-ce que Casey en est consciente ?

— Oui.

Ce n'était qu'une partie de la vérité, songea-t-il. Tous deux s'étaient accordés pour que leur histoire ne soit qu'une romance passagère. Mais leurs sentiments avaient évolué bien au-delà de cette convention et tous deux le savaient parfaitement, sans pourtant se l'être avoué.

— En es-tu sûr ? reprit Jackson en fixant sur Nick son regard bleu indéchiffrable.

— J'en suis certain… Pourquoi ? T'a-t-elle dit autre chose ?

Jackson hésita un instant puis secoua la tête.

— Alors pourquoi es-tu si sûr qu'elle attend quelque chose de sérieux ? demanda Nick.

— Parce que je la connais. Ce n'est pas parce qu'elle ne t'a rien dit qu'elle se contentera forcément d'une bluette sans lendemain.

Nick hésita, ne sachant comment formuler ses propres sentiments. Comment aurait-il pu le faire alors que lui-même les comprenait si mal ? Après tout, jusqu'au jour où il avait rencontré Casey, il s'était cru à l'abri de ce genre d'émois.

— Bon sang, s'exclama-t-il enfin avec une pointe rageuse dans la voix, je ne sais pas que te dire ! La liaison que j'ai avec Casey n'est pas une simple passade pour moi. Elle compte beaucoup à mes yeux.

Quel euphémisme ! songea-t-il ironiquement. Il l'aimait, c'était aussi simple que cela. Mais cela ne voulait pas dire pour autant qu'il était prêt à tirer un trait sur les valeurs qui avaient présidé aux trente-six premières années de son existence.

— Elle compte mais pas assez pour que tu envisages de l'épouser, constata Jackson d'une voix égale.

— Disons qu'elle compte trop pour que je l'épouse, répondit Nick. Cela ne marcherait pas et il vaut mieux qu'elle s'en rende compte rapidement plutôt qu'au bout de quelques années de vie commune.

— C'est étrange, déclara Jackson en se levant. Je pourrais presque croire que tu penses ce que tu dis... Presque.

Sur ce, il sortit, refermant doucement la porte du bureau derrière lui.

Nick étouffa un juron. Il ne pouvait pas en vouloir à son ami de se montrer méfiant à son égard. Il ne voulait que protéger sa sœur. C'était exactement ce qu'un frère était censé faire. Nick n'avait pas besoin d'avoir une famille pour le savoir.

Peut-être Jackson avait-il raison, d'ailleurs. Il valait sans doute mieux qu'il ait une conversation avec Casey, qu'il lui explique que, même si leurs sentiments l'un vis-à-vis de l'autre avaient changé, leur relation, elle, restait la même.

Il ne pouvait pas vivre auprès d'elle. Même s'il en avait terriblement envie. Parce que, en fin de compte, elle n'en souffrirait que plus.

D'un autre côté, s'il lui parlait, il risquait de la perdre. Et il n'était pas encore prêt à cela.

Quelqu'un qui pouvait être ou ne pas être un ennemi personnel avait volé la moissonneuse, mettant toute la récolte de l'année en danger.

Sa vie sentimentale, jusqu'alors inexistante, était devenue si intense qu'elle avait renoncé à maîtriser ses propres sentiments.

Et le pire était que l'homme qu'elle aimait lui avait annoncé d'entrée de jeu qu'il comptait rapidement disparaître de son existence.

Sur le plan familial, elle avait réussi à se fâcher gravement avec tante Esme. Celle-ci avait tout bonnement refusé de lui adresser la parole depuis le retour de Jackson. Et Casey, qui n'avait jamais douté des sentiments de la vieille dame à son égard, commençait à se demander si celle-ci n'en était pas venue à la haïr.

Bien sûr, il y avait quelques bonnes nouvelles au cœur de ce marasme. La banque avait accepté de leur accorder un prêt et ils avaient pu acheter une nouvelle moissonneuse qui avait fini par arriver, évitant la perte complète de la récolte.

Pourtant, ils en avaient perdu une bonne partie. La jeune femme avait même commencé à rédiger une lettre à l'intention du centre de recherches au cas où les plants hybrides ne survivraient pas à cette récolte tardive.

Repoussant les draps, la jeune femme se leva, décidant qu'il ne servait à rien de rester allongée sans dormir. Après s'être habillée à la hâte, elle sortit du cottage et se dirigea vers la serre.

Alors qu'elle arrivait devant la porte du bâtiment, elle entendit un choc sourd provenant de l'intérieur. Le cœur battant, elle s'immobilisa, la main sur la poignée. Un nouveau coup se fit entendre.

Cette fois, elle ouvrit et se trouva nez à nez avec Harold Broderick qui se tenait près de son ordinateur, un pied-de-biche à la main. Il la regarda avec stupeur avant d'abattre son outil sur l'unité centrale.

— Arrêtez tout de suite ! s'exclama la jeune femme. La police va arriver d'un instant à l'autre !

Harold ne prêta aucune attention à ses menaces, continuant d'assener méthodiquement coup sur coup à l'ordinateur qui ressemblait à présent à une grosse boîte de conserve cabossée.

Alors que la jeune femme se jetait sur lui, il s'attaqua au moniteur qui implosa, faisant voler des centaines de débris de verre. Repoussant rageusement Casey, Harold continua à frapper la carcasse de l'écran, la réduisant en miettes.

Une fois de plus, Casey se jeta sur lui, parvenant à agripper son bras qu'elle abattit de toutes ses forces contre la surface de son bureau. Harold poussa un juron tandis que son pied-de-biche tombait à terre.

Se retournant, il fit face à son assaillante qu'il saisit par la gorge.

— Espèce de salope ! s'exclama-t-il d'un ton rempli de haine. Tu crois peut-être que tu peux te débarrasser de moi aussi facilement ? Je vais t'apprendre !

Casey frémit en sentant l'haleine d'Harold qui empestait le whisky. Cela lui rappela brusquement la peur qu'elle avait éprouvée, le jour où elle l'avait mis à la porte. Il s'était dressé au-dessus d'elle, furieux, l'accablant d'injures et de menaces.

Mais ce jour-là, Len était à son côté, prêt à la défendre si c'était nécessaire. Alors que, ce soir, elle était seule.

Casey essaya de s'arracher à l'emprise de son agresseur puis, réalisant la futilité de cette tentative, elle enfonça ses pouces dans les yeux d'Harold. Il émit un cri de rage et de douleur mais, au lieu de la relâcher, il accentua encore sa pression sur la gorge de la jeune femme.

Une partie de l'esprit de Casey, celle qui n'avait pas cédé à la panique, ne cessait de s'étonner de ce que Broderick était en train de faire. Elle l'avait toujours considéré comme un mauvais plaisant et un ivrogne. Mauvais, certes, mais incapable de faire le moindre mal.

Elle réalisait à présent avec terreur qu'elle s'était lourdement trompée sur son compte.

Pourquoi avait-il fallu qu'elle entre dans ce bureau ? ne cessait-elle de se demander alors que l'air commençait à lui manquer. Pourquoi avait-il fallu qu'elle se jette sur lui aussi bêtement ?

Elle aurait dû s'enfuir et aller chercher son frère. Mieux, même, appeler la police.

Mais elle avait agi instinctivement…

Sa vision se brouilla et les traits d'Harold se mirent à danser devant ses yeux. Le sang battait contre ses tempes tandis que des éclairs rouges explosaient à la périphérie de l'image.

Soudain, elle entendit un cri qui paraissait venir de très loin. Aussitôt, l'étreinte de Broderick se relâcha légèrement.

Avant même de reprendre pleinement ses esprits, la jeune femme propulsa son genou vers son entrejambe. Harold hurla sans pour autant lâcher prise. Elle lui décocha un nouveau coup mais le manqua.

Puis, brusquement, les mains de son agresseur quittèrent son cou.

Titubant en arrière, la jeune femme avala une grande goulée d'air avant de se mettre à tousser. Quelques instants plus tard, alors qu'elle reprenait conscience de ce qui l'entourait, elle réalisa que Broderick était allongé par terre, luttant au corps à corps avec un autre homme.

Stupéfaite, la jeune femme réalisa qu'il s'agissait de Nick. Il paraissait empli d'une rage terrifiante et frappait son adversaire sans paraître se rendre compte des coups que ce dernier lui assenait ni des bouts de verre sur lesquels ils étaient en train de rouler.

Casey essaya de crier mais le son qui sortit de sa gorge ressemblait plus à un croassement qu'à toute autre chose. Elle envisagea d'appeler la police mais les deux lutteurs se trouvaient entre elle et le bureau.

C'est alors qu'elle avisa le pied-de-biche qui avait roulé non loin de là. Mais avant qu'elle ait pu l'atteindre, Broderick s'en empara et en assena un coup violent sur l'épaule de Nick.

Terrifiée, Casey entendit ce dernier hurler de douleur. Incapable de le supporter, elle se rua sur Harold qui levait de nouveau son arme sur Nick. Tous trois roulèrent à terre dans le plus grand désordre.

Elle sentit alors Harold la repousser durement, l'envoyant rouler sur les éclats de verre qui lui ouvrirent la main droite. Alors qu'elle se redressait, elle le vit frapper Nick avec le pied-de-biche, en plein dans les côtes, cette fois.

Puis, brusquement, il sauta sur ses pieds et se rua vers la porte.

Poussant un juron, Nick se redressa péniblement, se tenant les côtes en grimaçant. Il fit quelques pas vers la porte avant de s'immobiliser et de se tourner vers la jeune femme.

— Est-ce que ça va ? demanda-t-il.

Toujours incapable de parler, elle hocha la tête et Nick sortit du bureau.

Lorsqu'il revint, quelques minutes plus tard, Casey se tenait face à son ordinateur détruit.

— Il a disparu dans les champs, expliqua Nick. Il faisait trop sombre pour que je le retrouve. Cela vaut peut-être mieux, d'ailleurs, parce que si j'avais pu mettre la main sur lui, je pense qu'il aurait passé un sale quart d'heure !

Casey se rapprocha de lui et il la prit dans ses bras.

— Je sais qui c'était, lui dit-elle d'une voix toujours très rauque.

— Moi aussi. Je l'ai reconnu. C'était ce Broderick, n'est-ce pas ?

La jeune femme hocha la tête.

— Je crois que nous ferions mieux d'appeler les urgences, déclara Nick en se dirigeant vers le téléphone.

La jeune femme le suivit, nichée entre ses bras, s'accrochant à lui comme à un radeau dans la tempête.

— Tu es sûre que tu vas bien ? demanda-t-il, inquiet.

Casey hocha la tête, sentant de grosses larmes couler le long de ses joues.

— Et toi ? parvint-elle à articuler. Il a dû te faire très mal.

Elle effleura l'endroit où Broderick l'avait frappé à coups de pied-de-biche et il grimaça, étouffant un grognement de douleur.

— Ce n'est rien, dit-il pourtant. Juste quelques bleus...

— Mais regarde ton bras, fit la jeune femme en contemplant sa peau meurtrie par les éclats de verre.

— Ne t'en fais pas pour moi, répondit Nick en haussant les épaules. J'ai connu pire.

Très doucement, il effleura la gorge de la jeune femme qui portait encore les marques des mains d'Harold.

— C'est cela que je ne lui pardonne pas, déclara-t-il avec une lueur de colère dans les yeux. Il aura vraiment de la chance si la police l'attrape avant moi !

Casey croisa alors le regard de Nick et ce qu'elle y lut la prit complètement au dépourvu. Jamais elle n'avait espéré lire cette expression sur son visage. Pourtant, aucun doute n'était permis.

Il n'avait pas besoin de le lui dire. Elle n'avait pas besoin de l'entendre.

Il l'aimait.

Ils étaient assis sur l'un des bancs qui se trouvaient dans la serre proprement dite et venaient de faire leurs dépositions à l'inspecteur qui les avait recueillies avec attention.

— Il a raison, déclara Nick qui ne parvenait pas à chasser l'angoisse qu'il avait ressentie en voyant Broderick

197

serrer le cou de la jeune femme. Il faut que tu voies un médecin. C'est important.

— J'irai si tu y vas, déclara posément Casey.

Nick s'apprêta à protester mais elle ne lui en laissa pas le temps, prenant Remy à témoin.

— Il s'est fait frapper à coups de pied-de-biche. Au moins deux fois. Dites-lui qu'il doit y aller aussi.

— D'accord, fit Nick. J'irai avec toi.

Boucherand consulta les notes qu'il venait de prendre.

— Bien, récapitulons une dernière fois avant que vous ne partiez. Casey, tu es bien arrivée la première ?

— Oui. Et j'ai entendu un bruit. En entrant, je me suis retrouvée face à Harold Broderick, un de mes anciens employés que j'ai licencié cette année.

— Pourquoi ?

— Eh bien... Il savait conduire un tracteur et j'avais envisagé de lui confier la responsabilité de la moissonneuse. Malheureusement, il avait un penchant pour la boisson. Cela ne m'aurait pas dérangée si cela n'avait été qu'en dehors de son travail. Mais il est arrivé ivre à deux reprises. La première fois, je me suis contentée de le renvoyer chez lui mais la deuxième, j'ai été forcée de le mettre à la porte. Je ne peux pas prendre le risque de laisser des hommes ivres manipuler les machines.

— L'a-t-il mal pris ?

Casey hésita, se demandant comment formuler sa réponse.

— Il m'a menacée plusieurs fois mais je pensais que c'était seulement sous l'effet de l'alcool. Il n'y avait d'ailleurs jamais rien de très explicite. Il se contentait de me traiter de « salope » et de me promettre que je regretterais de l'avoir mis dehors. Je n'avais jamais imaginé qu'il passerait à l'acte un jour, mais visiblement j'ai eu tort.

— On le dirait bien, concéda Remy. Quand l'as-tu mis à la porte, exactement ?

— Eh bien, je pourrais te le dire facilement s'il n'avait pas détruit mon ordinateur.

— Tu n'as pas de sauvegardes de tes données ?

— Des plus importantes seulement. Je ne suis pas sûre d'avoir le double des dossiers de mes employés. Mais je regarderai, au cas où.

Remy hocha la tête.

— Si tu ne trouves rien, nous nous débrouillerons autrement. Il doit bien y avoir un autre moyen d'obtenir cette information. Je suppose que c'était avant cet incendie à Bellefontaine ?

— Oui, répondit la jeune femme. C'était une semaine ou deux avant.

— Bien… Je pense que ceci explique cela.

— Et je vous signale que nous avons croisé Broderick la veille de l'ouverture du casino, précisa Nick. Nous étions au Brew-Batchers et il s'en est pris à Casey. J'aurais mieux fait de lui casser la figure à ce moment-là.

Casey posa doucement son bras sur celui de Nick.

— Nick n'a pas apprécié la façon dont il s'est conduit à mon égard, précisa-t-elle à l'intention du policier.

— Qu'a-t-il fait ? demanda celui-ci.

— Comme précédemment, il m'a injuriée, répondit-elle. Il était ivre, une fois de plus, et je n'y ai pas attaché d'importance, me contentant de l'envoyer au diable.

— J'ai failli me battre avec lui mais elle m'en a empêché, reconnut Nick. Cela l'aurait peut-être convaincu de renoncer à l'ennuyer.

— Non, protesta la jeune femme. Tu as agi plus intelligemment que lui. Il était ivre. De plus, il a quitté le restaurant sans faire d'esclandre lorsqu'il a vu le gérant s'approcher de notre table.

— Peut-être. Mais cela aurait sans doute évité qu'il ne se jette sur toi comme il l'a fait ce soir, répondit Nick.

Il serra le poing au souvenir de la scène mais le détendit aussitôt sous l'effet de la douleur : sa paume avait été profondément éraflée par les bouts de verre qui couvraient le sol du bureau et elle le faisait terriblement souffrir.

— Ne vous faites pas trop de reproches à ce sujet, conseille gentiment Remy. Rien ne prouve que cela l'aurait empêché d'agir. Au contraire, même, cela aurait pu accroître sa rancœur. En plus, ajouta-t-il avec humour, j'aurais dû vous inculper pour coups et blessures et encourir la rage de Casey, ce que je ne souhaite à personne.

— Vous avez peut-être raison, soupira Nick.

Mais cela ne contribuait guère à apaiser la colère qui bouillonnait en lui. Il ne pouvait supporter qu'un homme porte la main sur Casey. Et le fait de la voir courir un tel danger avait éveillé en lui une foule de sentiments dont il aurait préféré ne pas avoir conscience.

Car l'intensité de ce qu'il éprouvait pour elle ne faisait que confirmer ce qu'il savait déjà : il était grand temps de parler à la jeune femme, grand temps de prendre de la distance.

S'il ne le faisait pas dès à présent, il finirait par lui faire du mal.

Et c'était une idée qu'il ne pouvait supporter un seul instant.

14.

Nick et Casey rentrèrent très tard de l'hôpital. La jeune femme était toujours tendue et elle se sentait plus que jamais incapable de dormir.

— Tu veux bien rester ? demanda-t-elle à Nick lorsqu'ils parvinrent au cottage.

Son frère lui avait proposé de venir dormir dans la maison principale et, sur le coup, elle avait refusé par fierté. Mais, à présent, l'idée de rester seule ne lui souriait guère.

Elle avait appelé Jackson pour lui expliquer ce qui s'était passé et le rassurer sur son état de santé et celui de Nick. Il avait néanmoins décidé de venir les voir lui-même et n'était reparti qu'après avoir obtenu l'assurance du médecin que tout allait bien.

Tante Esme, par contre, n'avait pas daigné se montrer. Casey se répétait que cela n'aurait pas dû l'attrister mais elle n'y pouvait rien. Elle avait de plus en plus l'impression que quelque chose s'était définitivement brisé entre la vieille dame et elle.

— Je ferais peut-être mieux de te laisser dormir tranquillement, cette nuit, remarqua Nick sans la regarder en face.

La jeune femme se demanda s'il fuyait son regard intentionnellement.

— Nick...

Elle s'interrompit, réalisant que sa voix trahissait une vulnérabilité qu'elle ne se connaissait pas. Mais qu'y pouvait-elle ? Elle se sentait fragile. Fragile et terriblement seule. Trop seule pour que sa fierté l'emporte, cette fois-ci.

— Nick, je ne veux pas être seule... Pas ce soir.

Il ne répondit pas, se contentant de couper le moteur et de descendre de voiture en même temps qu'elle. Il s'était montré étrangement silencieux depuis leur discussion dans son bureau.

Avait-elle imaginé ce qu'elle avait cru lire dans ses yeux ? Elle ne le pensait pas. Mais une chose était certaine : il n'était visiblement pas d'humeur à s'étendre sur ses sentiments, en cet instant.

Très bien, songea-t-elle, s'il n'avait pas envie de parler, elle ne le forcerait pas à le faire. Le prenant par la main, elle l'entraîna à l'intérieur de la maison, jusqu'à la chambre à coucher.

Là, elle le fit asseoir sur le lit et commença à déboutonner sa chemise. Nick ne disait toujours rien, se contentant de l'observer avec une sorte de distance. Se penchant vers son visage, elle l'embrassa, constatant avec soulagement que cela, au moins, paraissait faire fondre un peu de la réserve dans laquelle il s'était muré.

Lui enlevant sa chemise, elle avisa les hématomes qui marquaient le torse et les côtes de Nick. La chair de son bras droit était également à vif.

— Je suis désolée, soupira-t-elle. C'est à cause de moi que tu es dans cet état.

— Ce ne sont que quelques bleus, éluda Nick. Je n'ai même pas de côte cassée. Je crois que je survivrai.

— Moi aussi, lui dit-elle gravement, et c'est seulement grâce à toi.

— Qu'est-ce qui t'a pris de te jeter sur cet homme de cette façon ? Il fait deux fois ton poids !

— A vrai dire, je n'ai pas réfléchi. J'ai agi à l'instinct.

Elle lui dédia un pâle sourire.

— Je sais que c'était stupide, reconnut-elle. Mais je ne l'ai vraiment compris que quand il s'est mis à m'étrangler.

Nick l'attira contre lui, posant doucement ses lèvres sur le cou de la jeune femme couvert d'hématomes.

— Ne refais jamais ce genre de choses, lui dit-il en posant les paumes de chaque côté de son visage. Pendant un instant, en entrant dans la pièce, j'ai cru qu'il t'avait tuée. Sais-tu ce que j'ai ressenti, à cet instant ?

— Non, murmura-t-elle. Dis-le-moi.

— De la terreur. Une terreur insoutenable.

La prenant par les épaules, il la fit asseoir sur le lit, près de lui.

— Je n'avais jamais ressenti une telle peur. Pas même lorsque j'étais enfant et qu'on m'a abandonné. Jamais personne n'a autant compté que toi à mes yeux. Et si je n'étais pas arrivé à temps...

Casey leva la main et la posa doucement sur ses lèvres pour le faire taire.

— Mais tu es arrivé à temps, répondit-elle. Et je vais bien.

— Je sais, soupira-t-il avant de l'embrasser tendrement.

Il la serra contre lui comme s'il avait peur qu'elle disparaisse brusquement. Puis il l'allongea délicatement sur le lit sans que ses lèvres quittent les siennes.

Brusquement, la passion les envahit et ce fut presque avec frénésie qu'ils se déshabillèrent l'un l'autre, avides de sentir leurs corps nus se toucher. Casey avait l'impression de se noyer dans cette étreinte, de sombrer dans un tourbillon de désir sauvage.

Ils firent l'amour avec passion, presque avec violence, sans se quitter des yeux, comme s'ils cherchaient à se prouver quelque chose. Lorsque le plaisir les submergea tous deux, la jeune femme eut l'impression que son corps entier se dissolvait dans le néant.

— Je t'aime, murmura-t-elle tandis que tous deux retombaient sur le lit, pantelants.

C'était une erreur, elle le savait. Et l'expression de Nick le lui confirma aussitôt. Dans ses yeux, elle lisait un mélange de peur et de confusion qui faisait penser à quelque animal blessé.

— Ne dis pas cela, protesta-t-il d'une voix étranglée.

— Pourquoi ? demanda-t-elle.

— Je tiens beaucoup à toi, Casey. Je tiens plus à toi que je n'ai jamais tenu à aucune femme. Plus que je ne l'aurais jamais cru possible.

Casey caressa tendrement sa joue. Il paraissait si triste en cet instant, qu'elle sentit son cœur saigner.

— Nick, est-ce que tu essaies de me dire que toi aussi, tu m'aimes ?

— Je m'efforce au contraire de ne pas te le dire, répondit-il en secouant la tête.

— Je ne comprends pas.

— Je sais. Et je ne suis pas encore prêt à te l'expliquer. Pas maintenant.

— Pourquoi ? demanda-t-elle de nouveau.

— Parce que tu m'as dit que tu ne voulais pas être seule, ce soir. Moi non plus, je ne le veux pas.

— Et tu penses que si nous en parlons…

La jeune femme n'eut pas la force de continuer. Nick ne lui laissa d'ailleurs pas l'occasion de le faire, posant ses lèvres sur les siennes pour la faire taire. Elle sentit sa main glisser lentement le long de son corps jusqu'au creux de ses cuisses. Il la caressa doucement, faisant renaître en elle le désir qu'elle avait cru assouvi.

Bientôt, elle fut parcourue de frissons de la tête aux pieds.

— Je ne peux pas réfléchir lorsque tu fais cela, protesta-t-elle faiblement.

— C'est bien le but, répondit-il. Ne pense pas. Contente-toi de sentir. Nous aurons tout le temps de parler demain. Laisse-moi cette nuit, Casey… Juste cette nuit.

Nick ne s'était jamais offert le luxe d'ignorer la réalité. Depuis qu'il était enfant, il avait toujours regardé les choses en face. Ses premiers souvenirs étaient ceux de ses parents se disputant, de leurs cris, de leurs coups et de cette faim qui ne le quittait jamais.

Dieu merci, ce passé était mort et enterré. Mais il lui avait appris à ne jamais se voiler la face.

Quittant le lit dans lequel Casey dormait toujours, Nick se dirigea vers la cuisine pour y préparer du café. Il avait besoin d'un peu de solitude avant d'entamer la conversation qui était devenue inévitable.

Il aurait dû parler à la jeune femme la veille, avant même de faire l'amour avec elle. Mais il avait été incapable de lui résister. Après tout, il avait failli la perdre définitivement dans des circonstances tragiques. Il avait eu besoin de se rassurer, de sentir qu'elle était vivante.

Brusquement, il se demanda s'il n'était pas en train de commettre une énorme erreur. Pourquoi était-il si convaincu que leur relation était sans avenir ? Peut-être que, s'il restait un peu, s'il leur laissait une chance, tout finirait bien.

Non, se dit-il, c'était absurde : il ne connaissait rien de l'amour. Il ne savait pas ce que signifiait le fait de s'engager. Pas pour un jour. Ni pour un mois, un an. Mais pour toujours. Cette simple idée lui paraissait tout bonnement insensée.

Il devait le dire à Casey. C'était la chose la plus honnête à faire.

Ouvrant les yeux, il sursauta en réalisant que Casey l'avait rejoint dans la cuisine. Ses cheveux étaient emmêlés et son regard encore vague, comme si elle venait tout juste de se réveiller.

Elle était si belle en cet instant qu'il dut rassembler tout son courage pour ne pas la prendre dans ses bras et l'embrasser. S'il l'avait fait, rien n'aurait pu l'empêcher de la ramener jusqu'à la chambre pour faire l'amour avec elle.

— Est-ce que tu vas travailler, aujourd'hui ? lui demanda-t-il.

— Oui, mais je ne suis pas pressée.

— J'ai fait du café. Tu en veux une tasse ?

— Volontiers.

206

Tandis qu'il la servait, la jeune femme traversa la pièce et vint le prendre par la taille, posant doucement sa tête sur son épaule.

— Dis-moi ce qui ne va pas, murmura-t-elle.

Il s'arracha à son étreinte et lui tendit sa tasse fumante avant de s'en servir une.

— Allons nous asseoir, suggéra-t-il.

Casey le suivit jusqu'au salon où ils prirent place l'un en face de l'autre. Pendant plusieurs minutes, ils restèrent parfaitement silencieux, se contentant de boire leur café.

— J'ai l'impression que tu te prépares à me laisser tomber, déclara finalement Casey.

Nick secoua la tête, tout en songeant que c'était pourtant probablement ainsi qu'elle verrait les choses. Mais comment lui aurait-il expliqué des sentiments que lui-même ne comprenait pas ?

Et comment le comprendrait-elle, lui, alors qu'il refusait de livrer une partie de son être ?

De toute façon, s'il lui racontait tout, il la perdrait aussi. Elle le laisserait tomber comme l'avaient fait ses parents.

Mieux valait ne lui dire qu'une partie de la vérité et garder le reste enfoui au plus profond de lui, comme il l'avait toujours fait depuis tant d'années.

— Ce n'est pas si simple, soupira-t-il enfin. J'aimerais vraiment que cela le soit mais ce n'est pas le cas.

Il se tut, cherchant les mots pour formuler ce qu'il avait en tête. Casey ne disait rien, se contentant de le regarder attentivement avec dans les yeux une patience et une douceur infinies.

— Je t'ai dit que j'avais grandi dans un orphelinat depuis mes sept ans, reprit enfin Nick.

La jeune femme hocha la tête et il reprit :

— Je suis resté jusqu'à l'âge de quinze ans parce que je voulais décrocher mon brevet et que je savais que je n'y parviendrais pas si je m'enfuyais. De toute façon, j'aurais probablement été repris très vite. Pourtant, je ne cessais de penser au jour où je pourrais enfin quitter cet enfer.

— Est-ce que quelqu'un abusait de toi ? murmura la jeune femme avec difficulté.

— Non. Ne t'imagine pas un décor tout droit sorti d'Oliver Twist. Nous étions nourris, logés et éduqués. Mais personne ne nous aimait vraiment. Et, curieusement, nous nous méfiions beaucoup les uns des autres. Je ne crois pas m'être fait un seul ami, à cette époque. Cela ne valait pas le coup : à tout moment, les autres pouvaient disparaître, adoptés par une famille quelconque. Quelques-uns s'enfuyaient, d'autres partaient pour des maisons de redressement.

— Ce devait être déprimant.

— Ça l'était, confirma Nick. Et j'ai vécu huit ans dans cette ambiance. C'est la plus longue période de temps que j'aie jamais passée quelque part.

— Tu n'as jamais eu d'endroit que tu considères comme ta maison ?

— Non. Et cela ne m'avait jamais posé de problème. Jusqu'à aujourd'hui.

Nick se pencha en avant et prit les mains de Casey entre les siennes.

— Je ne m'attendais pas à ce qui s'est passé entre nous, dit-il. Je pensais que nous aurions une liaison aussi brève qu'agréable avant de suivre chacun notre route. Mais ce n'est pas ce qui s'est passé.

— Pour moi aussi, acquiesça la jeune femme, tout a changé très rapidement.

— Je suis tombé amoureux de toi, Casey, reprit Nick gravement. C'est la première fois qu'une telle chose m'arrive en trente-six ans. Je ne pensais même pas que c'était possible.

— Mais alors, quel est le problème ? s'exclama Casey en fronçant les sourcils. Tu m'aimes et je t'aime. Je ne vois pas pourquoi cela te rend si sombre.

— Parce que, malgré nos sentiments, notre relation n'a pas d'avenir.

— Pourquoi pas ?

— Parce que cela ne changera pas mon passé.

— Ton passé, non, concéda la jeune femme. Mais ton avenir, peut-être.

Nick ferma les yeux, regrettant de ne pouvoir la croire.

— Je ne suis jamais resté à un endroit plus de quelques mois d'affilée, dit-il enfin. Je n'en ai jamais eu envie.

— C'est donc cela, dont il s'agit ? Tu veux partir ?

— Non, soupira Nick. Je ne le *veux* pas. Mais je ne pense pas avoir le choix : je ne suis pas fait pour m'installer, pour m'engager. Et plus je resterai avec toi, plus il me sera dur de partir, lorsque cela sera devenu inévitable.

— Mais pourquoi est-ce que cela le deviendrait ? protesta Casey.

— Parce que tu finiras par te rendre compte que je ne suis pas à la hauteur. Je n'ai jamais eu de famille. Je ne sais même pas ce que cela veut dire. Je n'ai jamais été responsable de qui que ce soit. Bon sang, je n'ai même jamais eu de chien ou de chat ! Comment pourrais-je espérer bâtir un foyer ?

— Alors, tu déclares forfait ? fit Casey en lui retirant ses mains. Tu ne comptes même pas essayer ?

— Je ne veux pas courir le risque de te décevoir plus encore que je ne le ferai en partant aujourd'hui.

— Laisse-moi rire, Nick ! Ce n'est qu'une excuse pitoyable ! La vérité, c'est que tu as peur !

Nick serra les dents, blessé. Croyait-elle vraiment qu'il était si égoïste ? Ne voyait-elle pas à quel point sa décision le faisait souffrir ?

— J'essaie juste de faire ce qui est le mieux pour nous deux, insista-t-il.

— Je n'ai jamais entendu quelque chose d'aussi ridicule de toute ma vie ! s'exclama-t-elle, dégoûtée. Si tu veux partir, fais-le. Mais n'essaie pas de te convaincre que c'est pour mon bien ! Tu pars parce que tu n'as pas assez de cran pour affronter l'inconnu et te remettre en question.

— Si c'est ce que tu penses...

— C'est exactement ce que je pense, répliqua-t-elle en se levant brusquement. Alors fiche le camp d'ici !

Sur ce, elle tourna les talons et se dirigea vers sa chambre, claquant la porte du salon derrière elle.

Nick resta quelques instants immobile avant de se lever à son tour, se sentant vaguement sonné. Il réalisa alors que ses clés de voiture se trouvaient toujours sur la table de nuit de Casey.

Quelque chose lui disait qu'il n'avait pas intérêt à aller frapper à sa porte pour les lui réclamer. Mais, avant qu'il ait pu prendre une décision à ce sujet, la jeune femme réapparut et lui lança le trousseau, lui signifiant ainsi son congé.

Lorsqu'elle disparut de nouveau, il fut tenté de la suivre, de lui dire une dernière fois qu'il l'aimait. Mais cela n'aurait probablement fait que compliquer un peu plus les choses.

Résigné, il se dirigea lentement vers la porte.

15.

Les jours suivants parurent interminables à Casey. Heureusement, la récolte occupait une bonne partie de son temps et de son énergie. Chaque soir, elle rentrait chez elle épuisée et se couchait presque aussitôt après avoir avalé un léger dîner.

Pourtant, dans les rares moments où elle se retrouvait seule, elle ne pouvait s'empêcher de repenser à Nick et à la dernière conversation qu'ils avaient eue. Lorsque Jordan l'avait laissée tomber, elle s'était dit que jamais plus elle ne souffrirait de cette façon. Mais elle s'était trompée.

Avec Nick, il lui semblait que c'était une partie de son âme qu'on lui avait arrachée.

A plusieurs reprises, elle fut tentée de l'appeler et dut se forcer à n'en rien faire. Qu'aurait-elle pu lui dire pour le convaincre de renoncer à une attitude si irrationnelle ?

Il avait reconnu qu'il l'aimait et il savait qu'elle nourrissait les mêmes sentiments à son égard. Malgré cela, il avait renoncé à tout ce qu'ils auraient pu vivre ensemble.

Simplement parce qu'il était poursuivi par les fantômes de son propre passé.

L'amour ne pouvait pas changer ce passé. Et la jeune femme se doutait que Nick ne lui avait pas tout raconté à ce sujet. Car rien de ce qu'il avait dit n'expliquait son étrange attitude.

Le matin même, Megan avait appelé Casey pour l'inviter à déjeuner. La jeune femme avait accepté avec joie, heureuse de retrouver sa nièce qu'elle avait un peu perdue de vue ces derniers temps.

Bien sûr, cela signifiait qu'elle devrait supporter la présence et les reproches de sa tante. Celle-ci ne manquerait sans doute pas de lui dire qu'elle l'avait prévenue que cette liaison finirait mal.

Car tout le monde à coup sûr savait déjà que Nick et elle n'étaient plus ensemble. La population entière de Baton Rouge avait dû en entendre parler, à commencer par les femmes célibataires de la région, songea la jeune femme avec une pointe de dépit.

Mais ce n'était pas une raison pour se terrer au fond de son cottage. Aussi la jeune femme finit-elle par quitter les champs de canne à sucre pour se mettre en route pour Bellefontaine.

Elle avait décidé de rentrer à pied et cheminait tranquillement sur le chemin de terre menant à la grande demeure. La chaleur était écrasante et faisait trembler l'air brûlant autour d'elle.

Au bout de quelques minutes, Casey se sentit passablement assoiffée. Elle était étrangement fatiguée et commençait à éprouver une désagréable sensation de vertige.

Serrant les dents, elle poursuivit sa route, se maudissant pour n'avoir pas songé à emporter un chapeau. Chaque pas devenait un peu plus difficile et elle avait à présent l'impression que la route dansait devant ses yeux.

Des taches noires avaient envahi sa vision périphérique et un grondement sourd et désagréable résonnait à ses oreilles. Finalement, elle sentit ses jambes se dérober et tomba à genoux avant de s'affaisser à même le sol.

— Ce n'est pas d'eau sur le visage qu'elle a besoin ! s'exclama tante Esme. Il faut la faire boire.

— Pour boire, encore faudrait-il qu'elle soit consciente, répliqua Betty avec humeur.

L'ignorant superbement, tante Esme s'agenouilla auprès de sa nièce et, prenant le pichet des mains de Betty, lui servit un verre d'eau que la jeune femme avala avec reconnaissance.

— Que m'est-il arrivé ? demanda Casey en se redressant. Je marchais sur la route lorsque… Je suppose que j'ai dû perdre connaissance.

— Tu t'es évanouie, probablement à cause de la chaleur, confirma Esme en jetant un étrange regard à Betty, comme si elle la mettait au défi de la contredire.

— C'est ce que nous verrons, murmura celle-ci en haussant les épaules.

— A cause de la chaleur, répéta tante Esme. Donne-moi la main. Il faut que tu t'abrites du soleil.

— Je vais bien, la rassura Casey. Je peux me relever toute seule.

— Ne sois pas ridicule, protesta tante Esme.

214

Betty et elle prirent la jeune femme par les épaules et l'aidèrent à se redresser. Casey se sentait étrangement faible, ce qu'elle avait du mal à s'expliquer : ce n'était pourtant pas son genre de s'évanouir de cette façon.

— Je vais bien, répéta-t-elle. Je peux marcher. Je ne comprends pas ce qui a pu m'arriver.

Betty émit un petit reniflement dubitatif comme si elle savait à quoi s'en tenir, mais tante Esme se contenta de prendre le bras de sa nièce et de l'entraîner en direction de la maison.

Une fois à l'intérieur, elle la fit asseoir sur un canapé. Casey se laissa faire, ne se sentant pas assez énergique pour affronter à la fois sa tante et Betty qui, pour une fois, semblaient avoir oublié leurs différends.

— Je devais déjeuner avec Megan, précisa-t-elle seulement. Où est-elle ?

— Je lui dirai que tu ne te sentais pas très bien, répondit tante Esme. Tu pourras la voir dès que tu seras rétablie.

— Cela ne prendra qu'une minute, lui assura Casey. Je ne voudrais pas la décevoir.

— D'accord, acquiesça tante Esme, à la grande surprise de la jeune femme qui ne la connaissait pas si conciliante. Mais avant tout, il faut que tu boives quelque chose. Betty, allez lui chercher un jus d'orange.

— D'accord, acquiesça la cuisinière. Mais il lui faut aussi quelque chose à manger. Quand est-ce que tu as avalé un vrai repas pour la dernière fois ?

Casey haussa les épaules. Ces derniers temps, elle s'était surtout contentée d'ingurgiter des doses massives de mauvais café. Depuis le départ de Nick, elle avait perdu tout appétit.

— Je le savais, marmonna Betty en se dirigeant vers la véranda où était installée la cuisine temporaire.

Tante Esme alla chercher Megan avec laquelle elle revint, quelques minutes plus tard. La petite fille et Casey s'installèrent sous la véranda et Betty leur servit un délicieux repas tandis que tante Esme s'asseyait un peu en retrait, son fidèle chien sur les genoux.

Casey écouta attentivement le récit que Megan lui fit de sa vie à l'école maternelle. La petite fille paraissait de plus en plus détendue, de plus en plus à l'aise dans sa nouvelle vie.

Lorsqu'elles eurent fini de manger, Megan partit à la recherche de Tanya tandis que Casey restait assise, attendant que sa tante lui parle, ainsi qu'elle en avait visiblement l'intention.

— Bien, fit tante Esme. Betty, pourriez-vous nous laisser seules, s'il vous plaît ?

— Il n'en est pas question ! s'exclama la cuisinière avec aplomb. J'ai élevé cette jeune personne au moins autant que vous ! Qui l'a nourrie depuis près de trente ans ? Qui a écouté ses malheurs quand ce satané Whittaker l'a quittée et que sa mère ne voulait pas en entendre parler ?

— Ne dites pas une chose pareille ! s'emporta tante Esme. Angélique voulait en parler avec elle mais elle ne savait pas comment faire ! Maintenant, je vous le répète : j'ai des choses très personnelles à dire à ma nièce et j'aimerais que vous nous laissiez seules.

— Pas question ! Vous n'avez pas le droit de me traiter comme si j'étais seulement une employée ! Je fais partie de cette famille !

— Bien sûr, Betty ! s'écria Casey, conciliante. Tante Esme ne voulait pas dire le contraire.

La jeune femme voulait à tout prix éviter qu'un conflit familial s'ajoute aux raisons qu'elle avait de se sentir déprimée.

Par contre, elle ne pouvait s'empêcher de prendre en considération ce que Betty avait dit au sujet de sa mère : Angélique était effectivement restée très discrète lorsque Jordan l'avait quittée.

Comme chaque fois qu'elle devait faire face à ce genre de situation, elle avait préféré s'effacer et prendre de la distance. Cela ne voulait pas dire qu'elle n'éprouvait pas une réelle affection pour sa fille. Simplement qu'elle était incapable de gérer ce genre d'émotion.

— Ecoutez, je vais parfaitement bien, reprit Casey. Vous n'avez aucune raison de vous en faire pour moi. Je vous suis très reconnaissante de m'avoir porté secours, tout à l'heure, mais je suis certaine qu'un peu de repos suffira à me remettre définitivement sur pied.

Tante Esme la regarda longuement en silence avant de parler.

— Cassandra, je voudrais que tu me dises si tu es enceinte.

La jeune femme ouvrit de grands yeux, stupéfaite par le caractère direct de cette question. Ce n'était pourtant pas le genre de choses auxquelles sa tante l'avait habituée.

Se tournant vers Betty, elle constata que la cuisinière la regardait attentivement, apparemment pas surprise le moins du monde par la question d'Esme.

— Alors ? fit celle-ci. Est-ce que tu l'es ?

— Bien sûr que non ! s'exclama Casey, revenant lentement de sa stupeur. Qu'est-ce qui vous fait croire une chose pareille ?

— Peut-être le fait que nous ne soyons pas complètement stupides, rétorqua Betty. Tout le monde sait ce qu'il y avait entre Nick Devlin et toi. Et voilà que tu t'évanouis au beau milieu du chemin alors que cela ne t'est jamais arrivé de ta vie ! Que sommes-nous censées en penser ?

Si Casey ne s'était pas sentie aussi triste, elle aurait probablement ri de ce raisonnement imparable.

— Ce n'est pas vous qui êtes stupides, répondit-elle enfin, c'est moi. Je n'avais pas mangé depuis hier midi, je n'avais pas assez bu ce matin et j'avais oublié mon chapeau. C'est pour toutes ces raisons que je me suis évanouie. Pas parce que je suis enceinte.

— Si c'était le cas, sache que nous serions là pour t'aider à faire face, déclara gravement sa tante.

Casey la regarda avec stupeur. Etait-ce bien là la même Esme qui s'était montrée si dure envers Jackson et sa fille « illégitime » ? Cela paraissait tout bonnement incroyable.

— Est-ce que vous savez que Nick et moi avons rompu ? demanda-t-elle.

— Oui, acquiesça tante Esme.

— Tout le monde le sait, renchérit Betty. Mais ne t'en fais pas, ma chérie, nous lui ferons entendre raison.

218

— Je suis vraiment touchée par votre sollicitude à toutes les deux, répondit Casey, émue. Mais je vous assure que je ne suis pas enceinte.

Toodle, sentant probablement le désarroi de la jeune femme, sauta sur ses genoux et lui lécha gentiment la main.

— Je croyais qu'il me détestait, remarqua-t-elle, surprise.

— Ne sois pas ridicule, Cassandra, protesta tante Esme. Toodle ne déteste aucun des membres de la famille !

Casey hocha la tête, caressant le petit chien, se demandant quelle autre surprise lui réservait cette étrange journée.

— Betty, pourriez-vous nous laisser seules ? demanda tante Esme. J'ai quelque chose à lui dire qu'elle doit savoir et je crois que vous êtes déjà au courant de cette histoire.

— Il est temps que vous lui en parliez, déclara la cuisinière d'un ton bourru avant de se diriger vers la porte, sans protester, cette fois.

Casey la suivit des yeux avant de se tourner vers sa tante, les sourcils froncés.

— On dirait que tu t'apprêtes à me révéler un lourd secret familial, observa-t-elle. Je ne savais pas que nous avions des squelettes dans nos placards.

— Toutes les familles en ont, répondit doctement tante Esme. Les Fontaine ne font pas exception. J'aurais dû te parler de cela, il y a plusieurs années. Probablement lorsque Jordan t'a laissée tomber. Mais je suppose que j'avais honte de le faire, que je préférais faire comme si rien ne m'était jamais arrivé. Alors je n'ai rien dit.

— Mais de quoi parles-tu, tante Esme ?

— Ce n'est pas seulement à cause de la chaleur que tu t'es évanouie, n'est-ce pas ? Tu n'as pas mangé, tu dors mal, tu es malheureuse comme les pierres. Et je sais pourquoi : tu as le cœur brisé. Plus encore que lorsque Jordan Whittaker t'a quittée.

Casey ferma les yeux, songeant que la conversation prenait le tour qu'elle redoutait.

— Tante Esme, protesta-t-elle, je refuse de t'entendre pester contre Nick une fois de plus.

— Ce n'est pas ce que je m'apprêtais à faire, protesta la vieille dame.

— Vraiment ?

— Vraiment… Je n'aurais d'ailleurs jamais dû le faire. Tu es assez vieille pour savoir ce que tu veux faire de ta vie. Et avec qui tu veux le faire.

— Si c'est vraiment ce que tu penses, pourquoi as-tu été aussi dure à mon égard ? demanda Casey, surprise.

— Parce que je voulais t'éviter de souffrir. Parce que je ne voulais pas que tu connaisses ce que moi-même j'ai vécu.

Casey ne dit rien. A plusieurs reprises, elle avait surpris des allusions passagères au sujet du passé de sa tante. Mais elle n'avait jamais réussi à en savoir plus.

— Lorsque j'avais dix-huit ans, reprit Esme, je suis tombée amoureuse d'un homme merveilleux. Je pensais qu'il m'aimait aussi. C'est ce qu'il disait, en tout cas. Il m'avait même demandé de l'épouser. Nous étions jeunes et j'étais encore au lycée mais nous avons décidé que le mariage aurait lieu dès notre entrée à l'université. Au cours des vacances de Noël, j'ai invité ma meilleure amie qui devait être témoin au mariage. Je voulais la présenter à ma famille et à mon fiancé. Cette amie, c'était ta mère, Angélique.

— C'est à ce moment-là que Duke et maman sont tombés amoureux ? demanda Casey.

— Oui. Il a suffi à ton père de regarder ta mère pour en tomber éperdument amoureux. Malheureusement, il n'a pas été le seul.

Casey ouvrit de grands yeux.

— Oui, confirma Esme tristement. Mon fiancé...

— Cela a dû être affreux pour toi, murmura la jeune femme. Que s'est-il passé ?

— Il m'a laissée tomber. Il m'a dit...

Tante Esme détourna les yeux, le regard perdu dans le lointain.

— Il m'a dit qu'il ne m'avait jamais aimée. Qu'il ne m'avait demandée en mariage que parce que les Fontaine étaient riches et avaient un nom prestigieux.

— Quel salaud ! s'exclama Casey, choquée.

— C'est exactement ce que je lui ai dit, confirma Esme en souriant. Mais il continuait à venir à la maison pour voir Angélique. Il refusait d'admettre qu'elle était amoureuse de Duke. Il paraissait croire que s'il se montrait persévérant, elle finirait par le choisir, lui. Evidemment, ce n'est pas ce qui s'est passé.

Tante Esme secoua la tête et regarda sa nièce avec un sourire narquois.

— Sais-tu que lorsqu'elle a fini par épouser Duke, mon ex-fiancé a eu l'audace de revenir me demander en mariage, exactement comme s'il ne s'était rien passé ?

— J'espère que tu lui as ri au nez ! s'exclama Casey.

— Non. Je me suis contentée de lui dire que pour rien au monde, je ne me laisserais piéger dans un mariage sans amour. Ensuite, j'ai demandé à ton père de le raccompagner à la porte. Tu sais que je n'ai jamais approuvé la violence mais c'est la première fois que je me suis réjouie du goût de ton père pour la bagarre.

Casey n'avait aucun mal à imaginer la façon dont Duke avait traité le malotru.

— Qui était-ce ? demanda-t-elle. Quelqu'un que je connais ?

— Oh, oui ! s'exclama sa tante. C'était Roland Dewalt !

Casey ouvrit de grands yeux.

— Roland Dewalt ? répéta-t-elle. Je commence à comprendre ce qui l'oppose à notre famille. Est-ce que Murray est au courant ?

— Je n'en sais rien. Je n'ai quasiment jamais adressé la parole à Roland depuis qu'il m'a demandée en mariage pour la deuxième fois.

— Mon Dieu ! Roland Dewalt. Je ne sais pas comment tu as supporté de rester voisine avec lui durant toutes ces années !

— Je suis une Fontaine, répondit fièrement tante Esme. Je me suis comportée comme telle.

— Je suis vraiment désolée pour toi. Mais je suis heureuse que tu m'en aies parlé.

— Je voulais juste que tu saches que je comprends ce que tu ressens en ce moment. Moi aussi, j'étais très

222

amoureuse de Roland avant qu'il ne révèle son vrai visage.

— Mais Nick n'est pas comme lui, protesta Casey. En fait, il a même avoué qu'il m'aimait.

— Mais alors, pourquoi est-ce que vous vous êtes séparés ?

Casey haussa les épaules : c'était effectivement une bonne question à laquelle elle n'était pas certaine de trouver un jour une réponse.

— Je ne sais pas, avoua-t-elle. Je suppose que c'est parce qu'il a peur. Non... Je *sais* qu'il a peur. D'une façon ou d'une autre, c'est lié à son passé, au fait qu'il a été orphelin et n'a jamais eu de foyer.

— Dans ce cas, vous devriez peut-être avoir une bonne conversation tous les deux pour régler ce problème.

— C'est bien ce que je suis décidée à faire, déclara Casey. Du moins, dès que je saurai ce que je veux lui dire.

Se levant, la jeune femme déposa un baiser sur la joue de sa tante.

— Merci de m'avoir raconté cette histoire, tante Esme.

Tante Esme lui prit la main et la regarda droit dans les yeux.

— Je ne veux pas qu'il y ait de différends entre nous, Cassandra.

— Il n'y en a plus, lui promit sa nièce en souriant.

A cet instant précis, Jackson les rejoignit sous la véranda. Il était très pâle et paraissait avoir du mal à tenir debout. Immédiatement, une bouffée d'angoisse envahit Casey qui se précipita à son côté.

— Que se passe-t-il ? demanda-t-elle, le cœur battant. Quelque chose ne va pas ?

— Papa et maman…, murmura son frère d'une voix blanche.

Il regarda par-delà Casey comme s'il ne la voyait pas. Une douleur terrible se lisait dans ses yeux.

— Ils ont eu un accident, ajouta-t-il.

— Un accident ? répéta la jeune femme. Maman et Duke ? Que s'est-il passé ? Est-ce qu'ils sont blessés ?

Jackson ne répondit pas.

— Ne me dis pas…, murmura-t-elle.

— Ils sont morts, articula Jackson. Leur avion s'est écrasé dans les Alpes.

16.

Casey se sentit vaciller et dut se raccrocher à la table pour ne pas s'effondrer.

— Papa… Maman… Morts…, balbutia-t-elle. C'est impossible ! Il doit y avoir une erreur.

— Il n'y a pas d'erreur, répondit Jackson. Je viens de parler avec les autorités de Cortina, en Italie.

Casey entendit sa tante gémir et se tourna vers elle. La vieille dame avait enfoui son visage entre ses mains et pleurait sans retenue. Passant un bras autour de ses épaules, la jeune femme chercha vainement à remettre de l'ordre dans ses idées.

— Assieds-toi, dit-elle à son frère d'une voix blanche. Dis-nous ce que tu sais exactement.

Jackson s'effondra plus qu'il ne s'assit sur le canapé le plus proche.

— Pas grand-chose, répondit-il. Apparemment, Duke et maman avaient loué un petit avion pour survoler les Alpes. C'est Duke qui pilotait. Tu sais qu'il adorait voler.

— Et que s'est-il passé ? demanda Casey.

— Ils ne savent pas au juste. Ce qui est sûr, c'est que Duke avait mis à la porte Chuck Riley, le copilote qui

225

devait les accompagner. La police ne sait pas exactement pourquoi. Ils ont promis de m'en dire plus dès qu'ils auront inspecté les débris.

Casey serra la main de sa tante, tentant d'exorciser les images atroces qui s'imposaient à elle.

— Continue, murmura-t-elle.

— Après une heure de vol, Duke a envoyé un message de détresse à la tour de contrôle. C'est le dernier qu'ils aient reçu et cela leur a permis de déterminer l'endroit où le crash avait eu lieu. Heureusement, l'endroit est accessible.

— Est-ce qu'ils ont souffert ? demanda Esme d'une voix brisée.

Elle paraissait avoir vieilli de dix ans en quelques minutes seulement. Ses yeux étaient brillants et de grosses larmes coulaient librement le long de ses joues.

— Les autorités pensent qu'ils sont morts sur le coup, répondit Jackson.

— Dieu merci, murmura tante Esme.

Casey ne comprenait pas ce que cela changeait. Elle était trop engourdie pour penser, pour réaliser ce qui venait de se produire. C'était tout bonnement impossible.

— Est-ce qu'ils sont certains de l'identité des victimes ? Ce pourrait être un autre avion. Ils auraient pu confondre.

— Ils sont absolument certains, répondit gravement Jackson. Il n'y a eu aucune erreur. Nos parents sont morts, Casey.

Ce n'est qu'alors que la jeune femme prit toute la mesure de cette nouvelle. *Ses parents étaient morts.* Incapable de prononcer le moindre mot, elle s'effondra dans les bras de son frère, pleurant comme une enfant.

*
* *

Il commençait à se demander dans quel guêpier il s'était fourré. Plusieurs serveuses avaient démissionné sans donner de raison. Un chef cuisinier avait été licencié et le capitaine lui avait annoncé qu'un autre casino flottant lui avait offert une hausse de salaire s'il acceptait de travailler pour lui.

Le pire, c'est qu'il avait le plus grand mal à se concentrer sur cette situation explosive. Son esprit était accaparé par Casey. Il ne cessait de se demander avec angoisse s'il avait vraiment fait le bon choix, s'il n'avait pas commis une erreur fatale en la repoussant comme il l'avait fait.

Qui plus est, le désir qu'il avait d'elle ne semblait même pas décidé à se plier à sa volonté. Depuis plusieurs jours, il était envahi par une véritable sensation de manque, la même que celle que devaient ressentir les drogués privés de leur substance de prédilection.

Sortant une liste de candidates au poste de serveuse, il commença à la passer en revue pour se changer les idées lorsque quelqu'un frappa à la porte.

— Entrez ! cria-t-il.

Viv Renault pénétra dans la pièce et il sentit un profond désespoir l'envahir.

— Ne me dis rien. Luc s'est cassé le poignet et il ne pourra pas jouer pendant un mois.

— Ce n'est pas de Luc qu'il s'agit, répondit la jeune femme d'une voix qui trahissait un profond trouble. C'est de Casey.

Immédiatement, Nick sauta sur ses pieds et se rapprocha d'elle, la prenant par les épaules.

— Que s'est-il passé ? s'exclama-t-il. Est-ce qu'elle va bien ?

— Physiquement, oui. Mais ses parents viennent de se tuer dans un accident d'avion en Italie. La nouvelle vient juste d'arriver.

Nick respira un peu plus librement, rassuré que la jeune femme n'ait rien. Mais il savait combien elle était attachée à ses parents et ne doutait pas qu'elle soit désespérée.

— Comment l'as-tu appris ? demanda-t-il.

— Casey vient de me téléphoner pour me le dire. Je vais à Bellefontaine et je pensais que tu voudrais peut-être m'accompagner.

Nick hésita. Il avait envie de le faire mais quelle aide aurait-il bien pu apporter à Casey ou à Jackson ? Lui-même n'avait pas revu ses parents depuis près de trente ans et ne savait même pas s'ils étaient morts ou vivants. Pire, même, il s'en moquait.

De plus, il venait de briser le cœur de la jeune femme, et ni elle ni son frère ne le verraient resurgir d'un très bon œil dans leur vie.

— Je ne pense pas qu'elle aura envie de me voir, répondit-il enfin.

— Bien sûr que si ! protesta Viv. Jackson et elle ont besoin de tout le soutien que nous pouvons leur apporter.

— Tu sais que nous avons rompu, objecta-t-il. Ma présence ne ferait qu'empirer les choses.

— Je ne pense pas, répondit Viv en le regardant droit dans les yeux. Il y a certains moments dans la vie où toutes les preuves d'amitié ou d'amour comptent.

— D'accord, répondit Nick après un instant d'hésitation. Laisse-moi prendre mes clés de voiture.

Il était prêt à apporter son aide. Et si Casey n'en voulait pas, elle pourrait toujours le jeter dehors.

Lorsque Viv arriva, Betty la serra dans ses bras en étouffant un sanglot. La jeune femme la pressa contre son cœur, attendant que ce nouvel accès de chagrin reflue.

— Je suis désolée, murmura-t-elle enfin. Comment vont-ils ?

— Esme est allée s'allonger. Je n'aurais jamais pensé compatir envers cette vieille peau mais c'est plus fort que moi. Elle adorait Duke et sa femme, c'est certain.

— Où sont Casey et Jackson ?

— Ils sont sous la véranda, à l'arrière de la maison.

Betty se tourna alors vers Nick et le regarda d'un air hésitant.

— Je ne sais pas si Casey sera très contente de vous voir, dit-elle.

— Si ce n'est pas le cas, je m'en irai, lui assura Nick d'un ton décidé.

— Très bien, fit Betty que sa réponse avait paru satisfaire.

Elle les entraîna jusqu'à la véranda où Casey était assise seule. Elle regardait fixement la pelouse, les bras croisés sur sa poitrine.

Lorsque Viv prononça son nom, elle se tourna vers eux, visiblement surprise de voir Nick au côté de son amie. Dans ses yeux, tous deux lurent un chagrin et un désarroi immenses. Nick avait envie de l'aider, de la réconforter, sans trop savoir comment s'y prendre.

Viv, quant à elle, ne semblait pas avoir ce problème. S'approchant de son amie, elle la serra dans ses bras, la pressant contre elle de toutes ses forces. Toutes deux éclatèrent en sanglots et pleurèrent pendant plusieurs minutes tandis que Nick restait un peu en retrait, mal à l'aise.

— Merci d'être venue, Viv, dit enfin Casey d'une petite voix. Désolée, je n'ai plus de mouchoirs. J'en ai déjà vidé un paquet entier.

— Tiens, fit son amie en sortant un de son sac à main.

Casey se tamponna les yeux avant de se moucher.

— Où est Jackson ? demanda alors Viv.

— Dans la bibliothèque. Il a dit qu'il voulait rester seul un moment. Mais cela fait une heure qu'il est enfermé là-dedans. Pourrais-tu aller voir s'il va bien ?

— Bien sûr ! Je lui dirai que tu es là, Nick.

Sur ce, Viv quitta la pièce, les laissant seuls.

— Je suis contente que tu sois venu, déclara Casey en levant les yeux vers Nick.

— Je suis désolé, murmura-t-il d'une voix que le chagrin rendait rauque.

Il ne pouvait pas supporter de la voir si triste, d'autant qu'il se sentait complètement désarmé face à sa détresse.

C'était toute l'histoire de sa vie, songea-t-il amèrement. Tant qu'il fallait régler des problèmes d'ordre professionnel, il n'y avait pas meilleur que lui. Mais lorsqu'il s'agissait de problèmes personnels, il était tout bonnement impuissant. Et il détestait cela.

— J'aimerais pouvoir faire quelque chose, murmura-t-il.

— Prends-moi dans tes bras, répondit Casey.

Nick regretta brusquement de ne pas être un homme différent, quelqu'un qui aurait pu passer sa vie auprès de Casey et lui offrir un avenir. Mais il s'en savait incapable.

Malgré cela, elle avait besoin de lui. Pas demain, pas dans dix ans, mais à présent. S'agenouillant auprès d'elle, il la serra contre lui, caressant tendrement ses cheveux jusqu'à ce qu'il sente la tension qui l'habitait refluer légèrement.

— Est-ce que tu veux en parler ? demanda-t-il d'un ton incertain.

S'il avait été à sa place, il n'en aurait certainement pas éprouvé le besoin, bien au contraire. Mais il savait d'expérience que Casey était différente.

— Je ne sais pas, murmura-t-elle. Nous ne savons encore presque rien. L'avion s'est écrasé dans les Alpes. Mon père était aux commandes. Jackson a essayé d'en savoir plus, mais pour le moment, il semble que ce soit tout ce que savent les policiers.

— Ils en sauront certainement plus demain, lui assura Nick.

— Je l'espère. C'est si difficile d'être ici tandis que toutes les recherches se font là-bas, en Europe.

La jeune femme resta longuement silencieuse, jouant nerveusement avec le tissu du canapé sur lequel elle était assise.

— Ce serait plus facile si l'un d'eux au moins avait survécu. Mais je sais aussi qu'ils auraient aimé partir ensemble.

La jeune femme essuya une larme qui perlait au coin de son œil gauche.

— Ils s'aimaient tellement, dit-elle à Nick. Ils auraient été perdus l'un sans l'autre. Oh, bien sûr, chacun avait sa vie et ses propres centres d'intérêt. Mais ils étaient liés l'un à l'autre sans que rien puisse vraiment les séparer. Ils sont restés mariés pendant trente-trois ans. C'est difficile à imaginer, tu ne trouves pas ?

— Si, répondit Nick.

Il avait déjà du mal à imaginer ce que pouvaient être des parents normaux sans parler de parents ayant passé leur vie entière l'un avec l'autre.

— C'est vrai. Tu ne crois pas que l'amour puisse durer, n'est-ce pas ? Ni qu'il puisse changer la vie de quelqu'un ?

— Tout le monde n'est pas comme tes parents, Casey, protesta Nick. Ils constituent l'exception plus que la règle.

— Comment le sais-tu ? répliqua-t-elle avec une pointe d'agacement. Tu n'es jamais resté quelque part assez longtemps pour le savoir.

Ces mots lui firent mal, principalement parce qu'ils exprimaient une incontestable vérité.

— C'est exact, admit-il. Mais je n'ai jamais rencontré qui que ce soit qui me pousse à croire que de tels sentiments existaient réellement. A commencer par mes propres parents qui m'ont abandonné lorsque j'avais sept ans.

La jeune femme le regarda en silence avant de poser doucement sa main sur la sienne.

— Je suis désolée, soupira-t-elle. Je n'aurais jamais dû te parler de cela. Mais je suis si bouleversée que je ne sais plus ce que je dis. Je n'aurais pas dû.

— Cela ne fait rien, répondit-il. De toute façon, c'est toi qui as raison. Tout ceci m'est étranger : ta famille, tes parents, ton foyer. Ce sont des choses presque incompréhensibles pour moi. Des choses que je n'ai jamais eues et qui n'évoquent rien.

— Je suis désolée, répéta Casey doucement.

— Il n'y a pas de quoi. Au moins, je n'ai pas de regrets.

— Le crois-tu vraiment ? demanda-t-elle gravement.

Nick ne répondit pas, pris de court par la question. Finalement, ce fut elle qui reprit la parole, changeant une fois de plus de sujet.

— Duke ne voulait pas vraiment faire ce voyage. Il ne voulait pas partir si longtemps. Mais maman a insisté. Elle a dit que ce serait leur seconde lune de miel. Personne n'aurait pu s'attendre à ce qu'elle se termine de cette façon.

Casey se tut durant quelques instants avant de poursuivre :

— Je les ai eus une ou deux fois au téléphone depuis leur départ. Jamais mon père n'avait semblé aussi détendu. Je n'aurais pas cru qu'il puisse vivre à l'écart de ses affaires aussi longtemps.

Une fois de plus, sa voix se brisa et ses yeux se remplirent de larmes. Nick la serra de nouveau contre lui. Quelques minutes plus tard, ils furent rejoints par Jackson et Viv.

Nick se leva et s'avança vers son ami pour lui serrer la main.

— Je suis désolé de ce qui est arrivé, murmura-t-il.

— Merci, répondit Jackson. Je suis heureux que tu sois venu.

— Si je peux faire quoi que ce soit...

— Eh bien, Viv et toi pourriez tenir compagnie à Casey. J'ai un certain nombre de formalités à remplir et je ne pense pas qu'elle soit d'attaque pour cela.

— Je peux t'aider, protesta sa sœur.

— Ce n'est pas la peine, lui assura Jackson. Je dois contacter l'assurance de nos parents pour demander leur rapatriement.

— D'accord, fit Casey d'une voix étranglée. N'hésite pas à m'appeler si tu as besoin de moi.

Jackson hocha la tête et se dirigea vers le bureau de Duke. Les trois autres restèrent sous la véranda à discuter. Viv et Casey échangèrent mille souvenirs sur les parents de la jeune femme. Puis Betty leur apporta quelque chose à manger.

Une heure après les avoir quittés, Jackson revint. Nick remarqua qu'il paraissait passablement abasourdi.

— Casey, dit-il, il faut que je te voie seul à seule. Peux-tu venir avec moi dans la bibliothèque ?

— Tu as eu des nouvelles de la police italienne ? J'ai entendu le téléphone sonner, tout à l'heure.

— Non, ce n'est pas ça. C'est... personnel. Il faut que je te parle.

Viv se leva, imitée par Nick.

— Nous allons vous laisser, dit la jeune femme. N'hésitez pas à téléphoner si vous avez besoin de quoi que ce soit.

Casey hocha la tête.

— Je te rejoins dans une minute, Viv, promit Nick.

Il n'avait aucune envie de quitter Casey mais savait qu'en mettant fin à leur liaison, il avait renoncé au droit de rester auprès d'elle dans des moments comme celui-là. Il la serra donc dans ses bras une dernière fois avant de suivre Viv.

— Peux-tu me raccompagner à la maison ? demanda celle-ci.

— Bien sûr. Où est Luc ?

— Avec ses frères. Il m'a dit qu'il passerait voir Casey et Jackson plus tard. Il ne les connaît pas aussi bien que moi et il voulait me laisser un peu de temps avec eux.

— Adam doit être au courant, lui aussi. Je ne vois pas ses ouvriers.

Tout en discutant, ils avaient rejoint la voiture de Nick. Ce dernier ouvrit la portière de la jeune femme avant d'aller s'installer au volant.

— Je n'avais jamais vu Jackson aussi troublé, observa Viv. Apparemment, il a appris quelque chose qui l'a profondément perturbé. Pourtant, après ce qui s'est passé aujourd'hui, je ne vois vraiment pas ce qui pourrait le préoccuper.

— Moi non plus, répondit Nick en secouant la tête. Mais une chose est sûre : il avait hâte que nous débarrassions le plancher.

17.

— Pourquoi est-ce que tu as mis Nick et Viv à la porte de cette façon ? demanda Casey d'un ton de reproche lorsque son frère et elle se furent installés dans le bureau de leur père. Je sais que tu es triste mais ce n'était pas une raison pour te montrer aussi mal élevé !

Jackson prit place dans le fauteuil de Duke et la regarda gravement.

— Crois-moi, j'avais d'excellentes raisons de le faire, déclara-t-il. Il fallait absolument que je te voie en privé.

— Pourquoi ?

— A cause de ceci, répondit son frère en lui tendant un morceau de papier. Et aussi de ces lettres, ajouta-t-il en faisant glisser un paquet de correspondances. Je les ai trouvées dans les affaires de Duke pendant que je cherchais leur police d'assurance.

Fronçant les sourcils, Casey observa le morceau de papier que son frère venait de lui présenter. Il s'agissait d'un extrait de naissance.

— Je ne comprends pas, murmura-t-elle.

— Lis-le, l'encouragea Jackson d'une voix dénuée de toute émotion.

De plus en plus étonnée, Casey s'exécuta.

— Noelani Hana, née le 8 octobre 1975 à l'hôpital Wailuku Memorial, Hawaii. Mère, Anela Hana. Père, inconnu.

Levant les yeux, elle contempla son frère.

— Que suis-je censée en déduire ? demanda-t-elle.

— Ces lettres, répondit Jackson en désignant le paquet, sont destinées à cette Anela Hana. Elles ont été écrites par notre père et lui ont été retournées sans avoir été ouvertes. D'après les cachets de la poste, elles ont été expédiées il y a vingt-huit ans, très précisément.

Casey sentit les battements de son cœur s'accélérer tandis qu'elle commençait à comprendre où son frère voulait en venir.

— Il me paraît à peu près évident que nous avons une demi-sœur, Casey, conclut-il.

— Tu es fou ! s'exclama la jeune femme. Comment peux-tu penser une chose pareille ? Cette fille a quelques mois de moins que toi. Cela voudrait dire que Duke…

Elle s'interrompit, incapable de poursuivre.

— Comment peux-tu penser cela de notre père ? murmura-t-elle enfin.

— Bon sang, Casey ! Cela ne me fait pas plus plaisir qu'à toi ! Mais c'est la seule conclusion logique. Et si tu veux vérifier, tu n'as qu'à ouvrir une de ces lettres et la lire !

Casey tendit la main vers le paquet, désirant lui prouver qu'il avait tort. Mais elle s'interrompit, se demandant comment elle réagirait si le courrier de son père lui démontrait que c'était elle qui se trompait.

— Je ne peux pas, soupira-t-elle. Fais-le, toi.

Jackson ramena le paquet de lettres vers lui et en prit une.

— C'est la dernière, annonça-t-il avant de l'ouvrir.

Il la parcourut en silence avant de secouer la tête.

— Tu veux la lire ? demanda-t-il d'une voix légèrement étranglée.

— Est-ce nécessaire ? s'enquit-elle, redoutant ce qu'elle allait découvrir.

— Je crois que oui, répondit-il en lui tendant la feuille de papier avant de prendre une autre lettre pour l'ouvrir.

Casey observa l'écriture de son père avant de commencer à lire.

« Mon amour,

» Je sais à présent pourquoi tu as refusé d'ouvrir mes lettres, pourquoi tu as décidé de rompre tout contact avec moi. Bruce Shiller m'a envoyé le certificat de naissance de notre fille. Si seulement tu me l'avais dit…

» J'aurais aimé pouvoir agir différemment mais Angélique a besoin de moi. Elle a donné naissance à notre fils, quelques mois avant que Noelani ne vienne au monde. Je lui ai tout dit et elle a accepté de me pardonner. Mais ce pardon je ne peux pas, moi, me l'accorder, alors que j'ai fait souffrir deux femmes aussi merveilleuses que vous.

» Je sais que tu préférerais ne plus jamais entendre parler de moi. Je ne voulais pas te briser le cœur comme je l'ai fait. Je t'aimais, Anela, et je crois que je t'aimerai toujours. Mais le devoir me commande de rester auprès de ma famille. L'amour qu'Angélique et moi éprouvions l'un pour l'autre resurgira peut-être un jour de ses cendres. Qui sait ?

» J'ai fait en sorte que Bruce prenne soin de toi et de notre enfant. Je te supplie de ne pas me refuser cela, au moins. Lorsqu'elle sera en âge de le comprendre, dis à notre fille combien nous nous aimions, malgré les circonstances qui nous ont séparés.

» Avec tout mon amour,

Duke. »

Casey ferma les yeux, sentant un brusque vertige s'emparer d'elle. Ainsi, son père avait bien été infidèle. Pire encore, il avait aimé une autre femme. Comment avait-il pu faire une chose pareille ? Comment avait-il pu trahir à ce point sa famille tout entière ? Au moment même où son épouse était enceinte d'un nouvel enfant.

— Tu veux lire celle-ci ? demanda Jackson en lui tendant la lettre qu'il venait de terminer.

— Non, murmura Casey, encore sous le choc. Je crois que j'aurais préféré ne pas lire l'autre.

La jeune femme se leva brusquement et commença à faire les cent pas dans la pièce, cherchant un moyen de canaliser sa colère. Finalement, elle s'empara de l'un des coussins du canapé et le lança rageusement au milieu de la pièce.

Elle avisa alors le service à whisky en cristal.

— N'y pense même pas ! s'exclama son frère. Je ne voudrais pas que Megan se coupe parce que tu as voulu passer tes nerfs sur cette carafe.

Casey serra les dents, réalisant qu'il avait raison et qu'elle se comportait comme une enfant.

— Je ne peux pas le croire, s'écria-t-elle. Je ne peux pas croire qu'il ait fait une chose pareille à maman. Je croyais qu'il l'aimait !

— Il l'aimait, lui assura Jackson en décrochant le téléphone. Tu le sais aussi bien que moi.

Il commença à composer un numéro.

— Qu'est-ce que tu fais ? demanda sa sœur.

— J'appelle Shelburne Prescott. C'est l'avocat de la famille depuis des années et je suis certain qu'il est au courant. C'est probablement lui qui a tout arrangé pour Anela et Noelani. Je veux en avoir confirmation.

Casey n'écouta pas la conversation de son frère et de l'avocat. Tout ce à quoi elle parvenait à penser, c'était à l'absurdité de ses illusions concernant le mariage de ses parents.

Finalement, Jackson raccrocha et elle se tourna vers lui. Il semblait tout à la fois épuisé, en colère et terriblement triste.

— Shelburne m'a confirmé toute l'histoire. D'après lui, tante Esme n'est pas au courant. Il va donc falloir que nous l'informions de la situation. Shelburne a également précisé que l'une des clauses du testament de Duke concernait cette Noelani. Il veut donc que nous attendions son arrivée avant de procéder à la lecture du document.

— Son arrivée ? répéta Casey, stupéfaite. Tu veux dire que cette femme va venir ici ? A Bellefontaine ?

Jackson hocha la tête.

— Oui. Je lui ai dit de ne la prévenir qu'après les funérailles. Je ne voudrais pas qu'elle y assiste devant toute la bonne société de Baton Rouge.

— Que lui a-t-il laissé ? demanda Casey.

— Je ne sais pas, soupira Jackson. J'avoue que je suis inquiet. Mais je suppose que nous n'avons pas d'autre choix que d'attendre l'arrivée de cette fille, quelle qu'elle soit.

Casey frémit, se demandant si cette fille illégitime n'allait pas faire voler en éclats le petit monde dans lequel elle avait grandi jusqu'alors. Qu'en restait-il, d'ailleurs, maintenant que ses parents étaient morts et que son père s'était révélé traître et infidèle ?

— Je ne parviens pas à y croire, murmura-t-elle, sonnée.

— Moi non plus, soupira Jackson. Mais nous nous habituerons à cette idée.

Ils restèrent quelques instants silencieux puis son frère parut brusquement se ressaisir.

— Je vais appeler l'Italie et faire en sorte qu'ils soient rapatriés au plus vite.

Casey se contenta de le regarder, incapable de comprendre comment il parvenait à faire face à tout cela avec autant d'aplomb.

— Cela ne me plaît pas plus qu'à toi, expliqua-t-il, percevant son désarroi. Mais, apparemment, maman était au courant et lui avait pardonné. Nous devons donc l'accepter et essayer de vivre en paix.

— Maman avait un plus grand cœur que le mien, répondit durement Casey. Je ne suis pas certaine de pouvoir pardonner un jour.

Vers minuit, Nick repartit pour Bellefontaine. Alors qu'il arrivait en vue de la maison d'amis où il logeait, il aperçut Casey assise sur les marches. Avant même qu'il ne se soit garé, elle se leva pour venir à sa rencontre.

— Est-ce que tu m'attends depuis longtemps ? lui demanda-t-il, étonné. Tu aurais pu m'appeler.

— Je ne voulais pas te déranger. Et puis, attendre m'a aidée à reprendre un peu mes esprits, à repenser à ce qui s'était passé.

Nick ne pouvait la voir dans la pénombre mais, en entendant sa voix rauque et cassée, il comprit qu'elle avait dû beaucoup pleurer.

— Tu as du nouveau, au sujet de tes parents ? demanda-t-il.

— Oui. Mais pas le genre de nouvelles auxquelles je m'attendais, répondit-elle, énigmatique.

— Je peux t'offrir quelque chose à boire ? s'enquit Nick tandis que tous deux pénétraient dans la maison.

En allumant la lumière, il s'aperçut qu'effectivement, la jeune femme avait l'air très secouée. Son visage était livide, ses yeux cernés et rouges à force d'avoir pleuré, ses lèvres tremblantes et pâles.

— Non merci, lui dit-elle avec un sourire vide.

Ne connaissant d'autre moyen de la réconforter, il la prit tendrement dans ses bras et la serra contre lui, caressant doucement ses cheveux emmêlés.

— Veux-tu que nous en parlions ? demanda-t-il.

— Tout ce que je veux, répondit-elle, c'est que rien ne soit vrai.

Elle hoqueta, luttant visiblement contre une nouvelle crise de sanglots. Finalement, Nick la fit asseoir sur le canapé et prit place à son côté.

— Parle-moi, l'encouragea-t-il.

242

— Je ne sais même pas pourquoi je suis ici, soupira-t-elle. Nous ne sommes plus ensemble et voilà que je viens pleurer sur ton épaule. Mais je ne peux pas m'en empêcher. Il faut que je parle à quelqu'un et tu es le seul à qui je puisse me confier sans risquer de te blesser.

Ce n'était pas tout à fait vrai, songea Nick. Le fait même de la voir souffrir à ce point le blessait au-delà des mots. Mais il était néanmoins heureux qu'elle ait choisi de venir le voir.

— Dis-moi ce qui s'est passé.

— Tu te souviens de ce que je t'ai dit, cet après-midi ? Lorsque je t'ai parlé du mariage de mes parents et que tu m'as répondu que tous n'étaient pas aussi heureux que le leur ?

— Bien sûr que je m'en souviens.

— Eh bien, je m'étais trompée sur leur compte. Mes parents n'étaient pas plus parfaits que leur mariage. Tout ceci n'était qu'une farce, un mensonge.

— Pourquoi dis-tu cela ?

La jeune femme le regarda gravement, paraissant hésiter.

— Parce que Jackson et moi avons découvert que nous avions une demi-sœur, avoua-t-elle enfin. Apparemment, notre père a eu une aventure avec une femme à Hawaii et ils ont eu un enfant.

Nick resta un moment silencieux, réfléchissant à cette nouvelle.

— Personne n'était au courant ? demanda-t-il enfin.

— Personne, à part ma mère. Même tante Esme l'ignorait. Notre avocat nous a confirmé toute l'histoire. Il semble que cette fille soit plus jeune que Jackson de quelques mois seulement. Cela signifie que mon père a eu une aventure alors que ma mère était enceinte ! Qui sait combien il en a eues, encore ? Qui sait combien de demi-frères et sœurs nous avons un peu partout ?

— Ce n'est pas parce c'est arrivé une fois…, commença Nick.

— Je t'en prie, épargne-moi ces platitudes ! protesta la jeune femme. L'avocat aussi nous a assuré que c'était la seule. Mais qu'en savons-nous réellement ?

— Le crois-tu vraiment ? demanda Nick gravement.

D'après ce qu'il savait de Duke Fontaine, l'homme n'avait rien d'un coureur de jupons.

— Je ne sais plus ce que je crois ! s'exclama Casey en serrant les poings. Je pensais que mes parents s'aimaient. Je pensais qu'ils étaient heureux en mariage ! Mais ma mère savait tout. Elle connaissait son aventure et l'existence de cet enfant. Dans une lettre que mon père a écrite à sa maîtresse, il lui dit même qu'elle lui avait pardonné.

De grosses larmes coulaient le long des joues de la jeune femme mais, cette fois, Nick se sentait complètement impuissant. Il ne parvenait même pas à imaginer les affres et les tourments qu'elle était apparemment en train de vivre.

— Comment a-t-elle pu lui pardonner ? s'exclama Casey. Il l'avait trahie ! Il nous avait tous trahis !

— Mais il est resté avec vous, en fin de compte, remarqua Nick.

— Il a conçu un enfant avec une autre femme ! reprit Casey. Il a failli abandonner ma mère… Et moi aussi.

— Mais il ne l'a pas fait, insista Nick en prenant les mains de la jeune femme. Il a choisi de rester avec sa famille. C'est important, n'est-ce pas ?

— Pourquoi ? Qui nous dit que ce n'était pas une solution de facilité pour lui ? Et pourquoi est-ce que tu le défends de cette façon ?

— Est-ce qu'il est resté avec vous ? Réponds ! reprit Nick sans se laisser émouvoir.

Casey hésita, le regardant avec méfiance.

— Oui, admit-elle enfin à contrecœur.

— Eh bien, ce n'est pas le cas de tous les parents. Cela ne fait peut-être pas de lui un héros, mais ce n'était pas un monstre non plus.

La jeune femme resta un long moment silencieuse avant de secouer la tête.

— Mais pourquoi ma mère lui a-t-elle pardonné ? demanda-t-elle.

— Parce qu'elle non plus ne voulait pas briser votre famille, répondit-il. Sans compter qu'elle l'aimait peut-être encore. Il a commis la même erreur que bien des hommes, Casey. Et s'il n'était pas ton père, je suis certain que tu ne le condamnerais pas sans appel comme tu le fais.

Casey le foudroya du regard. Elle aurait voulu qu'il la soutienne dans sa révolte et non qu'il trouve des excuses à son père.

— Ecoute-moi, s'exclama enfin Nick avec une pointe d'exaspération, je ne dis pas que ton père n'a pas commis une faute. Mais je refuse de te laisser te complaire dans ta colère. Surtout au moment où tu devrais le pleurer.

— Alors tu veux que je me contente d'oublier ce qu'il a fait. Ce sera probablement difficile, parce que ma nouvelle sœur figure dans le testament de mon père et qu'elle va arriver à Bellefontaine peu de temps après les funérailles.

Nick fronça les sourcils. Ce n'était pas très surprenant en soi mais cela ne faciliterait certainement pas les choses pour Casey et Jackson.

— Tu n'as pas à penser à cela pour le moment, déclara-t-il. Il est déjà bien assez difficile de faire face à la mort de tes parents. Alors je te conseille de mettre ces questions dans un coin de ton esprit et d'y revenir lorsque tu seras prête. Crois-tu que cela soit possible ?

— Je ne sais pas, soupira-t-elle, brusquement radoucie. Je suppose qu'il est plus facile d'être en colère parce que, de cette façon, je ne pense pas à mon chagrin. Je n'arrive toujours pas à croire que je ne les reverrai plus jamais.

— Je sais, murmura Nick.

Les yeux de Casey se remplirent de larmes et il la reprit dans ses bras, la laissant pleurer tout son soûl contre son épaule. Puis, lorsqu'elle se fut calmée, il la prit par la main et l'emmena se coucher, la serrant contre lui jusqu'à ce qu'elle s'endorme dans ses bras.

18.

Casey passa la nuit dans les bras de Nick. Elle avait pleuré, crié, parlé, ragé et il l'avait écoutée et consolée, lui prêtant un peu de sa force et faisant preuve d'une patience infinie.

La veille, elle était trop épuisée physiquement et nerveusement pour se poser des questions sur la gentillesse dont il avait fait preuve à son égard. Mais lorsqu'elle s'éveilla, ce matin-là, et qu'elle le vit allongé auprès d'elle, encore tout habillé, elle comprit qu'il n'avait pas seulement agi en ami.

Nick l'aimait et le lui avait prouvé, une fois de plus.

Et elle décida que rien de ce qu'il pourrait lui dire, à présent, ne parviendrait à la convaincre qu'ils seraient plus heureux l'un sans l'autre.

C'était tout simplement absurde...

Se levant, la jeune femme se dirigea vers la salle de bains où elle se doucha. L'eau brûlante l'aida à dissiper quelque peu la brume dans laquelle son esprit paraissait flotter depuis son réveil.

Lorsqu'elle gagna enfin la cuisine, elle y trouva Nick qui était attablé devant une tasse de café, discutant au téléphone.

— Elle vient juste de descendre, dit-il avant de tendre le combiné à la jeune femme. C'est Remy Boucherand, précisa-t-il. Il veut t'annoncer quelque chose.

Sur ce, il remplit une tasse de café pour Casey et se dirigea à son tour vers la salle de bains.

La jeune femme regarda le combiné avec curiosité, se demandant comment Remy l'avait trouvée ici et ce qu'il pouvait bien lui vouloir. Après la série de mauvaises nouvelles auxquelles elle avait dû faire face ces derniers temps, elle avait presque peur de le découvrir.

— Bonjour, Remy, lui dit-elle.

— Bonjour, Casey. Désolé de te déranger mais j'ai une nouvelle importante à te communiquer et cela ne pouvait pas attendre.

— Je t'écoute…

— Nous avons retrouvé Harold Broderick. Il s'est fait arrêter hier soir au cours d'une bagarre dans un bar.

« Broderick », songea Casey, stupéfaite. Il lui semblait que l'agression de son ancien employé remontait à plusieurs mois tant il s'était passé de choses depuis son intrusion nocturne. Pourtant, la douleur qu'elle ressentait encore au cou lui rappelait que cet incident ne datait que de quelques jours.

— Bien, dit-elle. Je suis heureuse que vous l'ayez attrapé.

— Casey, j'ai conscience que le moment est très mal choisi mais il faut impérativement que tu viennes l'identifier formellement comme étant ton agresseur. J'aimerais que Nick et ta tante viennent aussi.

— Ma tante ? répéta la jeune femme. Mais pourquoi donc ?

— A cause de l'incendie. Tu te souviens qu'Esme avait aperçu un homme dans la cuisine, ce soir-là ? Ce pourrait être Broderick. Après tout, il a prouvé qu'il était capable de tuer.

— Je croyais que tu avais trouvé la déposition de tante Esme peu claire, après l'incendie, s'étonna la jeune femme.

— Peu claire, certainement. Mais étant donné la violence dont ce salopard a fait preuve, il pourrait bien être l'incendiaire.

— Tu veux donc que nous venions au commissariat ?

— Ce serait effectivement souhaitable. Nick m'a déjà donné son accord.

— Très bien, soupira la jeune femme. J'essaierai de passer. Mais tante Esme est encore sous le choc. Nous avons découvert...

La jeune femme s'interrompit brusquement, réalisant qu'elle s'apprêtait à divulguer un secret de famille. D'un autre côté, songea-t-elle, si Noelani Hana venait à Bellefontaine, ce secret n'en resterait pas un très longtemps.

— Nous avons eu d'autres mauvaises nouvelles, en plus du décès de nos parents, éluda-t-elle finalement.

— Je suis désolé, répondit Remy d'un ton empli de sympathie. Veux-tu que nous en parlions ?

— Eh bien...

Elle hésita une fois de plus, puis songea que Remy était un ami en qui elle pouvait avoir confiance.

— Apparemment, Duke avait une fille illégitime, avoua-t-elle enfin.

Remy resta silencieux durant plusieurs secondes avant de pousser un petit sifflement stupéfait.

— Bon Dieu ! Cela a dû vous faire un sacré choc !

— C'est un euphémisme, acquiesça la jeune femme. Jackson et moi n'avions pas la moindre idée de l'existence de cette personne. Même tante Esme l'ignorait.

— Franchement, je ne sais pas quoi dire, Casey.

— Il n'y a pas grand-chose à dire, répondit-elle. Mais je tenais à ce que tu sois au courant avant que la rumeur ne se répande.

Il promit de les contacter dès qu'il aurait du nouveau et ils quittèrent le commissariat pour regagner Bellefontaine dans la Cadillac d'Angélique avec laquelle ils étaient venus. Pas une seule fois, tante Esme n'avait émis de commentaire désobligeant sur la présence de Nick.

Casey s'inquiétait à son sujet. Sa tante n'était âgée que de soixante et un ans mais elle en paraissait quinze de plus, à présent. L'accumulation de mauvaises nouvelles et de tristes découvertes l'avait brisée.

Elle avait même accepté l'aide de Nick pour descendre de voiture et avait pris son bras pour gagner le commissariat. C'était comme si elle avait brusquement renoncé à la défiance qu'elle éprouvait à l'égard des tenanciers de casinos.

D'un autre côté, songea la jeune femme, il n'était pas évident de rester soi-même lorsque le monde entier paraissait s'effondrer autour de soi. Elle-même ne se remettait que très difficilement des révélations concernant le passé de son père.

250

Nick gara la Cadillac et aida Esme à descendre de voiture. Casey prit son autre bras, surprise de la découvrir si frêle.

— Tes parents rentrent aujourd'hui, déclara Esme tandis qu'ils arrivaient sous le porche.

Casey jeta un regard stupéfait à Nick.

— Tante Esme…, murmura-t-elle. Maman et Duke sont morts.

— J'en ai bien conscience ! s'exclama Esme avec une pointe d'aigreur qui lui ressemblait un peu plus. Je ne suis ni sénile ni stupide.

Casey ferma les yeux, réalisant qu'elle parlait des corps qui avaient été rapatriés.

— Jackson a organisé l'enterrement pour après-demain, poursuivit Esme en s'asseyant à la table de la terrasse. Nous devrions passer quelques coups de téléphone aux amis de la famille, au cas où ils ne verraient pas le faire-part dans le journal. Ton amie Viv s'est proposé de prévenir une partie des gens.

Passer ces appels était bien la dernière chose que désirait Casey mais elle ne pouvait pas laisser à sa tante le soin de s'occuper seule de cette corvée. Elle hocha la tête, résignée.

— Si vous me donnez une liste, je serai heureux de téléphoner pour vous, proposa Nick gentiment.

— Merci, répondit Esme. C'est très attentionné de votre part. Vous savez, j'ai peut-être eu tort à votre sujet. Vous vous êtes montré très prévenant à mon égard comme à celui de ma nièce.

Nick lui sourit et secoua la tête.

— Peut-être, mademoiselle Esme. Mais vous aviez raison sur un point : je suis bien un gérant de casino sans scrupule. A ce propos, ajouta-t-il à l'intention de Casey, il faut que je passe au White Gold. Mais je serai bientôt de retour.

— Je vais t'accompagner jusqu'à ta voiture, dit-elle. Tous deux séloignèrent dans cette direction.

— Fais manger ta tante, conseilla Nick lorsqu'ils furent hors de portée de voix de celle-ci. Elle va finir par disparaître si elle n'avale pas quelque chose.

— Je demanderai à Betty de nous préparer un en-cas. Cela ne me fera pas de mal à moi non plus.

— Excellente idée. Si vous n'êtes pas en état de gérer la situation durant les jours à venir, personne ne pourra le faire à votre place.

— Tu as raison, reconnut la jeune femme. Merci encore, Nick. Pas seulement pour aujourd'hui mais pour la nuit dernière, aussi. Je ne voulais pas être seule.

— Tu aurais pu rester avec ta famille, remarqua-t-il.

— Ce n'était pas avec eux que je voulais être, répondit-elle, mais avec toi.

Nick la contempla fixement et elle perçut un éclair de culpabilité dans son regard.

— Casey, je ne voudrais pas que tu te méprennes sur ce que j'ai fait hier. Cela ne ferait que rendre les choses plus difficiles pour nous deux.

— Je sais, lui dit-elle en passant ses bras autour de son cou. C'est ce que tu m'as dit.

Sur ce, elle l'embrassa très tendrement jusqu'à ce qu'il soit incapable de ne pas lui rendre son baiser.

— Mais ce n'est pas vraiment ce que tu ressens, Nick, n'est-ce pas ? dit-elle en le regardant droit dans les yeux.

— Je dois y aller, déclara-t-il brusquement avant de se détourner.

La jeune femme le regarda monter dans sa voiture et s'éloigner, plus convaincue que jamais qu'il tenait à elle. Et cette simple idée lui réchauffait le cœur.

Lorsqu'elle revint sous la véranda, elle y trouva tante Esme qui était toujours assise à la même place.

— Ce jeune homme est très amoureux de toi, déclara gravement la vieille dame.

— Je sais.

— Mais lui ? Le sait-il ?

— Oui, répondit Casey avec aplomb. Il le sait mais il a toujours du mal à admettre que notre relation a un avenir. Et je suis bien décidée à le faire changer d'avis.

— Je ne doute pas que tu y parviennes, acquiesça sa tante. Tu es une Fontaine, après tout.

Toute cette activité empêcha Casey de repenser à l'infidélité de son père ou à l'arrivée prochaine de sa nouvelle parente. De plus, à sa grande surprise, l'enterrement lui apporta un peu de paix. Elle put en effet prendre la mesure de la situation.

Le nombre impressionnant de personnes qui vinrent rendre hommage à Duke et à Angélique lui prouva combien ils seraient regrettés.

Nick lui apporta un soutien efficace. Ils passèrent toutes les nuits ensemble, sans jamais faire l'amour pourtant. Il ne parla pas de son départ prochain et elle évita de penser à la façon dont elle réagirait, à ce moment-là.

Une chose était certaine : malgré ses doutes, Nick avait su s'engager et lui prouver combien il était attaché à elle.

Dès le lendemain des funérailles, Casey dut reprendre son travail. Len avait besoin d'elle pour superviser la récolte, et elle avait besoin de se changer les idées, de prendre un peu de distance.

De plus, elle avait l'impression que la culture de la canne la rapprochait de son père. Il l'aurait certainement approuvée, lui qui tenait tant à la prospérité de sa plantation.

Quelques jours plus tard, elle se trouvait donc dans les champs lorsque son téléphone portable retentit.

— Casey ? C'est Jackson. Remy Boucherand vient de m'appeler pour me dire qu'il allait passer. Il veut nous voir avec tante Esme.

— C'est au sujet de Broderick ?

— Oui. Peux-tu venir d'ici une demi-heure ?

— Compte sur moi.

Vingt minutes plus tard, en effet, la jeune femme retrouva son frère, sa tante et l'inspecteur dans la salle de billard, à l'endroit même où ils avaient discuté de l'incendie avec le capitaine des sapeurs-pompiers, le soir où elle avait rencontré Nick. Cela lui semblait remonter à une éternité.

Remy attendit que tout le monde soit installé pour commencer.

— Apparemment, Harold Broderick est responsable d'une bonne partie de vos problèmes. Nous l'avons inculpé pour vandalisme et agression sur la base du témoignage de Casey et Nick. Nous avons également établi que l'une des empreintes retrouvées dans la cuisine lui appartenait.

Lorsqu'il a compris que nous le tenions pour ce délit, il en a avoué un troisième.

— La moissonneuse ? demanda Jackson.

— Exact, répondit Remy. C'est lui qui a monté le coup. Nous avons vérifié sa version des faits et, apparemment, elle se tient.

— Je ne comprends pas, s'exclama Casey. Pourquoi a-t-il avoué si vous n'aviez pas de preuve ?

— C'est vrai, reconnut Remy, nous n'avions pas même un début de piste. Mais Broderick voulait négocier un accord. Et c'est là que les choses deviennent intéressantes : il prétend qu'il a agi pour le compte de quelqu'un d'autre, qu'il n'a fait qu'obéir à des ordres.

Tous se regardèrent avec stupeur.

— Quelqu'un l'aurait payé pour faire tout cela ? s'écria Casey. Mais pourquoi ?

— Cela, il l'ignore. Et malheureusement, il n'a aucune idée de l'identité de son employeur. Honnêtement, je dois vous avouer que je vais considérer ces aveux avec la plus grande prudence.

— Pourquoi ? demanda tante Esme en fronçant les sourcils. Si ce n'était pas la vérité, pourquoi aurait-il confessé un autre délit ?

— Je ne sais pas. Mais il ne peut identifier ce mystérieux commanditaire qui le payait soi-disant en liquide. L'argent aurait été déposé dans une consigne à la gare routière. Or Harold n'a apparemment pas gardé un sou de ces soi-disant sommes. Il prétend qu'il a tout dépensé pour rembourser des dettes de jeu.

— Alors, tu penses que Broderick agissait seul mais qu'il a inventé cette histoire de complot pour se tirer d'affaire ? demanda Jackson.

— C'est l'explication la plus rationnelle, répondit Remy. D'autant que Broderick en veut terriblement à ta sœur. Chaque fois qu'il parle d'elle, il entre dans une colère noire. Il l'accuse de l'avoir licencié, et la tient pour responsable sa déchéance.

— Qu'aurais-je pu faire d'autre ? protesta Casey. Cet homme venait régulièrement travailler en état d'ivresse ! N'importe qui aurait agi comme je l'ai fait.

— Je ne le conteste pas, remarqua Remy. J'essaie juste d'expliquer ses mobiles.

— Y a-t-il une chance de retrouver la moissonneuse ? demanda la jeune femme.

— Désolé, répondit le policier en haussant les épaules. Il n'y en a quasiment aucune. A l'heure actuelle, elle pourrait se trouver n'importe où au Mexique. Nous ferons ce que nous pourrons mais il ne faut pas rêver.

Casey hocha la tête. Apparemment, elle devrait se contenter de savoir le coupable en prison.

Au moins, c'était un sujet d'inquiétude en moins. Elle allait peut-être pouvoir se concentrer sur la question épineuse de sa relation avec Nick.

Elle avait en effet décidé de ne pas renoncer à lui sans se battre. Et, pour cela, elle devait agir vite. En effet, son instinct lui soufflait que l'heure de son départ approchait.

Elle n'était pas encore très sûre de la façon dont elle allait procéder. Mais elle avait au moins une idée qui ne pouvait que faciliter les choses : elle allait user de toute sa séduction pour lui faire comprendre tout ce à quoi il s'apprêtait à renoncer.

19.

Ce soir-là, en sortant du casino, Nick se rendit directement chez Casey. Elle l'avait appelé dans la soirée,
lui demandant de passer, et il n'avait pas trouvé le
moindre prétexte crédible pour refuser. Après tout, il
ne pouvait pas lui dire que le cottage était trop associé
pour lui au souvenir de toutes les fois où ils y avaient
fait l'amour.

Pourtant, en arrivant en vue de la maison, il regretta
amèrement de ne pas avoir décliné l'invitation. Il était
déjà bien assez difficile de passer chaque nuit auprès
de Casey, la serrant dans ses bras sans jamais lui faire
l'amour ni même l'embrasser...

Tous les matins, il se réveillait dans un état d'excitation tel qu'il devait se ruer sous une douche glacée.
Mais cela ne pouvait plus continuer : il était temps d'en
revenir à la séparation qu'il leur avait imposée avant
que sa volonté ne faiblisse et qu'il ne commette une
irréparable erreur.

Il avait soutenu Casey au cours des moments difficiles
qu'elle venait de vivre et il ne le regrettait pas un seul
instant. Elle avait eu besoin de lui et il n'aurait jamais
pu l'abandonner alors qu'elle était si vulnérable. Mais il

ne fallait pas qu'elle continue indéfiniment à se reposer sur lui. Car il s'apprêtait à quitter la Louisiane d'un jour à l'autre.

Utilisant la clé qu'elle lui avait donnée, Nick pénétra dans la maison de la jeune femme et s'arrêta net pour contempler le décor qu'elle avait préparé à son intention. Des dizaines de bougies éclairaient le salon et jetaient sur les murs des ombres mouvantes et suggestives.

Des fleurs ornaient chaque meuble, chaque espace libre, répandant un lourd et capiteux parfum et donnant à la maison une apparence tropicale.

Casey était assise sur le canapé, vêtue uniquement d'une chemise de nuit si légère qu'elle en était presque transparente. Pendant une éternité, il se contenta de la regarder, fasciné. Puis une petite voix dans sa tête lui souffla qu'il était un homme mort.

— Tu parais terrifié, remarqua la jeune femme en riant. Ne me dis pas que c'est ma décoration qui te fait peur.

Nick serra les dents, bien décidé à lutter de toutes ses forces contre son propre désir.

— Qu'est-ce que tu essaies de faire ? gronda-t-il.

Casey se pencha en avant et leur versa deux verres de vin.

— Tu es un homme intelligent, dit-elle doucement. Je suis certaine que tu le comprendras rapidement. Mais ferme plutôt la porte, et viens boire un verre avec moi.

Nick claqua la porte et se rapprocha, s'efforçant désespérément de garder les yeux fixés sur le visage de la jeune femme. Mais la courbe de ses seins que laissait deviner la chemise de nuit était trop tentante pour qu'il puisse y résister et, malgré lui, son regard ne cessait de glisser dans cette direction.

Prenant le verre que lui tendait Casey, il en avala une gorgée et haussa les sourcils.

— Il est délicieux. Je ne savais pas que tu t'y connaissais en vin.

S'emparant de la bouteille, il réalisa qu'il s'agissait d'un grand cru français au millésime flatteur. Ce genre de bouteille devait être hors de prix. Visiblement, Casey avait décidé de mettre tous les atouts de son côté pour le faire basculer dans son piège.

— Je n'y connais pas grand-chose, répondit-elle. J'ai pris cette bouteille dans la cave de Bellefontaine. Je sais juste où sont les meilleures bouteilles.

Elle lui décocha l'un de ces sourires irrésistibles dont elle avait le secret et il sentit fondre un peu plus ses bonnes résolutions. Dans quelques minutes, ce serait lui qui la supplierait de faire l'amour avec lui.

— C'est en quel honneur ? demanda-t-il.

— Juste comme ça…, répondit-elle en trinquant avec lui avant de porter son verre à ses lèvres.

Elle grimaça.

— Tu es sûr que ce vin est encore bon ? Il a un goût bizarre.

— Il est excellent, répondit Nick en riant.

Pour le lui prouver, il avala une autre gorgée avant de reposer son verre sur la table.

— Je suis désolé de bouleverser le programme, déclara-t-il, mais je pense que les choses doivent être claires entre nous : la soirée ne se finira pas comme tu l'avais prévu.

— Tu veux dire que nous ne ferons pas l'amour ? demanda-t-elle d'une voix sucrée en lui souriant d'un air provocant. Pourquoi pas ?

— Parce que tout est fini entre nous, Casey, répondit-il aussi froidement qu'il le put. Ces derniers jours, tu avais besoin d'un ami et c'est ce que je me suis efforcé d'être.

La jeune femme se rapprocha de lui et passa ses bras autour de son cou. Elle commença à couvrir sa joue de petits baisers qui réveillèrent brusquement le désir de Nick. Sentant son sang se muer en lave, il serra les dents, tentant vainement de résister.

— Menteur, souffla la jeune femme à son oreille. J'ai dormi à ton côté et je sais que tu me désires toujours.

Nick était au supplice. Comment aurait-il pu le nier ? Jamais il n'avait désiré une femme plus que Casey. Mais la question n'était pas là et tous deux le savaient parfaitement.

— Je quitte la ville la semaine prochaine, dit-il d'un ton désespéré tandis qu'elle déboutonnait sa chemise, embrassant au fur et à mesure la peau qu'elle dévoilait.

Nick était vaincu, incapable de résister, inapte à lutter contre lui-même. Il se noyait lentement dans les caresses de la jeune femme, dans son odeur qui le rendait fou.

— Vraiment ? demanda-t-elle en lui jetant un coup d'œil ironique. N'est-ce pas une décision un peu soudaine ?

Elle remonta lentement le long de son corps, l'effleurant de la pointe de ses seins qu'il pouvait sentir à travers le fin tissu de sa chemise de nuit. Malgré lui, il laissa ses bras se nouer autour de la taille de Casey pour la serrer contre lui.

— Tu me tues, murmura-t-il.

— C'est bien l'objectif, répondit-elle avant de l'embrasser.

Nick savait qu'il avait tort, qu'ils étaient en train de commettre une folie, qu'il le regretterait dès le lendemain.

Mais il était trop tard pour faire marche arrière, trop tard pour se bercer d'illusions. S'il ne faisait pas l'amour avec Casey, il deviendrait fou. C'était aussi simple que cela.

Même si ce devait être la dernière fois.

— Je ne peux pas lutter contre toi, soupira-t-il lorsqu'elle libéra enfin sa bouche.

Le temps qu'ils atteignent la chambre à coucher de la jeune femme, ils étaient tous deux nus. Ils basculèrent sur le lit, avides l'un de l'autre. Nick aurait voulu faire durer ce moment mais Casey paraissait saisie de frénésie.

Sans attendre, elle le fit entrer en lui, lui arrachant un gémissement de bien-être tandis qu'il se sentait glisser dans ce fourreau de soie humide.

— Tu vas trop vite, protesta-t-il.

— Ne t'en fais pas, répondit-elle en venant à sa rencontre.

Se penchant vers lui, elle l'embrassa et leurs cris de plaisir se perdirent dans un baiser brûlant.

Tous deux étaient allongés sur le lit de la jeune femme et elle laissait doucement ses doigts courir sur l'épaule et le long du bras de Nick. Ils avaient fait l'amour deux fois et ce dernier se sentait plus heureux qu'il ne l'avait été depuis des mois.

Mais il savait aussi que cela ne pouvait pas durer...

— Je suis réveillé, confirma-t-il.

— Reste avec moi.

— Je ne compte aller nulle part, répondit-il en se tournant vers elle.

— Ce n'est pas ce que je voulais dire. Reste pour de bon. Viens t'installer ici avec moi.

Nick serra les dents, sachant qu'il ne pouvait s'en prendre qu'à lui-même : il avait su depuis le début que faire l'amour avec elle serait une erreur. Voilà qu'elle rêvait déjà de vie commune alors que, pour lui, rien n'avait changé.

— Je ne peux pas, répondit-il. Je te l'ai déjà expliqué.

Se redressant, il chercha des yeux son pantalon qu'il finit par retrouver au milieu du couloir. Après l'avoir enfilé, il gagna la cuisine où il se versa un verre d'eau. Peut-être aurait-il mieux fait de vider la bouteille de vin pour se donner du courage car il savait instinctivement que, cette fois, la jeune femme n'abandonnerait pas aussi facilement la partie.

De fait, quelques instants plus tard, elle le rejoignit dans la cuisine, vêtue uniquement d'une robe de chambre qui laissait deviner la naissance de ses seins et dévoilait ses longues jambes dorées par le soleil.

Elle ne paraissait pas triste, remarqua-t-il. Plutôt un peu exaspérée. Prenant place sur l'un des tabourets, elle le regarda tandis qu'il se resservait un verre d'eau et le vidait.

— Tu ne peux pas continuer éternellement à fuir, déclara-t-elle enfin. Tôt ou tard, il te faudra affronter ce à quoi tu essaies d'échapper.

Nick passa une main dans ses cheveux et lui jeta un coup d'œil méfiant.

— De quoi est-ce que tu parles ?

— De ton passé. Ou, plus exactement, de la partie de ton passé que tu refuses d'assumer.

— Cela fait près de trente ans que je vis de cette façon, répondit-il gravement. Je ne vois pas pourquoi je changerais aujourd'hui.

— Effectivement, il n'y en a aucune. A part le fait que, tant que tu ne feras pas face à tes fantômes, nous ne pourrons pas vivre ensemble.

Nick détourna les yeux, feignant de s'absorber dans la contemplation des ténèbres qui s'étendaient au-delà de la fenêtre.

— Tu ne m'as pas tout dit, n'est-ce pas ? insista la jeune femme.

— C'est parce qu'il n'y avait aucune raison de le faire, répondit-il. Et il n'y en a pas plus aujourd'hui.

— Dis-le-moi.

— Je refuse d'en parler. Cela ne sert à rien.

— Je crois que tu as tort, protesta-t-elle en se levant pour venir auprès de lui. Que caches-tu ?

— Mais rien, bon sang ! s'exclama-t-il avec humeur. C'était une époque désastreuse de mon existence. Pourquoi devrais-je en parler ? De toute façon, cela remonte à des années.

Casey affronta sa colère avec calme, refusant de se laisser emporter par la rage qui couvait en lui.

— Tu as dit que tu étais entré à l'orphelinat à l'âge de sept ans, dit-elle. Mais tu ne m'as jamais parlé de ta vie avant cela.

Nick la regarda avec exaspération, se demandant pourquoi elle refusait de le laisser tranquille. Pourquoi tenait-elle tant à réveiller des souvenirs qu'il avait profondément enterrés en lui au cours de ces dernières années ? Certaines choses devaient rester cachées. Elles étaient trop terribles pour que l'on s'y attarde, pour que l'on en parle.

— Tu ne comptes pas me laisser tranquille tant que je ne t'aurai pas parlé, n'est-ce pas ? dit-il.

— Non, répondit-elle gravement. Je veux comprendre et essayer de t'aider dans la mesure du possible.

— Comment comprendrais-tu ce que moi-même, je ne m'explique pas ? protesta Nick.

Se détournant, il réalisa pourtant qu'un doute s'était fait jour en lui. C'était la première fois de son existence que quelqu'un était assez proche de lui pour voir par-delà la carapace qu'il s'était construite.

Pour la première fois, il avait l'occasion de parler de ce qui avait rongé sa vie comme un cancer, lui interdisant tout bonheur. Pourquoi ne pas tenter sa chance ? Qu'est-ce que cela changerait, au fond, puisque, de toute façon, il comptait partir bientôt ?

— Nous vivions au Texas, commença-t-il enfin. A Dallas, très précisément. Les premières années de ma vie ont été pires que celles que j'ai passées à l'orphelinat. De cette époque, je ne me souviens que de cris, de disputes et des coups que je recevais. Mon père ne valait pas grand-chose, c'est certain, mais ma mère était encore pire.

Casey ne dit rien, se contentant de l'écouter attentivement sans le quitter des yeux. Un à un, les souvenirs affreux remontaient à la surface de l'esprit de Nick.

— Tant que je restais hors du chemin de mon père, j'évitais ses coups. D'ailleurs, il n'était pas si violent que cela. Je veux dire, il ne m'a jamais envoyé à l'hôpital. Mais elle, elle me détestait. Elle ne cessait de répéter à mon père que, si je n'avais pas été là, elle serait partie. Mais au lieu de lui en vouloir pour l'avoir mise enceinte, c'est à moi qu'elle le faisait payer.

— Ce n'était pas ta faute, protesta Casey.

— Je le sais bien, répondit-il durement.

Avisant la tendresse que trahissaient les yeux de la jeune femme, il se radoucit et reprit :

— Intellectuellement, je le sais.

Il se tut durant un long moment et Casey craignit qu'il ne poursuive pas.

— A quel âge t'ont-ils placé à l'orphelinat, déjà ?

— A sept ans.

Nick détourna les yeux une fois de plus et la jeune femme plaça doucement la main sur son bras.

— Nick, je ne crois pas que ce soit ce qui s'est passé.

— Bon sang, Casey ! s'exclama-t-il. Je t'ai dit que je ne voulais pas en parler ! Ne peux-tu donc pas me laisser tranquille ?

— Tes parents ne t'ont pas placé à l'orphelinat de leur plein gré, n'est-ce pas ?

— Non, répondit Nick d'une voix très basse, presque menaçante.

— Que s'est-il passé ?

Nick la regarda et, au fond de ses yeux verts, il lut un mélange poignant de compassion et de tristesse, comme si elle partageait vraiment sa propre douleur.

— Un jour, mon père en a eu assez de supporter ma mère et il est parti. C'était lui qui ramenait de l'argent à la maison et, très vite, la situation s'est détériorée. Nous n'avions quasiment plus à manger et le peu d'argent que gagnait ma mère lui permettait d'acheter à boire et de se soûler.

Il s'interrompit un instant, luttant contre les images qui lui revenaient.

— Elle ne cessait de me faire des reproches, me répétant qu'elle aurait plus de chances de s'en sortir sans moi. Elle me frappait chaque fois que je lui demandais à manger. Finalement, elle a décidé de partir en me laissant seul. Mais comme j'essayais de l'en empêcher, elle m'a enfermé dans un placard qu'elle a bloqué avec une chaise.

— C'est affreux, murmura Casey, les yeux emplis de larmes. Comment a-t-elle pu faire cela à son propre enfant ?

— Je t'avais dit que ce n'était pas plaisant à entendre. Pourtant, dans mon malheur, je crois que j'ai eu de la chance. Mes parents n'avaient pas payé leur loyer depuis des mois et le propriétaire avait fini par appeler la police. Ce sont les agents qui m'ont trouvé dans le placard. J'étais inconscient et j'ai passé plusieurs jours à l'hôpital avant d'être transféré à l'orphelinat.

— Combien de temps étais-tu resté dans ce placard ? s'enquit la jeune femme, horrifiée.

— Deux jours, peut-être trois ou quatre. Je ne sais pas. J'avais perdu toute notion du temps. Sans compter que j'ai fini par m'évanouir.

— Est-ce que tu as consulté un psy, après cela ?

— Bien sûr, pendant des années. Cela m'a aidé à surmonter ma claustrophobie mais pas à accepter ce que ma mère avait fait, je suppose.

— Alors c'est à cause de cela que tu refuses de t'attacher à qui que ce soit ? Parce que tu ne peux faire confiance à personne ?

— Je suppose, répondit-il en haussant les épaules. N'est-ce pas ainsi que tu réagirais ?

— Sans doute que si, reconnut Casey. Mais cela va détruire ta vie.

— Tu ne comprends donc toujours pas ? Ma vie a été détruite le jour où j'ai compris que même ma mère tenait si peu à moi qu'elle était prête à me laisser mourir !

— Moi, je t'aime, protesta Casey.

— C'est ce que tu crois.

— Non, je le sais. Et je sais que tu m'aimes aussi.

— Et alors ?

— Alors, je comprends que tu aies peur. Mais regarde les choses de cette façon : quoi qu'il puisse nous arriver, ce ne sera jamais pire que ce que tu as traversé.

— Tu te trompes. Te perdre serait pire que cela.

— Alors tu préfères renoncer plutôt que de courir ce risque ? C'est bien la première fois que je te vois reculer devant un pari, Nick. Bon sang, tu as fondé toute ta carrière sur le jeu et le risque ! Pourquoi ne tentes-tu pas la chance une fois encore ? Pour nous.

— Parce que l'enjeu est trop important. On ne s'assied pas à une table de poker lorsque l'on n'a pas de quoi payer la mise. Je ne peux pas, Casey.

— C'est faux, protesta-t-elle. Dis plutôt que tu ne veux pas !

— Très bien. Je ne veux pas, répondit Nick d'une voix très calme.

Il avait déjà tout perdu une fois et il n'était certainement pas prêt à recommencer.

20.

— Alors ta décision est prise ? s'exclama Casey. Quoi que je puisse dire, tu partiras, n'est-ce pas ?

Nick hocha la tête, incapable de parler. Il s'attendait à ce qu'elle proteste, à ce qu'elle l'insulte ou à ce qu'elle le jette dehors. Mais elle se contenta de le fixer durant ce qui lui parut une éternité, ses magnifiques yeux verts emplis d'une immense compassion.

Puis, doucement, elle lui prit la main et le ramena jusqu'à la chambre à coucher où elle l'allongea sur le lit. Là, elle lui fit l'amour avec tout l'amour qu'il y avait en elle. Tous deux savaient que c'était la dernière fois et ce fut le moment le plus doux et le plus poignant de leur existence.

Finalement, la jeune femme s'endormit, rompue, et Nick resta allongé, la contemplant en silence. Il se sentait déchiré, rongé par le chagrin et les regrets. Pourtant, il resta là, laissant les heures succéder aux heures jusqu'à ce qu'il n'en puisse plus.

Alors que le soleil se levait à l'horizon, il descendit dans le salon et s'assit sur le canapé, comme au cours de la première nuit qu'il avait passée avec Casey. Il ne savait pas alors qu'il tomberait amoureux et que sa vie basculerait définitivement.

Il était temps de partir, de fuir avant que cela ne devienne complètement impossible. Casey avait raison : il était joueur. Et, comme tout bon joueur, il savait quand le moment était venu de se retirer de la partie pour limiter les dégâts.

Pourtant, les paroles de la jeune femme ne cessaient de le hanter. Elle lui avait dit qu'elle l'aimait et que le risque en valait la peine. C'était la première fois de sa vie que quelqu'un s'engageait envers lui de cette manière.

Bien sûr, sur le plan professionnel, nombre de personnes appréciaient sa valeur. Mais il n'en allait pas de même dans sa vie personnelle.

Casey, elle, n'avait pas hésité à s'exposer pour lui. Elle s'était mise en position d'infériorité, le suppliant presque de rester. Elle avait renoncé à sa fierté par amour. Elle avait baissé la garde alors qu'un autre homme lui avait déjà brisé le cœur en la laissant tomber.

Cela n'avait pas dû être facile pour elle. Et au lieu de le reconnaître, Nick lui avait littéralement claqué la porte au nez, lui opposant une fin de non-recevoir. Tout cela parce qu'il avait peur.

Mais qu'espérait-il donc gagner en la repoussant ? Le fait de s'éloigner d'elle ne changerait probablement rien aux sentiments qu'elle lui inspirait. Il était tombé amoureux d'elle et il était trop tard pour revenir là-dessus. En partant, il les ferait juste souffrir tous les deux.

Alors que s'il restait, il pouvait espérer bâtir quelque chose. Il n'y avait aucune assurance que cela fonctionne, certes, ni que leur relation dure. Mais Casey avait paru prête à courir le risque. Parce qu'elle pensait que le jeu en valait la chandelle.

Et à présent, il commençait tout juste à comprendre pourquoi.

Ils n'avaient pas parlé, pourtant, sachant tous deux que la décision de Nick ne se jouerait pas à force de mots, désormais. La jeune femme ne pouvait qu'espérer qu'il comprenne qu'il avait plus à perdre qu'à gagner en partant.

Après s'être étirée, Casey se redressa et avisa un petit morceau de papier plié en quatre sur l'oreiller de Nick. Le cœur battant, elle hésita un instant avant de s'en emparer.

« Je t'aime », lut-elle simplement.

Ce n'était pas une promesse, pas même un indice de ce qu'il avait bien pu déduire de leur conversation. Pourtant, ces trois mots suffirent à redonner espoir à la jeune femme. Après tout, c'était la première fois que Nick reconnaissait explicitement et de son plein gré ce qu'il ressentait pour elle.

En souriant, elle serra le papier contre son cœur, se faisant l'effet d'une adolescente attardée. Puis, brusquement, elle réalisa qu'il était très tard. On était au beau milieu de la récolte et Len allait la tuer si elle ne venait pas lui prêter main-forte !

Alors qu'elle se précipitait vers la salle de bains pour prendre une douche, elle fut brusquement terrassée par une nausée incoercible. Elle eut tout juste le temps de gagner les toilettes avant de vomir.

Se relevant péniblement, elle se passa de l'eau fraîche sur le visage, heureuse que Nick ne se soit pas trouvé là pour la voir. Il aurait probablement deviné ce qui ne faisait plus l'ombre d'un doute dans son propre esprit.

Elle était enceinte.

Plusieurs fois, au cours de la semaine passée, elle avait été saisie de vertiges et avait éprouvé de légères nausées. Elle avait mis ces symptômes sur le compte de la fatigue et du chagrin. Mais cela faisait à présent plusieurs jours qu'elle attendait vainement ses règles...

Malgré toutes les précautions qu'elle avait prises, elle portait aujourd'hui le bébé de Nick.

Le pire, c'était qu'elle ne pouvait pas le lui dire. Elle ne voulait pas lui donner l'impression de faire pression sur lui. S'il restait, il devait le faire par amour pour elle et non par sens du devoir envers leur enfant à naître.

Ce fait, au moins, était parfaitement clair dans son esprit.

Ce fut Nick qui la réveilla. Il était agenouillé auprès de la baignoire et la caressait doucement au moyen d'une rose rouge. Casey ouvrit les yeux et réalisa avec surprise où elle se trouvait. Elle ne devait pas s'être endormie depuis très longtemps puisque son bain était encore chaud.

— Debout, ma Belle au bois dormant, lui dit-il doucement.

— Si c'est ce que je suis, je suppose que tu es le Prince Charmant ?

— J'espère, répondit-il avant de couvrir ses lèvres d'un baiser qui fit battre le cœur de la jeune femme à toute vitesse.

Se redressant enfin, il posa sa rose sur le rebord du lavabo et prit une serviette.

— Sors de là, dit-il. Je t'ai apporté un bon dîner cuisiné spécialement par le chef du White Gold. Tournedos à la diable sur lit de riz sauvage, qu'en dis-tu ?

— Miam ! s'exclama-t-elle en riant.

Elle sortit de son bain sous le regard appréciatif de Nick et se drapa dans la serviette qu'il lui tendait.

— Je suis affamée, déclara-t-elle.

— Moi aussi, répondit-il avant de déposer un petit baiser au creux de son cou. Je t'attends dans la cuisine.

La jeune femme gagna sa chambre, envisageant d'abord de se rhabiller. Mais elle finit par opter pour une robe de chambre de soie bleu marine que sa mère lui avait autrefois ramenée de Paris.

Lorsqu'elle arriva dans la cuisine, elle se sentit touchée par l'atmosphère que Nick y avait créée en quelques minutes. Un bouquet de roses trônait sur la table, entouré de bougies. Il avait disposé le couvert, choisissant la plus belle argenterie de sa grand-mère.

— Ça sent délicieusement bon, constata-t-elle.

Voyant qu'il s'apprêtait à lui servir un verre de vin, elle secoua la tête.

— Pas pour moi, merci. Je préfère éviter l'alcool.

Après tout, il lui fallait désormais penser au bébé, songea-t-elle, pour la centième fois de la journée peut-être.

Ils mangèrent en silence. Nick ne fit aucune allusion aux raisons pour lesquelles il était revenu et la jeune femme s'abstint prudemment de lui poser des questions, trop heureuse de jouir de sa compagnie.

— Je me sens mieux, déclara-t-elle lorsqu'elle eut terminé son assiette avec plus d'appétit qu'elle n'en avait eu depuis longtemps. Qu'est-ce que tu as fait, aujourd'hui ? ajouta-t-elle pour dissiper le silence qui commençait à devenir pesant.

— J'ai été très occupé, répondit-il. Moreau s'est finalement décidé à reprendre la gérance du White Gold. J'avais fini par me demander s'il accepterait un jour. Apparemment, il sort d'une période difficile avec sa femme mais il est enfin prêt à prendre les rênes.

Ce qui signifiait que Nick n'avait plus aucune raison de rester à Baton Rouge, réalisa tristement la jeune femme.

— Passons dans le salon, suggéra-t-il en se levant. Je nettoierai plus tard.

— Non. Tu as apporté à manger, c'est à moi de faire la vaisselle, protesta-t-elle.

— D'accord. Mais il faut que nous parlions auparavant.

La jeune femme le suivit, déprimée à l'idée de ce qu'il allait lui dire. Elle comprenait à présent que ce dîner romantique était probablement une façon de lui dire adieu. Il allait lui expliquer qu'il s'apprêtait à partir pour d'autres horizons et que cela valait mieux pour eux deux.

— Sais-tu ce que j'ai fait, aujourd'hui, à part préparer le transfert de gérance du White Gold ? demanda Nick lorsqu'ils se furent installés dans le salon.

Elle secoua la tête, luttant pour faire bonne figure en dépit de la détresse qui montait en elle.

— J'ai effectué quelques transactions très intéressantes.

— Je te félicite, répondit-elle sans grande conviction.

— Merci. Tu ne veux pas savoir de quoi il s'agit ?

— Je t'écoute.

— J'ai acheté une entreprise de chantiers navals qui fabrique des bateaux casinos à Saint-Louis. J'ai travaillé avec eux sur divers projets et je connais bien leur secteur d'activité.

— Alors tu vas à Saint-Louis ? demanda-t-elle, de plus en plus résignée.

— J'ai aussi acheté autre chose, ajouta-t-il sans répondre à sa question. Un autre casino. Il est dans un piteux état et a besoin d'une remise en état complète. Il faudra aussi revoir toute la gestion de l'affaire.

— Et où se trouve-t-il ? s'enquit Casey. A La Nouvelle-Orléans ? A Memphis ? A moins que tu n'aies décidé de retourner en Europe ?

— Il est ici même, répondit Nick. A Baton Rouge.

La jeune femme le regarda avec stupeur, se demandant si elle avait bien entendu. Le cœur battant, elle regarda Nick se pencher en avant et cueillir sa main sur laquelle il déposa un baiser.

— J'ai pensé qu'il était temps d'accepter le pari, ajouta-t-il.

— Quel pari ?

— Celui dont nous avons parlé. Le pari sur nous. Je n'ai pas beaucoup dormi, la nuit dernière, et cela m'a donné le temps de réfléchir. J'ai pensé à ce que serait la vie sans toi et j'ai réalisé que je n'étais pas certain de la supporter. D'autant qu'il ne tenait qu'à moi de relever le défi. Je n'ai pas eu de chance, lorsque j'étais enfant. Mais je n'avais pas le choix. Aujourd'hui, je l'ai et je ne pourrai m'en prendre qu'à moi-même si je suis malheureux.

— Alors tu as changé d'avis ? s'exclama Casey. Tu restes ?

— Oui. Je crois que c'est toi qui avais raison. Je ne peux pas changer mon passé mais je peux éviter de me condamner à cause de lui. Il est temps d'accepter une autre vie, celle que tu m'as offerte.

Se penchant vers la jeune femme, Nick l'embrassa tendrement.

— Je pourrais vivre sans toi, Casey, dit-il gravement. Et tu pourrais vivre sans moi. Mais je pense vraiment que nous serions beaucoup plus heureux ensemble.

— Alors tu veux bien emménager avec moi ?

— Emménager avec toi, acquiesça-t-il en souriant, me marier avec toi, avoir des enfants avec toi...

De sa poche, il sortit une boîte qu'il lui tendit.

— Je sais que ce n'est pas très académique, reconnut-il. Mais j'ai pensé que cela irait parfaitement avec tes yeux.

La jeune femme ouvrit l'écrin, révélant un anneau constellé d'émeraudes et de diamants.

— Il est magnifique, murmura la jeune femme d'une voix étranglée.

— Veux-tu m'épouser, Casey ?

— Oui, murmura-t-elle, sentant que son cœur était sur le point d'exploser de bonheur. Oui, je le veux.

Elle tendit sa main et il lui passa l'anneau avant de l'embrasser avec fougue. Très rapidement, sans même s'en être aperçue, elle se retrouva nue entre ses bras et

276

il l'emporta en direction de la chambre, bien décidé à lui prouver combien il l'aimait.

— Nick, demanda la jeune femme avec une pointe de culpabilité, n'est-ce pas horrible de se sentir si heureux après ce qui est arrivé à mes parents ?

Il la serra doucement contre lui, caressant ses cheveux soyeux.

— Je ne crois pas, répondit-il. Ainsi va la vie. D'ailleurs, d'après ce que je sais de tes parents, ils auraient probablement voulu te savoir heureuse.

— C'est vrai, admit-elle. Ils me manquent tellement, tu sais. J'aurais tant aimé leur annoncer que j'avais trouvé le grand amour.

— Je sais, murmura Nick.

— Dis-moi, demanda alors la jeune femme, tu pensais ce que tu as dit tout à l'heure ? Tu veux vraiment des enfants ?

— Oui, bien sûr. Pas toi ?

La jeune femme poussa un profond soupir de soulagement et lui sourit.

— Si, répondit-elle. Et cela tombe plutôt bien, je suppose...

Nick ouvrit de grands yeux, passablement stupéfait.

— Est-ce que tu ne serais pas en train d'essayer de me dire quelque chose ? demanda-t-il enfin.

— Je n'ai pas encore passé de test mais je suis quasiment sûre d'être enceinte.

— Tu vas avoir un bébé ? s'exclama Nick en posant doucement la main sur le ventre de Casey. Notre bébé ?

— Oui. Est-ce que tu es d'accord ? Je sais que c'est un peu tôt mais...

— Je suis ravi ! s'exclama Nick. Sidéré mais heureux.

— Et moi donc ! J'ai mis les symptômes sur le compte du stress mais j'ai fini par me rendre compte de ce qui se passait vraiment.

Nick resta longuement silencieux.

— Dis-moi, demanda-t-il enfin, est-ce que tu m'en aurais parlé si j'avais choisi de partir ?

— Oui... Je ne t'aurais jamais caché une chose aussi importante. Je ne l'ai pas fait auparavant parce que je ne voulais pas que tu restes avec moi par devoir mais par amour.

Un large sourire éclata sur le visage de Nick et il se pencha pour l'embrasser.

— Tu sais ce que cela veut dire, n'est-ce pas ? demanda-t-il lorsqu'ils se séparèrent.

— Euh... Que nous allons être parents ?

— Oui. Mais aussi que nous allons devoir nous marier très vite !

— C'est vrai. Mieux vaut le faire avant que l'enfant ne vienne au monde.

— Dis-moi : fit Nick en riant, que fais-tu le week-end prochain ?

Chère lectrice,

Vous nous êtes fidèle depuis longtemps?
Vous venez de faire notre connaissance?

C'est pour votre plaisir que nous avons
imaginé un rendez-vous chaque mois
avec vos auteurs préférés, vos
AUTEURS VEDETTE dans les
collections Azur et Horizon.

Les AUTEURS VEDETTE vous
donneront rendez-vous pour de
nouveaux livres vedette.

Pour les reconnaître, cherchez
l'étoile... Elle vous guidera!

Éditions Harlequin

HARLEQUIN

LE FORUM DES LECTEURS ET LECTRICES

CHERS(ES) LECTEURS ET LECTRICES,

VOUS NOUS ETES FIDÈLES DEPUIS LONGTEMPS?

VOUS VENEZ DE FAIRE NOTRE CONNAISSANCE?

SI VOUS AVEZ DES COMMENTAIRES, DES CRITIQUES À
FORMULER, DES SUGGESTIONS À OFFRIR, N'HÉSITEZ
PAS… ÉCRIVEZ-NOUS À:
     LES ENTERPRISES HARLEQUIN LTÉE.
     498 RUE ODILE
     FABREVILLE, LAVAL, QUÉBEC.
     H7R 5X1

C'EST AVEC VOS PRÉCIEUX COMMENTAIRES QUE NOUS
ALLONS POUVOIR MIEUX VOUS SERVIR.

DE PLUS, SI VOUS DÉSIREZ RECEVOIR UNE OU
PLUSIEURS DE VOS SÉRIES HARLEQUIN PRÉFÉRÉE(S)
À VOTRE DOMICILE, NE TARDEZ PAS À CONTACTER LE
SERVICE D'ABONNEMENT; EN APPELANT AU
(514) 875-4444 (RÉGION DE MONTRÉAL) OU 1-800-667-4444
(EXTÉRIEUR DE MONTRÉAL) OU TÉLÉCOPIEUR
(514) 523-4444 OU COURRIER ELECTRONIQUE:
AQCOURRIER@ABONNEMENT.QC.CA OU EN ÉCRIVANT À:
     ABONNEMENT QUÉBEC
     525 RUE LOUIS-PASTEUR
     BOUCHERVILLE, QUÉBEC
     J4B 8E7

MERCI, À L'AVANCE, DE VOTRE COOPÉRATION.

BONNE LECTURE.

HARLEQUIN.

VOTRE PASSEPORT POUR LE MONDE DE L'AMOUR.

<u>COLLECTION</u>
<u>HORIZON</u>

Des histoires d'amour romantiques qui vous mènent au bout du monde!

Découvrez la passion et les vives émotions qu'apportent à la Collection Horizon des auteurs de renommée internationale!

Captivantes, voire irrésistibles, ces histoires d'amour vous iront assurément droit au coeur.

Surveillez nos trois nouveaux titres chaque mois!

GEN-H-R

<u>ROUGE PASSION</u>

De fiévreuses histoires d'amour sensuelles!

De provocantes histoires d'amour passionnées et romantiques qu'on lit d'une seule traite. Aventureuses, parfois humoristiques, et sensuelles, elles mettent en vedette des hommes et des femmes d'aujourd'hui.

**ROUGE PASSION...
trois nouveaux titres
chaque mois.**

Composé et édité par les
éditions Harlequin
Achevé d'imprimer en mai 2004

BUSSIÈRE
GROUPE CPI

à Saint-Amand-Montrond (Cher)
Dépôt légal : juin 2004
N° d'imprimeur : 42068 — N° d'éditeur : 10614

Imprimé en France